KB267967

임진운 판타지 장편 소설

대공학자

대공학자 2
임진운 판타지 장편 소설

초판 1쇄 찍은 날 § 2002년 4월 10일
초판 1쇄 펴낸 날 § 2002년 4월 20일

지은이 § 임진운
펴낸이 § 서경석

편집장 § 문혜영
편집 § 장상수 · 박영주 · 김희정 · 권민정 · 이종민
마케팅 § 정필 · 강양원 · 김규진 · 안진원

펴낸곳 § 도서출판 청어람
등록번호 § 제1081-1-89호
등록일자 § 1999. 5. 31
어람번호 § 제1-0231호

주소 § 경기도 부천시 원미구 심곡1동 350-1 남성B/D 3F (우) 420-011
전화 § 032-656-4452 팩스 § 032-656-4453
http://www.chungeoram.com
E-mail § eoram99@chollian.net

© 임진운, 2002

값 7,500원

ISBN 89-5505-332-0 (SET)
ISBN 89-5505-334-7 04810

대뇌공학자

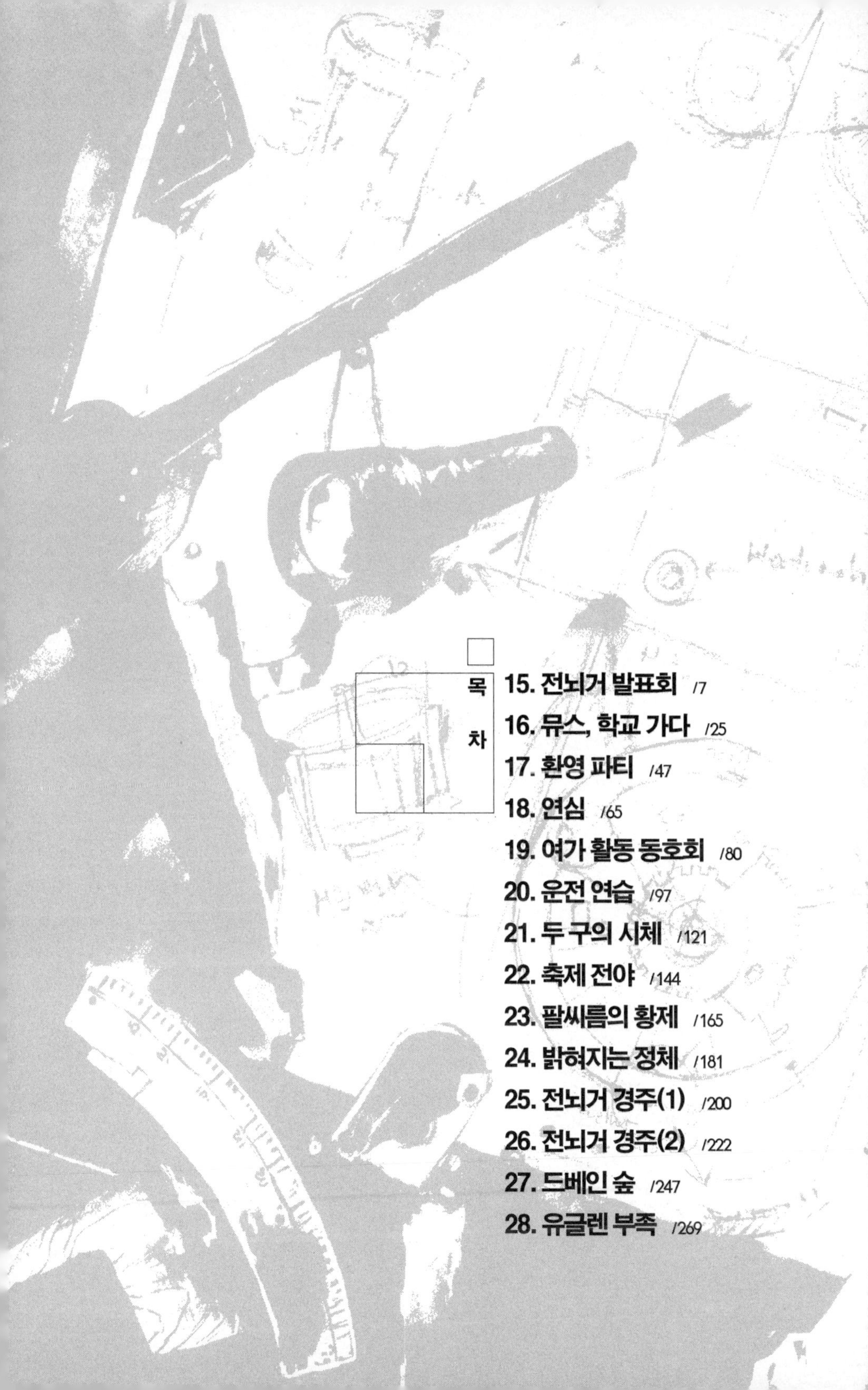

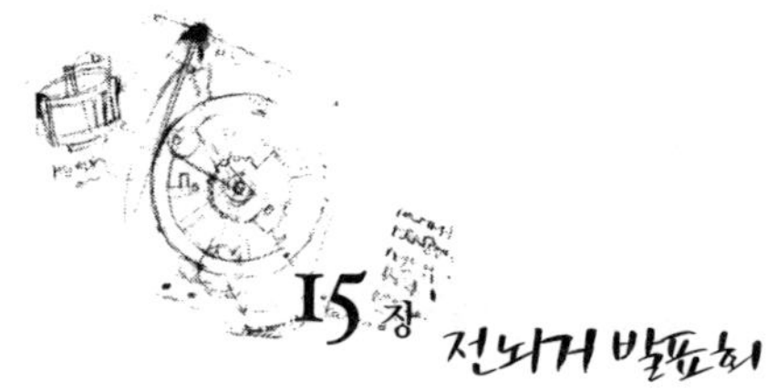

15장 전뇌거 발표회

9월 19일 라이델베르크의 제24블록 21번지에는 늦은 밤이었지만 수많은 사람들이 몰려들어 장사진을 이루고 있었는데, 공터에 빈틈없이 세워져 있는 마차들이 이곳에 모인 이들의 수를 대변해 주고 있었다. 마차로부터 내리는 이들은 진귀한 보석으로 온몸을 치장한 상인들이나 고급스런 옷을 입은 귀족들이 대부분이었는데, 그들이 이곳에 몰려든 이유는 느닷없이 통보받은 전뇌거 발표회에 참여하기 위해서였다. 뮤스는 크리스티앙과 페릴의 도움으로 수많은 귀족들에게 전단을 보낼 수 있었고, 결과적으로 물질적인 면에서 누구에게도 지기 싫어하는 제국 각지의 귀족들이 이렇게 몰려들었던 것이다.

웅성웅성……

이미 안면이 있는 높은 신분의 귀족들은 자기들끼리 거만한 표정으로 잘난 척 떠들었고, 그에 비해 조금 낮은 지위의 중소 귀족들은 어떻게 해서든 발을 넓히기 위해 높은 신분의 귀족들에게 굽신거리고 있었다.

공학원의 굳게 닫힌 대문 앞에 서 있던 한 귀족이 자신의 지팡이로 땅을 몇 번 두들기며 말했다.

"허허, 손님들을 이렇게 초청해 놓고 아직 대문조차 열지 않는 것은 어찌 된 일인가?"

그는 꽤 지체 높은 귀족이었는지 주변에 서 있던 낮은 지위의 귀족들이 굽신거리며 장단을 맞추었다.

"백작님 말씀이 맞습니다. 이것은 귀족 모두를 업신여기는 것이 아니겠습니까?"

"그럼요! 우리 귀족들을 조금이라도 염두에 둔다면 이렇듯 건물 밖에 세워두지는 못할 것입니다."

하지만 백작이라는 이는 그들의 저의를 알기라도 하는지 고개를 가로저으며 말했다.

"쯔쯧… 누가 공학원을 비난하라고 했소? 난 그저 궁금했을 뿐이오."

그가 혀를 차며 귀족들을 꾸짖고 있을 때, 공학원 대문의 양쪽에 걸려 있던 네모난 나무 상자에서 사람의 목소리가 흘러나오기 시작했다.

―오늘 저희 공학원을 찾아주신 신사 숙녀 여러분께 감사 말씀드립니다. 지금부터 공학원 주최 전뇌거 발표회를 시작하겠습니다.

갑자기 나무 상자에서 사람의 목소리가 흘러나오자 공학원의 대문 앞에 모여 있던 귀족들은 신기한 표정을 지으며 그 상자를 바라보았지만 곧 요란한 폭발음으로 인하여 모든 사람들은 시선을 하늘로 돌려야 했다.

휘이이잉— 펑!

그들의 시선이 닿은 곳에는 땅으로부터 치솟은 커다란 불덩이가 붉은 선을 그으며 하늘로 올라가고 있었고, 그 불덩이는 높은 곳에 이르러 다시 폭발하며 작은 불꽃들을 사방으로 흩날렸다.

펑펑! 퍼펑!

하늘이 색색의 불꽃으로 화려하게 수놓여지고 있자 사람들은 난생처음 보는 한밤의 기적에 정신을 쏟을 수밖에 없었다. 수십 발의 축포가 터지고 나자 전뇌거 발표회의 시작을 알리는 듯 잘 치장된 공학원의 대문이 서서히 열렸다.

끼익—

그제야 정신을 수습한 사람들은 공학원의 내부로 눈을 돌릴 수 있었다. 대문이 열린 드넓은 공학원의 내부는 횃불 하나 없이 어둡기만 했고, 사람들은 돌연한 분위기에 웅성거리며 들어가기를 꺼려했다. 하지만 그도 잠시, 밝은 등불 하나가 천장에서 켜지며 공학원의 정중앙을 비추었다.

팟!

고위 마법사가 만든 마나등조차 따라가지 못할 이 밝은 등불에 사람들은 더욱 놀라워했다. 그 불빛이 비추어진 곳에는 흰 천으로 덮여 있는 세 개의 무엇인가가 자리하고 있었다. 하나같이 천으로 뒤덮여 볼 수는 없었지만 가장 왼쪽에 놓여 있는 것은 상대적으로 왜소해 보였고, 가운데 놓여 있는 것은 우람한 크기의 것이었다. 마지막으로 오른쪽에 있는 것은 약간 각이 진 모양을 하고 있었는데 다른 것들에 비해 조금 길어 보였다. 그때서야 사람들은 지금까지의 이 모든 상황들이 발표회를 빛내기 위한 효과였다는 것을 알아채고 감탄을 쏟아내며 하나둘씩 발걸음을 옮기기 시작했다.

"놀라울 정도의 천장 높이군요."

"허허, 그러게 말입니다. 이번에는 또 뭐가 나올지 설레는군."

"저도 이런 초대는 정말 처음입니다."

사람들은 자신들의 감상을 늘어놓으며 어두운 공학원으로 들어가고 있었다. 그들의 얼굴에는 모두 기대감에 부푼 표정이 역력했는데, 크라이츠가 제안한 식전 행사가 효과를 발휘하고 있는 듯했다. 사람들이 아직 어둠에 적응이 안 됐는지 어색한 자세로 서 있을 때 공학원의 실내를 울리며 어디선가 크라이츠의 목소리가 흘러나오기 시작했다.

─신사 숙녀 여러분, 공학원에 오신 것을 환영합니다.

어디서 들려오는지 모를 그녀의 목소리에 사람들은 어두운 사방 여기저기를 두리번거리기 시작했다. 하지만 모습은 역시 보이지 않았고 목소리만 계속될 뿐이었다.

─자, 놀랄 준비 되셨나요? 그럼 여러분께 공학원을 공개합니다.

팟!

그녀의 경쾌한 목소리가 끝나자마자 사람들은 눈이 부심에 눈살을 찌푸려야만 했는데, 공학원의 천장과 벽에 붙은 등이 동시에 켜지며 공학원 내부의 모습들이 공개되었던 것이다. 사람들은 휘황찬란해진 내부의 모습에 이리저리 서둘러 고개를 돌리며 적지 않게 당황한 표정을 짓고 있었다.

공학원의 내부 모습은 뮤스 일행이 이곳에 처음 왔을 때와 전혀 다른 모습이었는데 천장에는 뮤스가 블뤼안과 함께 만든 전구들이 수두룩하게 박혀 빛을 내고 있었고, 레딘과 함께 만든 전뇌거 대량 생산 설비들은 공학원의 중앙을 가득 메우고 있었다. 또한 작업 공구들이 빼

곡이 꽂혀 있는 벽들은 공학원이라는 곳을 감탄사로 가득 차게 만들었
다. 음침한 마법사의 연구실 같은 곳에서 전뇌거가 만들어질 것이라
상상하던 사람들은 이 신기한 모습에 구경하느라 여념없었다. 그들이
공학원 내부에 정신을 빼앗기고 있을 때, 목소리가 바뀌며 공학원의 사
방에서는 뮤스의 목소리가 들려왔다.

─저희 공학원을 찾아주신 여러분께 다시 한 번 감사 인사를 드립니
다.

또다시 목소리가 바뀌며 말소리가 흘러나오자 그 소리를 들은 사람
들은 귀신에 홀린 기분이었는데, 아무리 주변을 살펴봐도 전과 같이 말
하는 사람의 모습은 보이지 않았다. 하지만 목소리는 계속 흘러나오고
있었다.

─지금부터 전뇌거 발표회를 시작하겠습니다. 오늘 전뇌거에 대한
자세한 설명을 담당해 주실 크라이츠 드라켄님을 소개해 드리겠습니다!

사실 드래곤이란 존재는 성을 가지고 있지 않았으나 대외적인 이목
을 생각해 드라켄이라는 성을 쓰기로 했는데 이름민을 밝힌다는 것이
귀족들에게는 불쾌감을 줄 수도 있다고 생각했기 때문이었다. 그의 소
개가 끝나자 누군가가 천장을 가리키며 소리를 질렀다.

"천장을 보시오!"

"누군가가 내려온다!"

"오오… 환상적인 모습이군."

그들의 말대로 천장으로부터 아름다운 드레스를 차려입은 크라이츠
가 우아하게 내려오고 있었는데 마법을 써서인지 그녀의 몸은 성스러
우리만치 은은한 빛이 감돌고 있었다. 크라이츠의 자태를 보던 남자
손님들은 그녀의 미묘한 분위기에 점차 매료되기 시작했고, 여성 손님

들은 아름답기 그지없는 그녀의 모습에 귀한 보석을 보듯 황홀한 눈빛을 보내고 있었다.

이때, 조작실에서 공학원의 발표회장 내부를 내려다보던 뮤스가 어색한 복장을 하고서 자신의 뒤에 앉아 있는 드워프들에게 물었다.

"누님은 꼭 저럴 때 마법을 써야 하는 걸까요?"

브라이덴이 그의 말에 대답을 했는데 피곤함이 그대로 묻어나는 목소리였다.

"그러게 말이네. 나도 세상에 저런 드래곤이 있다는 소린 듣지 못했어. 다들 드래곤이라니 믿을 수밖에… 그런데 저 매달려 내려오는 장치는 꼭 해야만 했나?"

"누님이 해달라시는데 안 해줄 수 없잖아요. 저라고 하고 싶었겠어요?"

"하긴, 그렇기도 하군."

다른 드워프들도 브라이덴과 뮤스의 말에 동의라도 하는지 고개만 끄덕거리며 피곤한 표정을 지어 보이고 있었다. 이들이 오늘 밖으로 나가지 않은 이유는 단 한 가지였다. 그것은 바로 나갈 힘이 없다는 것이었는데, 근 일주일 동안 엄청난 노동력을 갈취당한 그들은 이제 서 있을 힘조차 없었기에 조작실의 의자에 앉아 크라이츠의 작태를 지켜봐야만 했던 것이었다. 발표회장에서는 계속해서 성스럽기 그지없고 눈부시도록 아름다운 크라이츠의 설명이 이어졌다.

"신사 숙녀 여러분, 안녕하세요? 크라이츠 드라켄이라고 합니다."

상대방을 매료시키는 마법과 광채가 서리는 마법을 동시에 걸어놓은 크라이츠였는데, 그녀의 목소리를 들은 사람들은 마치 천상에서 들려오는 천사의 그것이라 착각할 정도였다. 이미 군중들의 대부분은 혼

백이 몸 밖으로 나간 것 같았고, 침이라도 흘릴 듯 입을 벌리며 크라이츠의 말을 듣고 있었다.

"오늘 저희 공학원에서 선보일 전뇌거는 세 가지 종류입니다. 자, 그 처음을 장식할 전뇌거는 정열과 젊음을 상징하는 전뇌거입니다. 여러분께 로데오를 소개합니다!"

그녀가 가장 왼쪽에 놓여 있는 물체를 가리키며 외치자 그것을 덮고 있던 흰 천은 천천히 천장으로 끌려 올라가기 시작했다. 그와 함께 붉은색의 동체가 사람들의 눈에 비치기 시작했는데, 그 모습을 보던 군중들은 순간적으로 숨을 멈춰야만 했다.

"오오… 멋지군……."

"저 황홀한 곡선!"

그들이 놀라움을 표명하기 시작하자 그들의 반응을 미리 예견한 크라이츠는 이때다 싶었는지 하던 말을 계속 이었다.

"지금 여러분께서 보고 계시는 로데오는 본 공학원이 젊은 층을 겨냥한 전뇌거로서 열다섯 마리의 말과 같은 힘을 내는 기종입니다. 최고 마차의 네 배까지 속도를 낼 수 있는 로데오는 레이디를 수행하는 젊은 귀족들에게 필수품이 될 것입니다!"

크라이츠의 말에 호응을 하는 것인지, 아니면 로데오의 모습에 반한 것인지 알 수는 없었지만 수많은 사람들이 박수를 쳤고 상대적으로 젊은 층의 귀족들은 크라이츠가 추천한 대로 로데오의 아름답고 매끈한 모습에서 눈을 떼지 못하고 있었다. 몇 분 간의 추가 설명을 하던 크라이츠는 로데오의 설명을 마쳤는지 가볍게 인사를 하며 다음 기종 앞으로 걸어갔다.

"자, 이곳에 모인 정열적인 중년의 귀족님들과 상인 여러분이시라면

이 전뇌거를 주목해 주시길 바랍니다."

크라이츠의 설명에 스스로 정열적인 남성이라고 생각하는 귀족들과 상인들은 은근히 목의 단추를 풀어 보이며 그녀의 말을 들었다.

"이번에 소개해 드릴 기종은 야생적인 멋이 어우러진 전뇌거로서 그 이름은 라이노라고 합니다!"

로데오를 소개했을 때와 같이 손을 뻗으며 가운데 놓여 있는 전뇌거를 가리키자, 이번에도 그것을 덮고 있는 천이 천천히 위로 올라가고 있었다. 그들의 앞에 나타난 라이노는 갈색 계열의 동체를 가지고 있었는데, 힘과 튼튼함에 중점을 두고 설계가 된 듯 로데오에 비해 더욱 크고 두꺼운 바퀴와 단단해 보이는 외관이 인상적이었다.

"이 기종의 장점은 어떠한 길이라도 무리없이 달린다는 점이지요. 물론 그에 따라 특별 동력기를 사용하여 로데오의 두 배에 가까운 힘을 낼 수가 있습니다. 와일드한 멋을 소중히 여기시는 귀족 분들이나 포장되지 않은 길을 오가시는 상인 분들께 적극 권장하는 기종입니다."

크라이츠의 말대로 라이노는 상인들이 많은 관심을 보이고 있었다. 공간이 넓어 꽤 많은 양의 짐을 적재할 수 있었고 좋은 힘을 가지고 있다는 점이 상인들의 마음을 자극하기에 충분했기 때문이었다. 하지만 이도 저도 아닌 지긋한 나이를 가진 귀족들은 마지막 전뇌거를 주시하며 기대에 부푼 표정으로 크라이츠의 설명을 기다렸다.

"이제 하나가 남았군요. 하지만 언제나 가장 마지막으로 발표하는 것이 최고의 물건이라는 것은 다들 아시겠죠? 물론 저희 공학원 역시 그런 관행을 깨버릴 생각은 없습니다. 마지막으로 최고급 전뇌거인 포센트를 소개해 드립니다!"

그녀가 힘찬 몸짓과 높은 톤으로 마지막 전뇌거를 소개하자, 천이 올라가며 최고급 기종인 포센트의 동체가 천천히 드러나고 있었다. 천이 걷히는 부분마다 검은 광택이 흘러나오고 있었고, 시선과 마음을 모두 빼앗겨 버린 귀족들은 이 진중한 분위기가 넘쳐흐르는 검은색의 전뇌거를 바라보며 아무런 말도, 탄성도 지르지 못하고 있었다. 가볍게 웃음 짓던 크라이츠는 그들의 정신을 일깨우며 설명에 들어갔다.

"포센트는 최고급 목재로 내부 장식을 마무리하였고, 동력기 역시 라이노와 동급을 채용함으로써 강력한 힘과 부드러운 주행 능력을 가지고 있습니다. 사고에 대비한 수많은 안전 장치들과 운전석과 분리된 승용석을 채용하였는데, 이것들은……."

그녀는 계속해서 수많은 설명을 늘어놓았는데 사람들은 소유의 욕망이 샘솟는 듯한 눈빛을 하며 그녀의 설명이 하나하나 끝날 때마다 나직한 탄성을 흘리고 있었다. 이제 모든 전뇌거의 소개가 끝나자 손을 한번 털어 보인 그녀는 사람들을 향해 입을 열었다.

"이 정도로 간단한 전뇌거 기종들에 대한 설명을 바치도록 하겠습니다. 지금부터 샘플로 준비된 몇 대의 전뇌거로 시승회가 있을 예정이니, 기다리는 동안 음식들을 즐기시면서 좋은 밤 보내시기 바랍니다."

다음 순서를 간단하게 소개를 하며 건넨 그녀의 작별 인사에 남성들은 노골적으로 아쉬운 표정을 지었는데, 그런 아쉬움을 즐기기라도 하는 듯 미소를 지으며 회장에서 나온 크라이츠는 뮤스와 일행들이 있는 조작실로 걸어 들어왔다. 그리곤 불편한 몸을 의자에 기대어 의지하고 있는 드워프들을 보며 짓궂은 미소를 지었다.

"호호호, 손님 접대를 해야 하는데 이렇게 앉아 계시면 어떻게 하죠? 뮤스, 너도 이러고 있으면 안 되지 않니? 애써 연회복도 입혔는데."

“그런데 저희는 뭘 해야 하는데요?”

“호홋, 시승회를 해야지!”

“그런 걸 우리가 해야 하는 건가요?”

뮤스가 힘없이 말을 하며 의자에서 몸을 일으킬 때, 그를 따라 의자에서 일어나던 켈트가 궁금하다는 듯 물었다.

“저… 크라이츠님, 그런데 사람들이 운전은 어떻게 하죠? 아직 운전을 할 수 있는 사람이 없지 않습니까?”

고개를 돌려 그를 보던 크라이츠는 당연하다는 듯이 말했다.

“그거야 뮤스와 여러분이 직접 운전하면서 태워주면 되지 않나요? 혹시 모르죠. 아름다운 레이디라도 옆에 앉히고서 운전을 할 기회가 생길지? 그리고 전뇌거 발표회가 끝나는 즉시 운전자 교육장을 만들 계획이에요.”

“그럼 저희가 직접?”

결국은 뮤스와 드워프들이 그들 모두를 한번씩 태워줘야 한다는 말이었는데, 이곳에 모인 사람들이 최소 500명은 된다는 것을 알고 있던 켈트의 얼굴은 그리 밝지 못했다. 이제야 시승회의 방식을 알게 된 뮤스는 이왕 이렇게 된 것 끝이나 빨리 보자는 심정으로 테이블 위에 놓여 있는 연회용 흰색 장갑을 꼈다.

“이렇게 된 거 빨리 끝내 버려요.”

드워프들은 뮤스의 말과 함께 조작실 밖으로 걸음을 옮기고 있었다. 사실 발표회가 있기 전 며칠 동안 크라이츠에게 특별 운전 수업을 받은 드워프들이기에 이제 다소 속도에 대한 두려움은 줄일 수 있었지만, 크라이츠에게 크게 당한 적이 있었던 켈트는 아직까지도 전뇌거를 타는 일이 여간 찜찜한 것이 아니었다. 그들이 밖으로 나오며 발표회장을 둘러보자 분위기의 영향이었는지 사람들은 준비된 음식은 거들떠보지도 않고 전뇌거에 대한 이야기만 나누고 있었다. 그러던 사람들은 공학원 한쪽에서 흘러나오는 진동 소리에 하나같이 입을 다물었고, 천천히 움직이고 있는 전뇌거에 눈을 맞추고 있었다.

부우우웅―

드워프들과 뮤스는 포센트 두 대, 라이노 두 대, 그리고 로데오 한 대를 각자 몰고 회장의 중심으로 나왔는데 라이노는 켈트와 레딘이, 포센트는 브라이덴과 블뤼안이, 로데오는 가장 어린 뮤스가 운전을 하게 되었다. 전뇌거가 준비되자 귀족들은 품위있게 줄을 서서 자신의 차례를 기다렸고 다섯 명의 운전 기사들은 시승을 하기 위해 기다리던 사람들을 한 명씩 태우고서 공학원 내를 천천히 돌기 시작했다.

뮤스가 맡은 로데오는 한 대뿐이어서인지 약 십여 명의 젊은 귀족들을 태우고 공학원을 돌았지만 기다리는 손님은 줄어들 기미가 보이지 않았다. 이번에 탄 여성 손님이 젊은 여성이었지만 이미 기운이 모두 빠진 뮤스는 아무 생각 없이 습관적으로 접대용 인사를 건넬 뿐이었다.

"저희 공학원을 찾아주서서 감사합니다, 레이디. 이제 출발하겠습니다."

"호호, 뮤스, 이런 연회복도 꽤 어울리는걸?"

갑자기 누군가 자신의 이름을 부르는 것에 놀라 고개를 돌려보니 익숙한 모습의 여성이 눈에 들어왔다.

"카타리나!? 이곳에 어쩐 일이야?"

놀랍게도 그의 옆에 앉아 있는 여인은 카타리나였는데, 그녀를 본 뮤스는 지금까지 느끼던 피곤함마저 모두 날려 버릴 정도로 놀라 버렸다. 수수한 분홍색의 드레스를 걸친 그녀의 모습은 교복을 입은 모습과는 판이했는데, 부드러운 머릿결을 아래로 늘어뜨린 모습이 정말 아름다웠다. 카타리나를 태운 뮤스가 빨리 출발하지 않자 줄을 서서 자신의 차례를 기다리던 젊은 귀족들은 인상을 쓰며 그들을 바라보았다. 비록 그들이 무서운 것은 아니었으나 오늘은 어디까지 비위를 맞춰줘야 할 손님이었기 때문에 미안함을 표시한 뮤스는 카타리나를 태우고 공학원을 돌기 시작하였다. 하지만 아직 얼떨떨한 것은 사실이었다.

"정말 네가 여긴 웬일이야?"

"푸훗, 내가 여길 오면 안 될 이유라도 있는 거니?"

"아, 아니, 그런 건 아니지만."

이인승의 전뇌거인 로데오가 그다지 빠르지 않은 속도로 공학원의 내부를 달리고 있었는데, 얼마 전 햄브리겐 대학을 향하던 때와는 다르게 어색한 분위기가 카타리나와 뮤스 사이에 흐르고 있었다. 뮤스는 이 어색함을 깨기 위해서라도 자기가 먼저 말을 해야겠다고 생각하며 입을 열었다.

"그런데 정말 여긴 어떻게 온 거야?"

"아버님과 언니가 초대받았다고 해서 함께 온 거야. 어머니는 피곤하시다면서 안 오셨어."

"초대? 귀족들이나 대규모의 상인들이 아니면 초대장이 발송되지 않았을 텐데?"

뮤스가 궁금하다는 표정을 짓자 카타리나는 피식 웃었다.

"그럼 네 친구여서 발송해 줬나 보지."

초대장은 모두 뮤스가 직접 쓴 것이기 때문에 그녀의 말에 수긍을 할 수는 없었다. 하지만 장부 체면에 계속 물어보기도 그랬는지 체념

하고 말았다. 힐끔 카타리나의 하얗고 아름다운 얼굴을 훔쳐보자 예전과는 다른 미묘한 기분이 들었다. 뮤스의 기분을 아는지 모르는지 그녀는 언제나처럼 밝은 목소리로 말했다.

"그나저나 너, 대단한 애였구나? 이 공학원의 대표가 너라면서?"

"말도 말아라. 보이지 않는 내면에 엄청난 노동의 고통이 있었으니까."

말은 그렇게 했지만 뮤스는 그녀의 칭찬에 알지 못할 뿌듯함을 느끼고 있었다.

"하지만 사람들은 대표가 이렇게 나이 어린 사람인 줄은 아무도 모를 거야. 나 역시 초대장을 보고 눈을 비볐거든."

"그런가? 하긴, 그렇다고 해도 별 이상할 건 없지. 오히려 사람들이 믿지 못할 테니까 활동하는 데는 더 편하겠지. 이름이야 알려진다고 해도, 설마 이 나이 어린 녀석이 그 녀석이라고 생각하겠어?"

"호홋, 너도 어디에 얽매이는 걸 싫어하는구나?"

"뭐, 그런 편이야."

그들이 몇 마디의 대화를 나누는 사이 어느새 공학원을 한 바퀴 돌았는지 귀족들이 기다리고 있는 곳으로 돌아와 있었다. 이제 카타리나가 내려야 하다는 것에 뮤스는 왠지 허전함을 느꼈다. 하지만 그의 마음을 들여다보기라도 했는지 카타리나가 웃으며 물었다.

"너, 혹시 발표회 끝나고 할 일 많니?"

"아, 아니, 없는데?"

"호호호, 그럼 오늘 끝나고 공학원 구경이나 좀 시켜주면 안 되겠니?"

잠시 굳어 있던 뮤스의 얼굴은 카타리나의 말과 함께 활짝 펴졌지만 카타리나 앞에서 자신의 기분이 들키기라도 할까 봐 애써 침착하게 표정 관리를 하고 있었다.

"어… 그거라면 그리 어려운 일이 아니지. 그럼 조금만 기다려."

"그래, 있다가 보자."

뮤스가 들뜬 마음으로 그녀에게 인사를 건네며 다음 손님을 맞이하기 위해 사라졌을 때, 카타리나는 멀리서 포센트의 시승회를 기다리고 있는 그녀의 아버지와 언니를 볼 수 있었다.

"언니! 아버지!"

그녀가 부르자 포센트 시승회장에 서 있던 검은 정장을 입은 흰머리의 중년 신사와 하얀 드레스를 입은 젊은 여성이 뒤를 돌아보았다. 어찌 된 일인지 그 하얀 드레스를 입은 여성은 다름 아닌 크리스티앙의 약혼녀인 페릴이었다.

"어머, 카타리나, 어딜 다녀왔니? 아버님이 많이 찾았잖아."

"호호호, 여기서 아는 친구를 만나서 말야."

"학교 친구인가? 네 또래는 너밖에 보이질 않던데… 하긴, 햄브리겐 대학에는 귀족의 자제도 많으니 그리 이상한 것도 아니겠구나."

딸의 말에 호기심을 느끼고 있는 그녀의 아버지 하버만 슈베어 후작이었다. 집에서 통 친구나 학교 생활에 대해 말하지 않던 막내딸의 친구라고 하니 유달리 궁금했던 것이었다.

"히히, 아버지는 모르셔도 돼요. 만약 제 친구들이 제가 영주의 딸인 걸 안다면 이렇게 편하게 생활하지는 못할 거예요. 그러니 참아주세요, 네?"

"허허허, 너는 언제나 이 아비를 불편한 짐으로 여기는구나. 아쉽지만 어쩔 수 없지. 흠."

이때 하버만 후작의 마지막 남은 아쉬움마저 날려 버리려는지 포센트의 운전을 담당하는 블뤼안의 목소리가 들렸다.

"자, 다음 분 탑승하시지요."

블뤼안의 말을 들은 하버만 후작은 뒤에 있는 두 딸을 바라보며 말했다.

"흠. 자, 우리와 함께 타보자꾸나. 크리스티앙 군이 그렇게 자랑하던 전뇌거가 얼마나 대단한 것인지 기대가 되는걸?"

그의 말에 페릴은 얼굴에 홍조를 띠었다.

"어머, 언니, 또 빨개지네? 이렇게 수줍음이 많아서야 결혼식이라도 제대로 할 수 있겠어?"

"어머, 애는……."

포센트에 올라탄 세 부녀는 블뤼안이 하는 기능 설명을 듣고 있었는데, 아무것도 모르는 상태에서는 그저 그러려니 했지만 설명을 들은 후에는 세심하게 설치된 장치들에 놀라야만 했다. 포센트의 천장에 달린 독서등과 안쪽에서는 밖이 보이지만 밖에서는 안쪽이 보이지 않는 검정 유리, 원하는 대로 등받이 각도를 조절하는 마주 보는 의자는 기본이었고 전뇌거 내부의 온도를 조절해 주는 장치와 비 오는 날을 대비한 창문 닦는 장치는 그 백미였다. 카타리나는 더 이상 참지 못하고 감탄성을 내뱉었다.

"어머, 이거 정말 대단한걸요? 이런 기능들을 갖추고 있다니……."

"허허, 정말 그렇구나. 말이 없이도 움직인다는 것도 대단한데 이렇게 잘 꾸며져 있다니……."

딸의 놀람에 하버만 후작은 서슴없이 동의하고 있었다.

"그런데 왜 안 가죠?"

옆에서 내부를 구경하던 페릴이 창밖을 바라보며 동생의 질문에 대답해 주었다.

"이미 가고 있는걸? 다만 움직이는 것을 우리가 느끼지 못하는 거야."

카타리나는 페릴의 말에 놀라 창밖을 보니 그녀의 말대로 주변 경관이 뒤로 움직이고 있었다. 자신들은 가만히 있고 배경만 뒤로 움직이는 것이 아닌지 의심이 날 정도였다.

"정말이네?"

이미 전뇌거를 몇 번 타본 카타리나였지만 수준이 다른 포센트의 성능에 혀를 내둘러야만 했다.

어느덧 밤은 깊어만 갔고 전뇌거 발표회가 끝나가자 사람들은 하나둘씩 자리를 뜨기 시작했다. 공학원에 남은 사람은 몇 명이 되지 않았는데 이미 녹초가 되어버린 뮤스 일행과 아직 돌아가지 않고 전뇌거에 매료되어 아쉬움을 남기는 사람들, 그리고 저편에서 바닥을 차며 뮤스를 기다리는 카타리나뿐이었다. 뮤스는 체질에 맞지 않는 불편한 연회복의 목 단추를 풀며 카타리나에게 뛰어갔다.

"카타리나, 오래 기다렸지? 후우… 미안해."

"아니, 나도 기다리는 동안 포센트도 타보고 재미있었어."

뮤스의 사과를 가볍게 받아넘긴 카타리나는 포센트에 대한 감상을 늘어놓고 있었다.

"그나저나 말야, 포센트라는 전뇌거 정말 대단하던데? 아버님이 뿅 하구 가버리셨어! 당장 계약해서 산다고 하시던걸? 같은 전뇌거라도 어쩜 그렇게 다를 수 있니?"

"하하, 포센트는 그럴 수밖에 없어. 아참, 이렇게 있지 말고 공학원이나 둘러보면서 이야기하자."

"어머, 혹시 어두컴컴한 곳으로 데리고 가려는 거 아냐?"

카타리나의 말을 금세 알아듣지는 못하였으나 이내 알게 된 뮤스는 얼굴을 붉히며 당황하였다.

"서, 설마, 그럴 리가 없잖아!"

"아니면 아니지 왜 그렇게 당황하니? 장난 좀 친 것 가지고. 그래, 공학원 내부나 둘러보자."

"으… 응."

넓은 공학원의 시설들을 하나씩 둘러보며 카타리나는 뮤스의 설명을 듣고 있었다.

"포센트는 드워프 아저씨들의 심혈이 들어가 있는 거야. 로데오나 라이노는 대량 생산이 가능하지만 포센트는 완전 수공으로 제작되지. 그래서 모든 포센트마다 고유한 개성을 가지고 있거든."

뮤스의 말을 듣고 있던 카타리나는 대화 내내 나른 생각을 하고 있었던지 문득 화재를 바꾸며 입을 열었다.

"그런데 뮤스, 너는 학교에 다닐 생각 없니? 너 정도면 공과대학에서 장학금을 받으면서 다닐 수 있을 것 같은데?"

"학교? 글쎄……."

햄브리겐 대학교를 방문한 뮤스의 솔직한 생각으로는 이곳의 대학에서 그가 배울 것은 없다는 결론이었다. 하지만 그런 그의 생각을 흔들어놓을 만한 카타리나의 설득이 시작되었으니…….

"물론 이런 공학원의 대표 정도 되는 너에게 대학의 공부는 필요없을지도 모르지. 하지만 너는 아직 어리지 않니? 우리들의 나이에는 일이나 공부도 중요하지만 친구도 필요한 거라고.”

카타리나의 말을 듣고 보니 그렇기도 하였다. 조선에서부터 옆집의 개똥이와 덕구를 빼면 친구라곤 전무한 상태였다. 더구나 이세계로 빠지면서부터 혼자라는 외로움에 더욱 쓸쓸함을 느끼던 뮤스는 그녀의 말에 더욱 관심을 가지기 시작했다. 하지만 지금 그가 내릴 수 있는 결정이 아니었기에 고개를 내저으며 대답했다.

“글쎄… 아직은 잘 모르겠어. 짧은 시간 내에 결정 내리기는 힘들 것 같아. 일단은 공학원도 초반이니 내 도움이 많이 필요할 것 같기도 하고. 크라이츠 누님이나 켈트 아저씨와 상의를 해봐야겠는걸?”

“그렇겠지. 아무튼 너와 함께 학교 다니면 재미있을 것 같아서 말야. 아차! 오늘은 너무 늦은 것 같다. 나 이만 가볼게. 아버님과 언니가 마차에서 기다리고 계시거든?”

“그래, 그럼 다음에 또 보자.”

작별 인사를 남기고 돌아서는 그녀의 뒷모습에 뮤스는 가슴 한구석이 허전해졌다. 그녀의 뒷모습을 눈에서 사라질 때까지 바라보며 그녀가 남기고 간 말을 되새기고 있었다.

‘너와 함께 학교 다니면 재미있을 것 같아’ 라고?

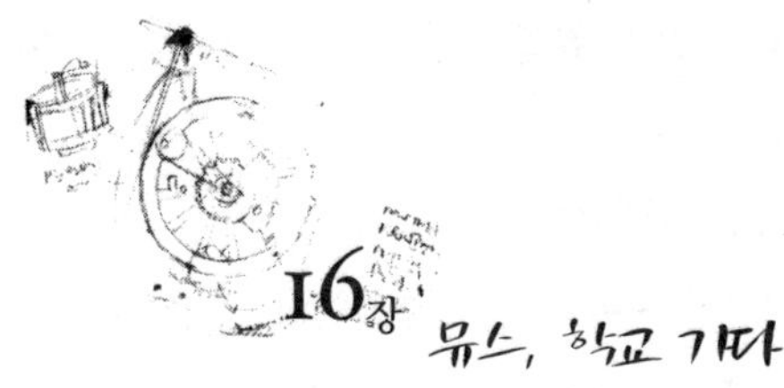

16장 뮤스, 학교 가다

전뇌거 발표일로부터 두 달 후, 공학원에서는 기이한 웃음소리가 허공에 메아리치고 있었다.

"호호호호호!"

자신의 위치에서 일을 하던 드워프들은 안구 보호경을 이마 위로 밀어 올리며 집무실 쪽을 바라보았다. 아마도 크라이츠의 웃음소리이리라. 언젠가부터 공학원의 한쪽 편에는 크라이츠의 집무실이 마련되어졌다. 꼭 집무실이 따로 필요한 것은 아니었지만 크라이츠의 사회적 시선 예찬론에 의해서 따로 만들 수밖에 없었던 것이다. 그녀의 집무실답게 언제 만들어졌는지도 모를 골동품 가구들이 집무실의 구석구석을 채우고 있었고, 방의 한쪽에는 커다란 금고가 놓여져 있었다. 책상에 앉은 크라이츠는 연신 즐거운 듯 자신의 앞에 쌓여 있는 수많은 종이를 보며 싱글거리고 있었다. 뮤스는 소파에 앉아서 공학원 장부를 끄적거리고 있었다.

"호호호, 뮤스, 이거 생각보다 훨씬 짭짤한걸? 벌써 예약이 이렇게 밀려 버리다니."

"아… 네… 행복하시겠네요, 크라이츠 누님."

조금의 씁쓸한 기분이 담겨져 있는 뮤스의 목소리였다. 뮤스는 전뇌거의 예약에 그다지 큰 비중을 두지 않았다. 그저 작업실에서 주문된 예약량을 채우기 위해서 몸부림치고 있는 켈트를 비롯한 드워프들이 불쌍할 뿐이었다. 물론 로데오와 라이노는 자동화 기기들의 완성으로 그것에 의해서 생산되고 있다지만 포센트는 순수한 수작업이었기에 드워프들이 앞으로 짧아야 한 달 간은 일에서 눈을 떼기 힘들 것이라 생각하고 있었다.

"누님, 이 정도의 판매량이면 몇 개월 안에 순수 이익으로 돌아설 수 있을 것 같아요. 그때부터는 연구에도 눈을 좀 돌려야겠어요."

"흠흠… 뮤스야."

"네?"

"그건 네가 아직 장사를 몰라서 하는 말이란다."

"그게 무슨 말이에요?"

자못 심각하게 얼굴을 굳힌 크라이츠는 자신이 가진 자랑스런 상도에 대하여 늘어놓기 시작하였다. 물론 타인의 귀에는 크라이츠의 말이 대단하게 들리기보다는 오히려 지독하게 들릴 뿐인 내용들이었다.

"흠흠… 장사를 한다는 것은 애초 투자한 액수의 몇 배를 뽑아야 본전을 했다고 할 수가 있는 거란다. 특히 우리처럼 새로운 길을 개척했을 경우에는 더 더욱 그렇지. 개발에 필요했던 고뇌와 그것을 완성하기 위해 쏟아 부은 정열! 장사를 준비하기 위한 기나긴 여정! 시간의 투자 등등! 돈으로 환산을 하려면 그 정도는 되어야 하거든.”

　이후로도 크라이츠의 상도론이 계속되자 뮤스는 심드렁한 표정으로 장부에 적혀 있는 투자 비용들을 하나씩 지워 나갈 뿐이었다. 하지만 그의 행동과는 별개로 자신의 말에 심취하여 계속 떠들고 있는 크라이츠였다.

　“…하는 것이지. 그렇지 않다면 왜 사람들이 비싼 돈을 투자하면서까지 자식들을 대학이라는 굴레 안으로 밀어 넣기 위해 안달하겠니? 절대 아니란다. 그러나 그 사람들은 이미 알고 있는 것이지. 그 대학이라는 존재가…….”

　장부 정리를 하던 뮤스의 귀에 대학이라는 말이 들리자 뮤스는 장부에서 눈을 돌려 크라이츠를 바라보았다.

　“저… 크라이츠 누님.”

　“어? 왜 그러니? 내 이야기가 재미없니?”

　“아니요, 그것이 아니라…….”

　고개를 갸우뚱하던 크라이츠는 뮤스에게 얼굴을 들이밀며 말했다.

　“그것이 아니라면 계속 들어봐! 음… 어디까지 했더라… 아, 대학 이야기까지 했군.”

　그녀의 말이 계속 이어지려고 하자 뮤스는 다급하게 말을 막으며 입을 열었다.

　“누님, 그 대학이란 곳 말이에요!”

　“어? 대학? 아, 그리고 보니 뮤스는 대학이란 곳을 모르겠구나?”

　“아뇨, 얼마 전에 이곳에 있는 대학에 가본 적이 있어요.”

　뮤스의 말에 고개를 끄덕이던 크라이츠는 뮤스를 바라보며 입을 열었다.

“혹시 너… 대학에 가고 싶은 거 아니니? 하긴, 이 도시의 대부분 네 또래 아이들이라면 대학이나 군소 아카데미에 다니고 있지.”

“아, 아뇨. 꼭 다니고 싶다기보다는… 나중에라도 여유가 생긴다면 경험해 보는 것도 좋지 않을까 해서요.”

아직 공학원에서 자신이 해야 할 일들이 많다는 것을 아는 뮤스는 대놓고 대학에 다니고 싶다는 말을 할 수가 없었다. 크라이츠가 한동안 고심하더니 말했다.

“뮤스, 네가 뭔가 잘못 생각하고 있구나. 나중에 여유가 언제 생길 줄 알고 대학에 간다는 말이니?”

“네… 그렇죠… 그냥 해본 말이었어요.”

크라이츠의 말에 뮤스는 아쉬움이 풀풀 날리는 얼굴을 하며 장부로 얼굴을 돌렸지만 그녀는 피식 웃었다.

“지금이 가장 여유가 있을 때 같구나. 전뇌거도 발표했겠다, 다음 제품 발매까지는 물건 판매 분야에서 네가 할 일이 없을 듯한걸?”

그녀의 말을 들은 뮤스는 정리하던 장부를 덮으며 크라이츠를 바라보았다. 그녀는 기지개를 켜며 의자의 등받이에 몸을 기댔고, 별일없었다는 듯이 계약서를 살펴보는 척하며 말했다.

“대신 대학교 학비도 장부에 포함시킬 거다.”

“헤헤, 네!”

대학의 학비라고 해봤자 전뇌거 한 대를 팔아서 남을 이윤 정도였다. 애써 학비를 거들먹거리며 돈만 밝히는 듯이 보이는 눈앞의 드래곤이 남들에게는 어떨지 몰라도 뮤스에게는 이해심 많은 친누이로 느껴지고 있었다.

“아차차! 그런데 말이야, 입학을 하려면 그에 준하는 자격이 있어야 하는데…….”

말끝을 흐리는 크라이츠의 목소리에 뮤스는 눈을 크게 뜨며 그녀를 바라보았다.

“어떤 자격이 필요한 거죠?”

“이곳에서는 대학으로 진학하기 전에 씨니어 스쿨을 졸업해야 한단다. 물론 그곳을 졸업하지 않더라도 시험을 봐서 인정을 받을 수도 있지만 너는 공학을 빼면 시체지 않니? 이쪽의 역사나 문화, 정치, 사회 등을 알 리도 없고.”

“그럼 공부를 해야겠네요?”

“흠… 상식적으로는 그래야 하지.”

“상식적으로라니요?”

“대학을 가서는 필요없는 과목이니 모르고 입학을 해도 크게 지장은 없을 것 같은데… 맞다!”

문득 방법이 떠올랐는지 자신의 책상에 놓여 있는 서류 뭉치를 이리저리 뒤지기 시작하였다. 약간의 시간이 경과하자 그녀는 계약서 한 장을 들어 올리며 쾌재를 불렀다.

“이거야! 호호호, 이거면 입학도 문제없을 것 같은데?”

“계약서요?”

계약서와 무슨 상관이 있을까 하는 궁금증을 느꼈지만 그녀가 곧 설명해 줄 것을 알았기에 조용히 있었다.

“호호호, 내 생각이 맞았어. 햄브리겐 대학 총장도 우리 공학원에 포센트를 주문했구나. 이대로 기다린다면 육 개월은 지나야 받을 수 있다고 통보한 후에 네 입학을 조건으로 무료로 즉시 양도해 준다고 제의하면 군침이 돌겠지?”

"그, 그렇게 해도 되는 건가요?"

"그깟 등록금으로는 포센트의 바퀴 네 개밖에 못 살걸? 무료로 즉시 양도해 준다면 누가 마다하겠니?"

"아… 네……."

대학에 즉시 입학을 할 수 있다는 말에 기쁘기는 했지만, 조선에서도 집안의 배경으로 부정 입학을 했던 그가 이곳 세계에 와서까지 부정 입학을 해야 한다고 생각하니 씁쓸한 기분을 지울 수가 없었다.

"그럼 이것들은 그렇게 처리하기로 하고… 다음은 공학원 확장 건이야."

"공학원 확장이라니요?"

손에 들고 있는 계약서들로 책상에 털어 정리하며 말했다.

"라이델베르크가 꽤 큰 도시이긴 하지만 제국의 일부분이기도 하단다. 그러니 제국 전체에 공학원의 지점을 만들어둔다면 곳곳에서 나는 재료들의 수급도 쉽고 판매망도 늘리는 것이 되니 좋을 듯싶구나."

"그렇겠군요. 역시 돈 버는 일로 누님을 따라갈 사람은 없을 거예요."

"호홋, 당연히 사람 중에는 없겠지. 그럼 너 역시 동의하는 것으로 알고 제국 전체에 공학원 지점을 만들도록 추진할게. 또 우리 여섯 명으로는 턱없이 부족하니까 직원들도 더 뽑아야겠고."

머리를 긁적이던 뮤스는 한숨을 나직이 내쉬며 말했다.

"헤휴~ 그런 것들은 누님께 모두 맡길 테니 알아서 하세요. 그럼 부탁드려요."

"하긴, 장사는 내가 하는 거지. 그럼 내가 알아서 하마."

이른 아침 햄브리겐 대학교의 교문 앞을 질주하는 이인승의 빨간 전뇌거가 있었다. 공학원에서 주문받기 시작한 이 로데오라는 전뇌거는 이미 젊은 층의 귀족들에게 폭발적인 인기를 얻고 있기에 수많은 학생들은 선망의 눈길로 질주하는 전뇌거를 바라보고 있었다.

하지만 정작 로데오의 주인인 뮤스는 그 눈길이 불편하기만 했다. 아침부터 물고 늘어지는 크라이츠의 고집만 아니었다면 전 도시 내에서 운행하고 있는 학교 마차를 타고 왔을 것이다. 하지만 사회적 시각 예찬론의 신봉자인 크라이츠의 고집을 꺾기에 뮤스는 너무나 힘없는 존재였다.

정문을 들어서자 처음 이곳에 왔을 때 인사를 나누었던 히안의 모습을 볼 수 있었는데 반가운 나머지 길 한편으로 로데오를 세우며 그를 불렀다.

"히안!"

공부벌레답게 등교 길에도 책을 읽던 히안은 어디선가 들려오는 자신을 부르는 소리에 고개를 돌렸다. 하지만 시력이 여간 나쁜 것이 아닌지 히안이 뮤스를 알아볼 때까지는 꽤 시간이 걸렸다.

"어? 너는 뮤스 아냐? 카타리나 만나러 왔어?"

"하하, 아냐. 오늘부터는 나도 이곳의 학생이야."

"어? 이상한걸? 우리 학교는 매년 초가 아니면 입학이 안 되는데?"

"아… 그럴 만한 사정이 있었어."

히안의 정곡을 찌르는 말에 뜨끔한 뮤스는 부정 입학을 했다고 말할 수는 없었기에 둘러댈 만한 변명거리를 찾고 있었다. 하지만 하늘의 도움인지 히안이 로데오를 알아봤기에 얼렁뚱땅 넘어갈 수 있었다.

"와! 이거 로데오라는 전뇌거 아냐? 얼마 전에 라이델베르크 신문에 나온 광고를 봤어! 그런데 벌써 실물을 볼 줄이야! 뮤스, 너 대단한걸?
엄청난 집안의 아들 아냐?”

　히안의 말에 가슴을 쓸어 내린 뮤스는 머리를 긁적였다.

　“히안, 빨리 타라. 이러다 지각하겠다. 난 첫날부터 지각하기는 싫
거든.”

　“하하, 내가 전뇌거를 다 타보다니.”

　히안 역시 사람들의 부러움을 받으며 수업이 있는 건물로 이동하기
시작했다. 히안이 신문의 광고대로 마차보다 훨씬 빠른 속도로 부드럽
게 움직이는 전뇌거가 신기한 듯 내부의 여기저기를 둘러보고 있을 때
뮤스가 물었다.

　“다른 친구들은?”

　“아, 이미 와 있거나 곧 도착하겠지 뭐. 폴린이면 몰라도 세이즈나
카타리나는 지각을 거의 안 하거든.”

　몇 마디 대화를 나누기도 전에 로데오는 이미 연금술학부의 건물 앞
으로 그들을 데려다 주었다. 로데오에서 내린 뮤스는 두 번째 와보는
건물이었지만 감회가 새로운지 건물 앞에서 크게 한숨을 들이쉬었다.
뮤스도 얼마 전에 안 사실이지만 연금술학부는 다섯 개의 반으로 나뉘
어져 있었다. 학년마다 250명의 신입생을 받지만 학생들의 효율적인
관리를 위하여 50명씩 반으로 나눈 것이었다. 물론 카타리나와 나머지
친구들은 같은 반이었고, 뮤스 역시 크라이츠의 도움으로 그들과 같은
반으로 배정받을 수 있었다. 뮤스는 히안과 헤어져 수속을 하기 위해
반사무실을 찾아갔다.

　반사무실은 일층이었기에 찾는 데는 그리 큰 어려움이 없었다. 노크
를 한 후 반사무실로 들어가자 젊은 여성 둘이 업무를 보고 있었고, 뮤

스보다 두어 살 많아 보이는 금발의 짧은 머리를 가진 남자가 소파에 앉아서 책을 읽고 있었다. 뮤스가 들어옴을 느꼈는지 책을 보던 남자는 고개를 들며 물었다.

"무슨 용건이시죠?"

"오늘 이곳에 배정받은 뮤스 드라켄이라고 하는데요?"

"아! 미리 연락받았습니다. 투트가르에서 이곳으로 편입하셨다고요?"

"편입요? 아… 네!"

편입이 뭔지는 몰랐지만 크라이츠의 안배라고 생각한 뮤스는 긍정의 표시를 하였다.

"하하, 반갑습니다. 전 반 대표인 비레지안이라고 합니다. 연금술학부 3학년이지요. 앞으로 계속 봐야 할 텐데 그냥 빌이라고 부르세요."

"네, 고마워요."

"마침 오늘 1학년 소집 시간에 제가 전달 사항이 있어서 들어가야 하는데 그때 저와 함께 들어가도록 하죠."

"네. 마음 써주셔서 고맙습니다."

빌의 도움에 뮤스가 길게 읍을 하자 그의 인사 방식이 어색한지 몸을 어찌해야 할지 몰라 하고 있었다.

딩동딩동—!

수업을 알리는 듯한 종소리가 학교 전체에 울려 퍼지자 뮤스는 빌과 함께 그가 배정받은 반으로 향했다. 그는 항상 책을 가지고 다니는지 읽던 책을 가슴팍에 안고 있었다. 뮤스의 앞으로 걸어가던 빌이 발걸음을 멈추자 뮤스도 다 왔음을 느끼고 따라 발걸음을 멈추었다.

서당을 마친 이후로 몇 년 동안 학교라는 곳에 다닌 적이 없던 뮤스는 새삼스럽게 긴장되는 것을 느꼈다.

긴장으로 얼굴이 굳어 있는 뮤스를 향해 빌이 미소를 지으며 말했다.

"후훗, 뮤스 군, 꽤 긴장이 되어 보이는데요? 꼭 산송장 같군요?"

"아… 아, 네… 하… 하……."

나름대로 긴장을 풀라고 던진 어설프기 그지없는 농담에 뮤스 역시 어설프기 그지없는 웃음으로 답하고 있었다. 이어 빌은 교실의 문을 열며 들어가라는 몸짓을 했고, 뮤스는 자신이 배정받은 반으로 첫발을 내디뎠다.

교실은 뮤스의 생각보다는 넓었다. 의자와 책상이 붙어 있는 일체형 걸상이 나열되어 있었고, 그곳에서 불편하게 엉덩이를 붙이고 있는 50명 정도 되는 남녀 학생의 시선을 느낄 수 있었다.

카타리나와 그녀의 친구들도 보였지만 난생처음으로 이 많은 사람들의 시선을 한 몸에 받게 된 뮤스는 그들에게 아는 척을 할 수도 없이 시집가는 새색시마냥 얼굴만 붉히고 있었다. 차마 정면을 응시하지 못한 채 고개를 푹 숙이고 있던 뮤스는 귀 너머로 빌의 말소리를 들을 수 있었다.

"네, 여러분, 오늘도 모두 모이셨군요. 오늘 여러분들께 소개해 줄 새로운 친구가 있습니다. 이 학생은 투트가르에서 우리 학교로 편입한 뮤스 드라켄이라고 합니다. 앞으로 잘 지내시길 바랍니다. 뮤스 군, 간단히 소개 좀 할래요?"

빌의 부탁에 아무런 마음의 준비도 없었던 뮤스는 더욱 얼굴만 붉혔다. 하지만 아무것도 하지 않고 이대로 있을 수도 없었기에 기어 들어가는 목소리로 소개를 하기 시작했다.

“저… 저는 뮤스 드라켄이라고 합니다. 이곳은 처음이지만 앞으로 잘 지내고 싶습니다.”

버벅거리는 뮤스의 소개에 가장 뒤에 앉아 있던 남학생이 장난스럽게 외쳤다.

“하하, 엄청난 부끄럼쟁이구나? 장가가는 날인 줄 아는 거야?”

어린애 장난 같은 그의 말에 더욱 얼굴을 붉히는 뮤스를 보며 뭐가 그리 재미있는지 반 학생들은 웃고 있었다. 빌이 수습을 하기 위해 주변을 진정시켰다.

“자자, 처음 온 친구에게 너무 장난치지 말고. 아, 저 뒤에 빈자리가 있으니 들어가서 앉으세요.”

“네.”

빌의 말대로 카타리나의 바로 옆 자리에 빈 책상이 하나 있었다. 아마도 그들이 빈자리를 만들어놓았으리라 생각한 뮤스는 붉어진 얼굴을 숙이며 자리로 가서 앉았다. 그를 보며 빙글빙글 웃던 폴린이 말했다.

“야, 이거 완전 다른 사람 같잖아? 원래 무대 공포증 같은 거 있니?”

“아냐, 그냥 이렇게 많은 사람 앞에 서본 적이 없어서 그런 거야.”

‘처음부터 이게 무슨 망신이냐. 그것도 카타리나 앞에서… 설마 카타리나도 날 비웃진 않겠지?’

세상일은 원래 마음대로 되는 것이 아닌지 옆 자리에 앉아 있는 카타리나가 웃으며 말했다.

“호호, 나도 뮤스가 이런 걸로 당황할 줄은 몰랐는걸? 정말 표정 웃겼어. 그나저나 누님과 상의해 본다더니 벌써 입학을 했네?”

‘이크!’

걱정을 하고 있던 카타리나의 말에 가슴이 비수에 찔리는 듯했지만 애써 숨기며 말했다.

"어떻게 하다 보니 그렇게 됐어."

이들이 열심히 떠드는 순간에 반 대표인 빌이 전달 사항을 말하고 있었다.

"자, 여러분, 드디어 본격적인 가을이 왔습니다. 가을 하면 뭐가 생각나시죠?"

빌의 지나가는 질문에 뮤스를 당황하게 만들던 남학생이 손을 번쩍 들며 말했다. 이 반의 분위기 메이커인 듯 쇼맨십이 강한 학생이었던 것이다.

"당연히 가을 축제 아니겠습니까?"

"네, 맞습니다. 기말 학력 평가 시험 전에 매년 열리는 가을 축제입니다. 올해 역시 우리의 라이벌 학교인 카이젠 대학교와 대항전이 벌어지게 됩니다. 자세한 것은 동호회 회실로 전달되니 그쪽에서 확인하세요."

어느덧 이야기를 접고 빌의 전달 사항을 듣던 뮤스가 그의 옆에 있는 히안에게 물었다.

"히안, 축제라니? 뭘 하는 건데?"

히안은 첫 수업 준비를 하는지 가방을 싸며 말했다.

"투트가르에서는 축제도 안 하냐? 이곳 라이델베르크에 대학교가 두 곳인 것은 알고 있겠지?"

"어, 물론 알고 있지."

"그래, 그중에 한곳이 카이젠 대학교야. 그곳은 여기 햄브리겐 대학교와는 다르게 귀족 층의 아이들이 많이 다니는 곳이지. 그래서 무척이나 콧대가 높고 잘난 척을 많이 하거든. 물론 입학 자격은 별다른 점

없지만 이상하게 귀족 층의 아이들이 그쪽으로 많이 가더라고."

뮤스는 그의 말에 귀를 기울이고 있었고 히안은 가방을 다 쌌는지 책상에 올려놓으며 이야기를 이었다.

"그래서 반대로 평민 아이들이 많은 우리 학교와는 라이벌 관계 같은 사이가 된 것이지. 아! 나머지는 카타리나에게 물어봐. 난 첫 수업이 있어서 이만 가야 하거든?"

"어, 그래. 그럼 나중에 보자."

친구들에게 급하게 인사를 하고서 손을 흔들며 반을 빠져나가는 히안이었다. 그가 나간 후 폴린의 투덜거리는 소리가 들렸다.

"저 녀석은 언제나 저 모양이라니까. 뭘 공부에 원수를 졌나. 무려 24학점이나 듣다니……."

이미 이곳의 학점 제도에 대해서는 알고 있던 뮤스는 폴린의 말에 고개를 끄덕였다. 히안의 말대로 옆에 있던 카타리나가 계속 설명을 해주었다.

"우리는 너와 수업 시간이 같으니 상관없어. 내가 계속 설명해 줄게. 게다가 카이젠 대학교와 우리 학교는 설립 연도까지 비슷해서 총장들도 서로의 자존심 대결 모드인 것이지. 그래서 매년 이런저런 시합으로 우열을 가린단다."

"아! 이제야 알겠군."

투덜거리던 폴린이 말했다.

"아마 너에게는 재미있는 경험이 될 거야. 너도 꽤 운이 좋은걸? 입학하자마자 축제를 경험하다니 말야. 뭐, 그 재수없는 카이젠 녀석들 얼굴짝 보는 것만 뺀다면 정말 유쾌할 건데 말야."

폴린은 유난히 카이젠의 학생들을 싫어하는 듯했지만 아직 그쪽 학생들을 만나보지 못한 뮤스는 별달리 할 말이 없었다. 문득 생각났다는 듯이 폴린이 카타리나에게 물었다.

"아참! 그 재수없는 바르키엘 녀석도 이번에 출전하겠군? 그 녀석, 아직도 널 따라다니니?"

"글쎄, 요즘은 좀 뜸하던걸?"

"나 같으면 그 녀석 엉덩이를 걷어차 줬을 거야. 그 느끼한 얼굴에… 웩! 자기 잘난 맛에 사는 녀석이 왜 너 같은 평민을 좋아하나 몰라? 물론 조금 예쁘긴 하지만 말야."

폴린의 과장된 말에 카타리나는 푸훗 하고 웃어버렸다. 그녀가 귀족이라는 것을 모르는 친구들은 당연히 귀족의 자제가 그녀를 따라다니는 것을 이해할 수 없었다. 그녀들이 무슨 말을 하는지 모르는 뮤스는 어정쩡한 자세로 고개만 갸웃거렸다. 그러자 뮤스의 마음을 안다는 듯이 옆에서 조용히 지켜보던 세이즈가 뮤스에게 설명해 주었다.

"바르키엘은 카이젠 대학에 다니는 아이인데 무려 이 년 동안이나 카타리나를 따라다니는 중이야. 뭐, 내가 보기에는 그다지 나쁜 아이는 아닌 것 같은데 조금 잘난 척을 하는 게 흠이지."

'카타리나를 따라다니는 사람이라고? 흠…….'

세이즈의 말을 생각해 보며 알지 못할 기분을 느끼고 있을 때 폴린이 세이즈를 향해 흥분한 표정으로 말했다.

"흥! 그 녀석이 조금 잘난 척한다고? 아무튼 천사표인 세이즈 양의 마음에는 악이란 존재는 항상 없구나? 너, 그렇게 살면 세상 힘들게 살 거야! 가끔은 악인들도 등장해 줘야 한다고!"

폴린의 흥분에 세이즈는 뮤스를 보며 아무 말 없이 어깨만 으쓱했다. 뮤스가 기분을 다른 곳으로 돌리고 싶은 마음에 주변을 둘러보자 이미 다른 학생들은 수업에 들어갔는지 몇 명밖에 남아 있지 않았다. 잠시 후 뮤스 일행 역시 수업 시간이 다 되었기에 자리에서 일어났다. 연금술학부 건물 밖으로 함께 나온 뮤스가 말했다.

"이제 어디로 가야 하는 거야? 알다시피 난 그냥 카타리나, 네 수업 시간에 다 맞춰서 자세히 몰라."

'바보같이 무작정 카타리나 시간표에 맞춰 버리다니…….'

스스로를 힐책하는 뮤스였지만 애초 학교를 다니는 이유가 카타리나였다는 것을 깨닫게 되자 자신의 행동을 이해할 수 있었다.

"어디 보자… 첫 수업은 운 좋게도 교양 과목인걸? 호신술 과목이야. 우리 연금술학부생들에게는 몇 안 되는 교양 과목 중 하나지. 필수 과목이 너무 많거든."

"아, 그렇구나. 호신술이라…….."

'자신의 몸을 지키는 방법이라… 뇌동체술법 같은 건가?'

호신술에 대해 생각을 조금 하던 뮤스에게 폴린이 재촉을 하며 말했다.

"뭐 하니? 빨리 가자 이래 봬도 학교가 꽤 넓어서 걸어가는 데 시간이 한참 걸린단 말이야."

전뇌거를 타고 가면 금세였지만 이인승인 로데오 기종이었고, 게다가 아직 발매되지도 않은 로데오를 타고 다닌다면 사람들의 시선이 뜨거울 것 같았기에 그냥 포기하기로 했다. 물론 친구들과 함께였지만 카타리나와 캠퍼스를 걸어보는 것도 좋다는 생각도 가지고 있었다.

대로를 따라 십 분여를 걸어가자 드넓은 연무장이 보였다. 카타리나의 말로는 기사학부에서 쓰는 연무장이지만 오늘처럼 교양 과목이 있는 날이면 일반 학생들이 와서 수업을 받는다고 했다. 연금술학부만 알고 있던 뮤스는 그 이외에도 기사학부, 상경학부, 외국어학부, 마법학부 등 여러 가지 분야의 학부가 있다는 것을 알 수 있었다. 존재와 동시에 국력의 척도가 되는 기사학부와 마법학부는 대학마다 둬야 한다는 황제의 엄명에 따라 제국의 모든 대학에는 기사학부와 마법학부는 필수적으로 설치되어 있다는 것이었다.

세 명의 친구들과 연무장에 도착한 뮤스는 이미 모여 있는 학생들을 볼 수 있었는데 그 대부분이 여학생이었다. 남자들보다 혹시라도 모를 괴한들에 대한 대비로 여학생들이 선호했기 때문이다. 오십여 명의 학생들 중 남자는 불과 열 명 남짓할 뿐이었다. 수업이 시작되려는지 연무장의 옆에 있는 건물에서 간편한 옷차림의 남성이 걸어나오고 있었다. 키는 거의 2멜리에 달했고 약간 붙는 듯한 셔츠에 근육이 그대로 드러나는 건장한 남성이었다. 그는 모여 있는 학생들을 둘러보며 말했다.

"다들 왔겠지? 우선 출석은 다 왔다고 믿고, 지난주에 이어 이번 시간에도 치한 퇴치 방법에 대한 수업을 하겠다."

말을 마친 후 자신의 앞에 모여 있는 사람들을 하나하나 유심히 살펴보기 시작했다. 그러자 여학생은 아무렇지도 않은 듯했지만 남학생들은 그의 눈을 피하는 듯 보였다. 교관이 한 남학생과 눈이 마주치자 손가락을 까딱 하며 나오라는 신호를 보냈다. 그러자 그 남학생은 걸렸구나 하는 표정을 지으며 도살장으로 끌려가는 소처럼 어깨를 축 늘어뜨리고 앞으로 걸어나갔다. 학생이 나오는 것을 확인하자 그의 말은 계속되었다.

"자, 이 남학생이 오늘 여러분들을 위하여 거리를 방황하는 고독한

깡패가 되어줄 것이다. 우선은 내가 시범을 보여줄 테니 여러분들은 잘 본 후 옆의 학생과 연습을 해보기 바란다."

수많은 여학생들 앞에서 잘 보이려는 듯이 가슴의 근육을 몇 번 팅겨 보인 교관은 나와서 몸을 움츠리고 있는 남학생을 보며 말했다.

"자네 동네의 깡패들은 언제나 그렇게 자신없는 모습인가? 가슴을 펴보라고!"

교관의 말에 남학생은 약간이나마 위축되어 있는 몸을 펴보았다. 조금 나아지긴 했지만 움츠리고 있어 보이는 것은 매한가지였다.

"자! 첫 번째는 깡패가 뒤에서 자신을 끌어안았을 때이다. 학생, 날 뒤에서 끌어안아 보게."

그의 명령에 어쩔 수 없이 뒤에서 끌어안은 그 학생은 교관과의 체격 차이 때문인지 두 손이 서로 닿지도 않고 있었다. 고목 나무를 끌어안은 매미랄까? 교관은 그런 것에는 신경도 안 쓰는지 학생들을 향해 계속해서 설명을 하고 있었다.

"자, 이럴 때는 발의 뒤꿈치로 상대의 발등을 밟는다. 그 다음 손목 관절의 이곳을 잡고 힘을 준 후 뒤로 꺾어버리는 것이다!"

말을 마치기가 무섭게 설명대로 학생의 발등을 밟자 학생은 비명을 질렀다. 하지만 그가 발을 살펴볼 여유조차 주지 않고 손목을 잡은 후 팔을 뒤로 꺾었다. 그것을 구경하던 남학생들은 남의 일이 아니라는 듯이 겁에 질려 있었고, 여학생들 역시 너무하다 싶었는지 인상을 찌푸리고 있었다. 뮤스 역시 그중의 한 명이었다.

'너무하는군. 아무리 시범이라지만 학생을 저렇게 다뤄도 되는 건가?

학생들의 반응에는 아랑곳하지 않고 자랑스럽다는 듯이 가슴을 펴며 씨익 웃고 있는 모습이 꽤 느끼해 보였다. 교관에게 합법적인 폭행을 당한 학생은 안타깝게 발을 잡고 땅에서 뒹굴고 있었다.

"자! 두 번째는 손목을 잡고 놓지 않을 때이다. 학생, 뭐 하는 건가? 다른 학생들이 기다리지 않나?"

땅에서 일어나지도 못하는 남학생을 재촉하자 남학생은 아픔을 꾹 참으며 다시 일어났다. 하지만 그런 모습을 도저히 두고 볼 수가 없는지 뮤스가 나섰다.

"수업 도중에 실례합니다!"

그의 돌연한 등장에 교관은 시선을 돌려 그리 크지 않은 체구의 뮤스를 바라봤고, 세 친구들은 갑작스런 뮤스의 행동에 말릴 틈도 없이 당황하고 있었다.

"자네는 처음 보는 듯한데?"

"네, 오늘부터 이 수업을 듣는 학생입니다."

"그런데 나에게 뭐 질문이라도 있는가?"

"저 교… 웁!!"

겨우 정신을 수습한 폴린이 뛰어나오며 뮤스의 입을 막았다.

"호호호, 잘생긴 교관님. 이 녀석이 화장실이 급하다는데요? 부끄러워서 말 못하고 있다가 도저히 못 참겠나 봐요."

"그런가? 그럼 잠시 다녀오도록!"

뮤스의 입을 막고서 겨우 친구들에게로 끌고 온 폴린은 큰일 날 뻔했다는 듯이 말했다.

"너, 미쳤어? 저 녀석이 어떤 녀석인데? 만만한 녀석이면 다른 남학생들이 참고 있겠니?"

"그래도 저 죄없는 남학생이 당하게 볼 수만은 없잖아?"

카타리나 역시 흥분한 목소리로 끼어들며 말했다.

"뮤스, 너 정말 큰일 날 뻔한 거야! 저 교관이라는 사람 왕년에 기사로 이름깨나 날리던 사람이라고! 이곳에서 기사 지망생도들을 가르치기도 한단 말야!"

"게다가 학점이 구멍날걸. 첫 수업부터 학점에 구멍나고 싶진 않겠지?"

쐐기를 박는 세이즈의 말에 화를 억누를 수밖에 없었다. 그들이 대화를 하는 동안에도 아무런 죄도 없이, 그저 재수가 없을 뿐인 남학생의 관절은 이리 꺾이고 저리 꺾이며 비명을 지르고 있었고, 뮤스는 그저 마음속으로 명복을 빌어줄 수밖에 없었다.

근 한 시간 정도 교관의 장난감이 되었던 남학생은 쉬는 시간이 되자 연무장의 돌바닥에 널브러져 있었고, 그의 친구들로 보이는 몇 명의 남학생들과 여학생들이 안절부절못하고 있었다. 카타리나와 친구들이 잠시 화장실에 간 사이 뮤스는 그들에게 다가갔다.

"이 일을 어쩌면 좋니?"

"저 미치광이 교관 녀석은 사람이 이 모양인데 거들떠도 안 보다니!"

"그러게 말이야!"

어쩔 줄 몰라 하는 여학생들의 목소리와 분노하는 남학생들의 욕지거리가 들려왔다. 뮤스가 학생들을 헤치고 들어가 누워 있는 남학생을 살펴보니 기절을 했는지 움직이지도 않았고 그저 숨만 쉬고 있을 뿐이었다. 뮤스가 끼어들자 주변 학생들 중 귀엽게 생긴 금발 머리의 여학생이 그의 팔을 붙잡고 흔들며 말했다.

"제 동생 필로닌 좀 살려주세요! 네? 제발……."

마음이 급했는지 그 여학생은 얼굴도 모르는 뮤스에게 눈물을 글썽이며 도움을 구하고 있었다. 그 역시 이대로 둬서는 안 되겠다고 생각했는지 곰곰이 자신의 기억을 떠올리고 있었다.

'이 일을 어떻게 한다… 기절이라…….'

방법을 강구하던 뮤스는 주변 여학생들의 옷을 살펴보기 시작했다. 마침 자신에게 도움을 청했던 여학생의 블라우스의 가슴에 달려 있는 브로치가 눈에 띄었다.

'크라이츠 누님이 달고 다니는 걸 봐둔 게 다행이군.'

그가 서슴없이 브로치를 얻기 위해 손을 여학생의 가슴으로 가져가자 그녀는 소스라치듯이 놀라며 가슴을 가렸다. 사방의 학생들은 감히 대낮에 여성의 가슴을 노리는 이 대담한 변태(?)에게 시선을 모았고, 그제야 급한 김에 실수를 했다는 것을 알 수 있었다.

"어머! 이게 무슨 짓이죠?"

"아차, 죄송해요! 너무 다급해서… 가슴에 달린 장신구 좀 빌릴 수 있을까요?"

"브로치요? 브로치는 왜요?"

"급하니 묻지 마시고 그냥 빌려주세요."

"아… 알았어요."

뮤스의 말에 더 이상 토를 달지 못한 그녀는 브로치를 빼서 건네주었다. 브로치를 건네 받은 뮤스는 브로치를 들고 있는 손으로 뇌공력을 모으기 시작하였고, 브로치에서 스파크가 일더니 잠시 후 붉은색으로 물들기 시작하였다.

'우선 높은 열로 소독을 해야겠지?'

주변에서 뮤스의 하는 양을 지켜보던 학생들은 브로치에서 일어나는 작은 변화였지만 놀라는 눈빛으로 바라보고 있었다.

"우왓! 봤어? 바늘에서 빛이 나는 거?"

사람의 손에서 스파크가 일어나는 것을 신기하게 보는 것은 당연한 일이었다. 그것도 잠시, 뮤스는 브로치의 핀으로 필로닌이라 불린 학생의 열 손가락 끝을 빠르게 찌르기 시작했다. 그런 후 손가락을 짜내자 손가락의 끝에서는 검은 피가 몇 방울 흘러나오기 시작했다. 이런 뮤스의 행동에 놀라 버린 여학생이 뮤스를 밀치며 소리쳤다.

"당신 미친 것 아니에요? 손가락을 무슨 이유로 이렇게……."

그녀의 말은 끝까지 이어지지 못했는데, 정신을 차리지 못하고 누워 있던 필로닌이 깨어나는 모습을 봤기 때문이었다.

"으으… 누, 누나……."

"휴우……."

뮤스는 이제야 한시름 놓았다는 듯이 땅바닥에 눌러 앉은 채로 이마의 땀을 닦고 있었다. 이때 화장실을 다녀왔는지 저쪽에서 카타리나가 그의 이름을 불렀다.

"뮤스! 무슨 일이야?!"

카타리나를 보자 땅바닥에 주저앉아 있는 자신이 부끄러운 듯 날렵하게 몸을 일으켰다.

"아, 아냐. 지금 갈게, 기다려."

별일없었다는 듯이 자신에게 경이로운 눈빛으로 보내는 사람들을 헤치며 수업받던 자리로 돌아오던 뮤스는 뭔가 잊은 것이 있는지 되돌아 자신의 동생을 안고서 눈물짓고 있는 그녀에게 다가갔다.

"저… 실례하지만 이것을 다시 돌려드리지 못했네요."

뮤스의 목소리가 들려오자 그녀는 고개를 돌렸다. 그녀의 큰 눈망울에는 눈물이 가득 고여 있었고, 그에게 뭐라고 말을 하고 싶었지만 차마 아무런 말도 못하며 그가 건네는 브로치만 받아 들었다.

"그럼 동생 간호 잘하세요. 전 이만……."

뒤돌아 친구들에게 걸어가는 뮤스를 보며 여학생은 눈을 떼지 못하고 있었다. 뮤스가 돌아오는 것을 본 폴린이 카타리나에게 물었다.

"혹시 저기 앉아 있는 여자애 너의 씨니어 스쿨 동창인 가이엔 아니니? 그런 것 같은데?"

"아, 맞다! 8학년 때 같은 반이었어. 꽤 착한 애였지. 귀족이었지만 언제나 수수했거든. 집도 대단했던 걸로 기억하는데… 우리 학교 다녔었나?"

그녀들이 잡담을 할 때 머리를 긁적거리며 뮤스가 돌아왔다. 카타리나가 자신을 바라보는 것으로 착각한 뮤스는 또 한 번 얼굴을 붉혔다.

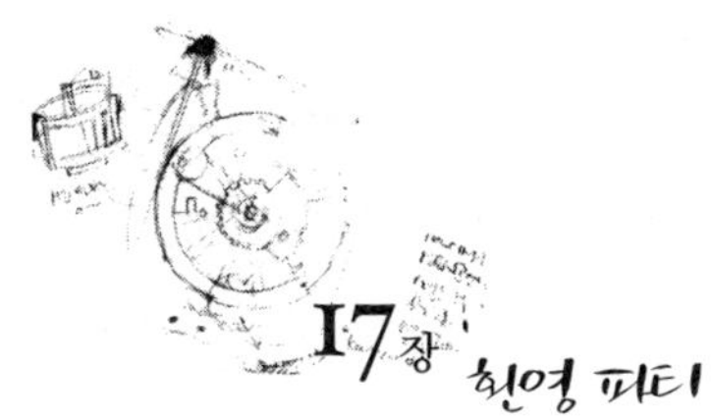

17장 환영 파티

첫 수업을 아무런 소동(?) 없이 마친 뮤스 일행은 점심 식사를 위해 학생 식당을 찾았다. 학생 식당은 공공시설답지 않게 꽤 잘 꾸며져 있었고 깨끗했다. 가격도 쌌지만 무엇보다 식비를 한 번 지불하면 얼마든지 더 가져다 먹을 수 있다는 점이 학교 주변의 식당보다 인기가 있는 비결이었다. 음식을 각자 먹을 만큼만 덜어서 자리를 잡은 일행들이었다.

"카타리나, 매번 이 시간에 점심 식사를 하는 거야?"

"응. 보통 그렇지. 그런데 어떤 날은 수업 시간이 안 맞아서 못 먹을 때도 가끔 있어."

"아, 그렇구나… 그나저나 오늘은 언제 학교를 마치지?"

"앞으로 수업이 두 개 더 남아 있어. 왜? 끝나고 해야 할 일이라도 있니?"

"아! 누님을 도와드리러 가야 하거든. 가게를 혼자 운영하려면 힘드실 거야. 아저씨들도 있지만 그래도 도와드려야지."

공학원의 사람이라는 것을 밝히기 꺼려한 뮤스는 카타리나도 이해해 주리라 믿었기에 공학원을 가게로 표현해 버린 것이다. 하지만 이런저런 호기심 많은 폴린이 이번에도 가만히 있지 못하고 물어보기 시작했다.

"뮤스, 너희 어떤 가게 하니? 우리 집은 음식점을 하거든? 슈넬 레스토랑이라고 혹시 들어봤어? 이 부근에서는 꽤 유명한 음식점이야. 전국에 걸쳐서 분점들도 가지고 있거든. 투트가르에도 있는데……."

세이즈도 궁금한지 음식을 입으로 가져가며 뮤스를 바라보았고, 슈넬 레스토랑이 얼마 전 크리스티앙과 만났던 이층의 창문이 인상적인 음식점이라는 것을 기억해 낸 뮤스는 반갑게 그녀의 이야기를 받았다.

"그랬구나! 나도 얼마 전에 한번 가본 적이 있어. 물론 음식은 못 먹고 나왔지만 말야."

"웅? 음식점에 와서 음식을 못 먹다니?"

"아, 그럴 일이 있었거든."

"다음에라도 온다면 내 친구라고 말하렴. 그럼 깍듯하게 맞아줄 테니까. 그건 그렇고 너희 집은 어떤 가게를 하냐니까?"

"아… 대장간을 하고 있어."

한순간에 대규모의 공학원이 대장간으로 변하는 순간이었다. 뮤스의 말에 카타리나가 킥킥거리며 웃었지만 그녀도 눈치는 빠른지 폴린의 다음 질문을 막아주었다.

"빨리 점심을 먹어야 다음 수업을 들어갈 거 아냐? 빨리 먹자."

"아, 그렇지."

카타리나의 말에 일행들은 허겁지겁 식사를 끝낼 수 있었고 뮤스는 그녀에게 은연중 고마움을 느꼈다.

다음 수업은 뮤스가 처음 이곳에 왔을 때 카타리나와 들어본 적이 있던 필수 과목이었는데, 히안은 이미 다른 과목들의 수업을 마쳤는지 다시 일행들과 합류하게 되었다. 연금술개론이라는 이름을 가진 이 수업이 시작되자 그때와 같은 교수가 들어와 이런저런 이론에 대해 떠들기 시작했다. 사람들도 꽤 지루했는지 졸거나 딴짓 하는 학생들이 대부분이었고, 뮤스 역시 잘못된 이야기들을 맞는 척 듣는 것도 고문이라고 생각했지만 이 세계의 화공학 수준에 대해 자세히 알 수 있는 수업이었기에 시간이 아깝지는 않았다.

하지만 그것도 잠시, 따분했는지 고개를 돌리다가 문득 자신이 가지고 온 가방을 보았다. 학교에 오기 전 크라이츠와 켈트가 이것저것 넣는 것을 보았는데, 학교 가는 데 다른 것은 필요없다며 그들을 만류했지만 아랑곳하지 않고 알 수 없는 물건들을 넣었기 때문이다.

'가방에 아침부터 뭘 그렇게 넣으신 거지?

궁금함을 느끼며 가방을 살포시 열어본 뮤스는 화들짝 놀라고 말았다. 잠잠히 있던 뮤스가 움찔 놀라자 옆에 앉아 있던 카타리나가 표정으로 무슨 일이냐고 묻고 있었다. 하지만 그녀의 얼굴을 보며 어색한 웃음만 흘릴 수밖에 없었다.

'이런! 이런 공구들은 왜 넣어둔 거야. 그리고 이 어마어마한 양의 보석들은? 분명 실험 도구들은 켈트 아저씨일 거고… 보석은 크라이츠 누님……'

크라이츠는 남에게 무시당하지 않으려면 돈이 있어야 한다는 생각으로 뮤스의 가방에 말도 안 되는 양의 보석을 넣은 것이고, 켈트는 뮤스가 필요할 것이라 생각했는지 갖가지 실험 도구들을 넣어놓은 것이었다. 사실 시간만 더 있었다면 공학원에 있는 모든 종류의 광석들까지 포함시켰으리라.

"뮤스, 무슨 일이니?"

"아… 집에서 안 가지고 온 것들이 있어서. 깜짝 놀랐을 뿐이야."

"그렇구나."

이때 강의를 하던 교수가 그들이 떠드는 것을 발견했는지 호통을 쳤다.

"뒤에 학생들! 내 수업을 듣는 게 재미없으면 그냥 잠이나 자세요! 전 떠드는 것이 세상에서 제일 싫습니다!"

교수에게 지적을 받은 카타리나와 뮤스는 고개를 푹 숙였고, 자신 때문이라는 생각이든 뮤스는 카타리나에게 미안해했다. 하지만 그의 생각보다 활달하기만 한 카타리나는 고개를 숙인 채로 뮤스를 바라보며 웃고 있었다.

"킥킥, 이 수업은 매일 이래."

저녁 식사를 할 때쯤 되어 하루의 모든 수업이 끝나자 일행들은 각자 집에 들른 후 뮤스의 입학 축하 파티를 위해 폴린의 음식점에 모이기로 의견을 맞추었다. 다른 친구들은 모두 집으로 돌아갔고, 카타리나는 뮤스와 같은 방향이었기에 함께 전뇌거를 타고 그녀의 집으로 가는 중이었다. 저녁의 공기는 이미 싸늘해진 지 오래여서 열려진 전뇌거의 창문으로 들어오는 바람이 춥다고 느낀 뮤스는 전뇌거의 창문을 닫았다. 공학원에서의 만남 이후로 처음 카타리나와 단둘이 있는 시간이어서 그런지 조금 설레는 기분도 들었지만, 역시나 전뇌거 안의 밀폐

된 공간이었기에 둘의 사이에 어색한 공기만 감돌고 있었다. 이때 카타리나가 어색한 분위기를 깨며 뮤스를 향해서 물었다

"뮤스, 오늘 학교 어땠어?"

카타리나가 말을 걸어오자 내심 한숨을 내쉬며 다행이라고 생각했다. 뮤스의 입장에서 처음은 아니었지만 정체를 알 수 없는 미묘한 긴장감에 더욱 적응하기가 힘들었기 때문이다.

"어? 뭐가 어땠냐니?"

"학교 수업이나 친구들, 또는 분위기 같은 것들 말이야."

"아! 처음 수업인 교양 호신술만 빼면 괜찮았어. 다른 수업도 지루하긴 했지만 견딜 만했고."

"후훗, 그럼 다행이다. 솔직히 걱정을 좀 했거든. 내가 널 학교로 끌어들인 것 같은데 마음에 안 들면 어떻게 하나 해서."

"별 걱정을 다 하는구나."

"뮤스, 저 코너에서 우회전을 해야 해."

"아, 우회전……."

카타리나가 설명하며 찾아가는 가는 거리에서 뮤스는 왠지 익숙하다는 느낌을 받고 있었다. 그 느낌의 정체를 곧 알 수 있었는데 그의 눈에 들어온 것은 언덕 위에 있던 페릴의 저택이었기 때문이다.

"아! 예전에 나 이곳에 와본 적이 있어. 그런데 너희 집은 어디지? 이곳엔 저 건물밖에 없는걸?"

"호호호, 당연한 거 아니니? 저곳이 우리 집이니까."

"너, 넌 평민이라면서?"

뮤스는 적지 않게 놀라며 카타리나의 얼굴을 뚫어지게 바라보았다.

"헤헤, 부탁이 있는데, 나는 네가 공학원의 사람이라는 것을 숨겨줄

테니까 너도 내가 귀족이란 것을 좀 숨겨줘. 응? 어차피 서로 비밀을
하나씩 알고 있는 거니까 동등한 것 아니니?"

"…알았어. 그렇게 하자. 그렇다면 넌 내가 크리스티앙님과 페릴님
과 아는 사이란 걸 이미 알고 있었던 거야?"

뮤스의 물음에 카타리나는 새침하게 웃으며 최대한 귀여운 표정을
짓고 있었다.

"헤헤, 실은 알고 있었지잉~ 물론 전에도 말했듯이 초대장을 보기
전에는 전혀 몰랐어. 하지만 너에게 숨기는 게 미안해서 같이 오자고
그랬던 거야."

애교스럽게 말하는 그녀는 사실 귀여운 것과는 거리가 먼 모습이었
다. 오히려 아름다운 모습이랄까. 하지만 그녀가 노력하는 애교 비슷
한(?) 행동에 그저 웃어넘길 수밖에 없었다.

"그럼 페릴님도 내가 너와 친구인 걸 알고 계신 거야?"

"아니, 일부러 말 안 했어. 언니 귀에 들어간다면 자연스럽게 부모님
의 귀에 들어갈 테고… 그러면 아마 널 만나보자고 안달이셨을걸? 전
뇌거 발표회 이후로 공학원의 대표가 내 또래의 아이란 걸 알고 엄청
나게 궁금해하고 계시니까."

"하하, 그렇구나."

"뮤스, 저쪽에 세워줘. 만약 이걸 타고 들어가다는 걸 본다면 집에서
혼란이 생길 거야. 안 그래도 남자 친구 안 만드냐고 아버님께 시달리
는데 이 사실을 알면 아버님의 오해로 괴롭힘에 잠을 못 잘걸? 이렇게
말야!"

카타리나는 자신의 목을 조르는 시늉을 하며 짐짓 엄살을 피우고 있
었다. 그녀의 모습이 정말 웃겨 뮤스는 크게 웃고 말았다.

"하하하! 설마 그 정도이려고. 그나저나 애들이랑 약속 시간에 늦겠다. 나도 공학원에 들렀다 와야 하니까 이만 가볼게."

"아, 그렇겠구나. 그래, 그럼 나중에 음식점에서 보자."

"응!"

타깍―

카타리나는 가볍게 전뇌거에서 내려 가벼운 걸음으로 그녀의 저택을 향해 걸음을 옮겼고, 뮤스는 그녀가 정문까지 들어가는 것을 보고서야 전뇌거를 돌렸다. 그녀가 옆 자리에 없다는 것을 깨닫자 왠지 허전함을 느꼈다. 물론 잠시 후 다시 만난다지만 지금 허전한 것은 변함없는 사실이었다.

"이런 기분은 처음인데… 하긴, 조선에서 이런 느낌에 빠질 시간이나 있었었나. 흠, 좋아한다는 것이 이런 느낌인가? 누구에게 물어볼 수도 없고 난처하군. 아차차! 가방에 있는 것이나 돌아가서 따져야겠어. 이왕이면 책이나 사서 넣어주지 이런 건 어디다 쓰라고……."

문득 가방 속의 어이없는 내용물들이 생각난 뮤스는 전뇌거의 속도를 높이기 시작했다.

뮤스가 공학원의 문을 열고 들어가자 콧노래를 부르며 포센트의 마무리 공정 작업을 하고 있는 브라이덴이 보였다. 포센트 내부 장식은 고급 목재로 이루어져 있기 때문에 나무를 가장 잘 다루는 브라이덴이 마무리를 맡고 있는 것이다.

"브라이덴 아저씨, 다녀왔습니다!"

대패로 내부 장식용 목재를 밀던 브라이덴이 뮤스의 목소리에 하던 일을 잠시 멈추고 웃으며 말했다.

"껄껄, 다녀왔나? 그래, 학교는 어땠어?"

"하하, 그냥 재미있었어요. 그런데 왜 다른 분들은 안 보이시죠?"

"이제 포센트의 본체 제작은 끝나고 마무리 공정만 남았기 때문에 나만 이러고 있는 것이지. 하긴 그동안 내가 놀고 있었으니 일을 분담하기로 한 이상 어쩔 수 없지."

"아, 그럼 나머지 분은 쉬고 계신가 보네요?"

"켈트 형님과 나머지 사촌들은 한잔 걸치러 나갔다네. 크라이츠님이 우리에게 엄청난 보석을 주셨거든? 물론 보석을 바라고 한 것은 아니었지만 그 정도로 어마어마한 양은 마다하면 예의가 아니지 않는가? 껄껄껄!"

역시 브라이덴은 켈트의 사촌답게 넉살 좋은 드워프였다. 요 며칠간 밀린 포센트의 주문량이 무려 백여 대가 넘었고, 비교적 중저가인 라이노와 로데오는 그 몇 배의 주문량이었다. 그런 연유로 드워프들만 불철주야로 근 한 달째 고생을 하고 있었던 것이다. 쉬엄쉬엄 하라고 만류를 해보기도 했지만 좋은 물건을 만들어 넘기는 것이 그들의 낙이라고 고집하자 더 이상 말릴 방법이 없었던 것이다. 브라이덴은 다시 대패를 잡고 콧노래를 부르며 말했다.

"룰루~ 크라이츠님은 저택에 계시니 들어가 보면 만날 수 있을 게야."

"네, 그럼 수고하세요!"

저택으로 들어오자 언제 고용했는지 모를 하인이 뮤스를 맞아주었다. 크라이츠의 철두철미한 성격은 공학원 전체를 완벽하게 관리했는데, 공학원에 필요한 부대 설비 완비부터 제국의 사업권 획득 등의 사회적 절차까지 완벽히 처리하고 있었다. 뮤스는 드워프들과 크라이츠라는 존재가 한없이 든든하기만 했다.

"뮤스님이시죠? 처음 뵙겠습니다. 저는 오늘부터 일하게 된 집사로 바이멀이라고 합니다."

"반가워요, 아저씨. 크라이츠 누님은 어디 계시죠?"

"지금 서재에 계십니다. 저녁 식사 준비를 할까요?"

"아뇨, 선약이 있어서 나가봐야 하거든요. 그럼 실례할게요."

"네, 뮤스님."

서재의 문을 열고 들어간 뮤스는 서류들과 씨름하고 있는 크라이츠를 볼 수 있었다. 하지만 마냥 즐거운지 계약 서류 하나하나를 검토할 때마다 키스를 퍼붓고 있었다.

"크라이츠 누님, 다녀왔습니다."

"어머, 뮤스. 다녀왔구나? 여자 친구는 만들었니? 호호호! 누가 뭐래도 캠퍼스의 낭만은 캠퍼스 커플이잖니?"

크라이츠의 말에 찔리는 바가 있어 얼굴을 살짝 붉히던 뮤스는 애써 손을 저으며 부정했다.

"여, 여자 친구는 무슨… 그, 그런 거 없어요!"

"아니면 아니지 왜 그렇게 얼굴을 붉히면서 그러니? 그리고 여자 친구는 부끄러운 게 아니란다. 아무래도 수상한걸?"

"누, 누님, 저 약속이 있어서 이만 나가볼게요!"

더 이상 크라이츠의 질문 공세를 받아내기 힘들다고 판단한 뮤스는 급히 크라이츠에게 인사를 하며 서재의 밖으로 나오고 말았다. 하지만 이런 행동이 크라이츠의 호기심을 더욱 자극하기만 했는데… 서재에 혼자 남겨진 크라이츠는 의미를 알 수 없는 미소를 띠며 말했다.

"호호호, 이번 유희는 여러 면에서 재미있겠는걸? 대륙 최고의 사업부터 풋풋한 청춘의 로맨스까지… 그나저나 저 녀석, 굉장한 지식의 소유자라고 해봤자 아직은 애구나. 물론 처음보다는 많이 나아지긴 했지만."

방에서 옷을 갈아입고 나온 뮤스는 약속 시간에 조금 늦은 것을 깨닫자 바삐 길을 나섰다. 폴린의 음식점까지는 그다지 먼 거리가 아니었기 때문에 전뇌거는 두고 가기로 했고, 가방만 바삐 메고 나갔다.

가을이라 해는 이미 져서 어둠만이 내려앉아 있는 거리였지만 예전처럼 쓸쓸함을 느끼지는 않았다. 친구들이라는 존재가 새로이 생겼기 때문일까?

이윽고 발걸음을 빨리하자 얼마의 시간이 지나지 않아 폴린의 가게에 도착하게 되었다. 예전 그대로 이층의 대형 유리창이 제일 먼저 뮤스의 눈에 들어왔다. 문을 열고 들어가자 예전에 본 적 있는 점원이 뮤스를 맞이했다. 그 역시 뮤스를 기억하는지 이번엔 깍듯하게 맞이했다.

"손님, 또 오셨군요? 오늘도 이층으로 자리를 드릴까요?"

"아, 아뇨. 오늘은 폴린의 초대로 왔는데요?"

그제야 알겠다는 듯이 웃으며 말하는 점원이었다.

"아! 뮤스 도련님이신가 보군요? 이층에서 기다리고 계십니다. 어서 올라가시죠. 다른 분들은 이미 와 계시거든요."

"그렇군요. 그럼 올라가 보겠습니다. 제 걱정 마시고 이곳에서 일 보세요."

자신이 돈을 내는 손님이 아니라는 생각을 한 뮤스는 미안했기 때문에 점원의 도움을 받지 않고 이층으로 발걸음을 옮겼다. 마침 이층의 창가에 자리 잡은 친구들을 볼 수 있었는데, 그 테이블의 앞에는 처음 보는 교복의 남학생이 카타리나에게 말을 걸고 있는 것이 보였다. 아무리 봐도 기묘한 분위기였다.

'무슨 일이지? 그리고 저 남학생의 옷은 우리 학교의 것이 아닌데?'

이때 반대쪽 테이블의 그와 같은 교복을 입은 네 명의 학생들이 보였는데, 그중 한 여학생이 그를 향해 소리쳤다.

"이봐, 바르키엘! 그런 애들이랑 어울리지 말고 어서 오라고!"

'바르키엘? 바르키엘? 아! 카타리나를 따라다닌다는?'

뮤스가 테이블로 다가가자 세이즈는 그가 다가오는 것을 발견했는지 희색을 띠며 손을 흔들었다. 카타리나 앞에 서 있는 바르키엘은 세이즈의 행동에 뒤를 돌아보며 말했다.

"이건 또 누구야? 처음 보는 얼굴인걸? 이번에도 평민 나부랭이인가?"

약간의 비아냥거리는 기미가 보이는 목소리의 말에 뮤스는 약간 기분이 언짢아졌다.

"평민이라니? 양반이다, 이 녀석아."

바르키엘은 초면에 의외로 강경한 대답이 나오자 그런 뮤스가 약간 이상해 보였는지 세심하게 살펴보기 시작했다. 특이할 정도로 순수한 검은 머리카락에 크지 않은 체구, 약간은 뭉툭한 콧날, 일반 제국 사람들과는 약간 다르다는 것을 느꼈지만 바르키엘은 금세 그런 생각을 지우며 비웃기 시작했다.

"카타리나, 네 주변에는 별 이상한 애들이 다 모이는구나? 네 취향이 이렇게 특이한 거냐? 공부벌레 평민 히안 녀석에 벙어리인지 구분도 못할 세이즈, 그리고 남잔지 여잔지 모를 폴린. 하하하! 이번엔 이 괴상하게 생긴 녀석까지?"

바르키엘의 말에 화가 난 카타리나는 발끈하며 소리쳤다.

"너 따위가 상관 할 바가 아니잖아! 재수없는 귀족 녀석보다는 이쪽이 백배 나아! 그리고 너보다 잘생겼다는 건 너도 인정할 텐데?"

카타리나의 갑작스런 말에 바르키엘은 흠칫했다. 하지만 정작 바르키엘보다 더욱 놀란 사람은 뮤스 쪽이었다.

'카타리나도 화가 나면 저런 말까지 서슴없이 하는구나.'

하지만 제 눈에 안경이라고 했던가… 뮤스는 그런 카타리나의 행동마저 매력적으로 느끼고 있었다. 바르키엘은 그녀의 말에 수치심을 느꼈는지 이내 싸늘한 미소를 지으며 말했다.

"이봐, 카타리나. 세상이 아무리 좋아졌다지만 귀족에게 그런 소릴 한다면 그리 좋은 일이 있을 것 같진 않군. 오늘은 이대로 조용히 가기로 하지. 후훗, 하지만 축제 때는 기대를 해야 할 거야. 하하하!! 이상하게 생긴 녀석, 너도 다음에 보자고."

메케한 느낌이 나는 웃음을 자랑스러운 듯 던지며 뮤스를 한번 흘겨본 바르키엘은 자신의 일행들에게 돌아가 버렸고, 그의 일행들 역시 같은 부류인지 뮤스 일행을 향해 냉소를 한번 띠어주곤 일어나 계단으로 내려가 버렸다.

"이봐, 뮤스. 뭐 해? 앉아!"

바르키엘에게 골이 난 것이 깊이 쌓였는지 폴린은 애꿎은 뮤스에게 언사를 높였다. 막상 방금 전까지 언사를 높이던 카타리나가 오히려 웃으면서 뮤스에게 말을 건넸다.

"그래, 저 녀석 말은 잊어버리고 앉아. 자, 우리 뭐 먹을까?"

이번만은 카타리나의 화제 돌림이 잘 통하지 않았는지 친구들은 아직도 불쾌한 듯 인상을 찌푸리고 있었다.

"다들 왜 그래? 하루 이틀도 아니잖아? 오랜만에 들어서 적응이 잘 안 되는 것이라고 생각해."

"요즘 세상에도 저따위로 귀족 운운하는 녀석이 있다니. 정말 재수 없어!"

폴린이 분통을 터뜨리자 옆에서 묵묵히 앉아 있던 히안 역시 한마디 안 할 수 없다는 듯이 말했다.

"흥! 이번엔 폴린, 네 말에 찬성이다. 평민에게 밀리는 귀족들도 허다한 이런 세상에 저런 녀석이라니. 치사해서 아버님께 말씀드려 귀족 작위를 사든지 해야겠어!"

사실 도이첸 제국은 1029년부터 귀족 작위의 매매가 가능하였다. 당시의 황제였던 크로디엘 2세는 상업을 장려했고, 그에 따라 평민의 지위가 높아지는 반면 몰락하는 귀족들이 생겨나기 시작한 것이다. 그러한 귀족들의 권력을 뛰어넘는 평민들이 나오자 제국에서는 그들의 강력한 요청에 따라 귀족 작위를 매매할 수 있도록 법을 제정할 수밖에 없었는데, 아무리 평민이었지만 그들이 제국의 경제적 지지 기반이었기 때문이다.

"얘들아, 그 정도면 됐어……. 계속 화내면… 뮤스의… 환영 파티는… 언제 하니? 응?"

세이즈가 울먹거리는 듯한 목소리로 진정시키려 애쓰고 있었다. 그녀의 목소리가 울먹거리는 것을 알아버린 친구들은 다들 당황하는 기색이 역력했다. 폴린이 억지로 표정을 풀며 말했다.

"아, 알았어, 세이즈. 우리 화 풀었어. 그렇지, 애들아? 그러니까 제발 울지만 말아라. 응?"

"그, 그래! 나도 화 풀었어! 봐! 내 표정도 확 풀렸지?"

그제야 마음에 든다는 듯이 세이즈가 활짝 웃었다. 그녀의 표정을 보자 한숨을 내쉬는 친구들이었다. 뮤스만 멀뚱히 친구들의 종잡을 수 없는 행동을 지켜보고 있었다.

분위기가 수습되자 폴린이 이곳을 가장 잘 알았기 때문에 모든 음식 주문은 폴린에게 일관하고 뮤스와 친구들은 즐겁게 대화를 나누었다. 바르키엘의 등장 때문이었는지 대화의 주제는 카이젠 대학교와의 축제에 초점이 맞춰져 있었다. 폴린이 뮤스를 위해 바르키엘에 대해 자세히 설명해 주었다.

"그 녀석은 카이젠 대학교의 여가 활동 동호회 회장 직을 맡고 있어. 하는 짓은 망나니 같아도 사실 저 녀석의 뒷배경은 그리 만만한 것이 아냐. 귀족이면서 상계에까지 발을 넓혀 엄청난 재력을 보유하고 있거든. 사실 귀족이라는 자체보다 그 재력 때문에 우리가 저 녀석 앞에서는 아무 말도 하지 못하는 거야. 우리 모두 상인 집안이기 때문에 아무래도 저 녀석에게 밉보이면 타격이 큰 것은 자명한 일이니까 말이야."

그제야 친구들과 바르키엘 사이의 미묘한 관계를 이해할 수 있는 뮤스였다. 이어서 히안이 그런 것은 별로 생각하고 싶지 않다는 듯이 손을 휘휘 저으며 축제 이야기로 화제를 다시 돌렸다.

"그건 그렇고 뮤스, 너는 동호회 활동 어떻게 할 거야?"

"동호회? 어떤 것들이 있는데?"

"음… 우리들 역시 여가 활동 동호회야. 그래서 축제 때마다 그 녀석들과 맞붙는 것이지. 괜찮다면 너도 우리 동호회에 들어오는 것이 어때?"

"그 여가 활동 동호회는 뭘 하는 건데?"

카타리나를 포함한 그의 친구들은 이상하다는 표정을 지으며 뮤스를 바라보았다. 모두의 심정을 대변하듯이 카타리나가 말했다.

"여가 활동 동호회라는 것을 모른다고?"

"알았으면 좋겠지만 안타깝게 아직은 모르고 있어."

"정말 넌 다른 세상에서 온 사람 같아."

이미 시간이 꽤 흘렀기에 이런 상황에 적응할 수 있었던 뮤스는 처음 사람들과의 만남 때와는 다르게 능숙하게 대처를 하고 있었다.

"너희들도 산속에서만 십 년 살아봐. 나처럼 될 거야."

다시 동호회에 대해 소개를 해주던 히안의 말이 계속되었다.

"그럼 뭐 그럴 수도 있겠네. 아무튼 여가 활동이라는 것은 하나의 활동을 지칭하는 것이 아니야. 남는 시간에 여유롭게 즐길 수 있는 모든 것을 말하는 것이지. 예를 들어 요트 타기라든지 여러 가지 운동들, 승마, 수영 등 이 밖에도 많지. 하지만 저 녀석들과 함께하는 가을 축제 때는 그쪽의 잘난 척 때문에 언제나 고급 여가 활동만 겨루거든. 아마 이번에도 뭐가 될지는 모르겠지만 그렇게 될 거야."

"흠, 그렇다면 동호회들의 경쟁이 대부분인 거야?"

"웬일로 이번엔 똑똑한 질문을 하네? 네 말이 맞아. 학교 학생들은 꼭 한 가지 동호회 활동을 하게 되어 있거든. 이 축제를 위해서인지는 모르겠지만 양쪽 학교의 동호회의 종류는 모두 똑같지. 그래서 같은 동호회끼리 이 축제 때 기량을 경쟁하게 되는 거야. 축제는 학교뿐만 아니라 라이델베르크 자체의 축제와 같아서 모든 시민들이 함께 참여하지. 일주일 동안 벌어지는 축제 기간에는 시의 전역이 축제 공간이 되어버리거든. 엄청난 규모라고!"

"정말 재미있겠는걸? 너희 동호회에 가입하려면 어떻게 해야 하지?"

"네 앞에 있는 카타리나 부회장님께 말씀드리면 되지!"

"아! 카타리나가 부회장이라고? 하하, 그럼 나도 가입시켜 줘. 다른 걸 해봐야 알지도 못할 건데 너희들과 함께하는 게 나에게는 좋지."

카타리나가 웃으면서 대답했다.

"호호, 그럴 줄 알고 이미 가입 신청서를 제출했지. 마침 잘됐다. 내일은 동호회 정규 모임이 있는 날이니까 함께 가보자."

"그, 그래? 고마워."

화내는 모습과 이런 막무가내 성격… 하루 동안 카타리나의 다양한 모습을 목격한 뮤스는 약간 혼란스럽기까지 했다. 그들의 이야기가 무르익을 무렵 화려한 저녁 식사를 점원들이 가지고 왔다. 한참을 떠들어서인지 일행은 모두 굶주려(?) 있었다. 폴린이 자신있다는 듯한 목소리로 친구들에게 말했다.

"호호, 우리 가게에서 최고를 자랑하는 음식들이야. 사양 말고 마음껏 즐겨! 뮤스, 입학을 축하한다!"

"그래, 나도 축하해!"

"공부 열심히 해서 장학금도 받아!"

"모두들, 고마워."

친구들의 축하 인사를 받자 뮤스는 가슴이 뭉클해져 버렸다. 살던 곳에서도 아닌 이세계에 와서 이런 행복을 경험하리라 상상조차 할 수 없었던 그였기에 그 감동은 더욱 크기만 했다.

*   *   *

공학원 저택의 응접실.

크라이츠는 콧수염을 보기 좋게 말아 올린 반백발 장년의 신사와 테이블을 사이에 두고 대화를 하고 있었는데, 그녀의 표정에는 호기심이 그득하였다. 장년의 말이 계속되는지 헛기침을 한번 한 후 입을 열었다.

"그래서 말씀인데, 저의 축제 때 지원을 해주시면 어떨까 하는 바입니다. 그러는 편이 공학원의 홍보 효과도 크리라 보는데요."

"흠… 정말 그렇겠군요."

"햄브리겐의 총장과도 상의를 해봤지요. 아마도 이 축제 중 가장 멋진 경기가 되지 않을까 생각됩니다."

"그렇다면 저희에게도 상당한 이득이 될 것 같군요. 라이델베르크 시의 가장 큰 축제이니… 그렇다면 지원 기종은 어떤?"

크라이츠의 긍정적인 반응에 희색을 띠며 자신이 준비해 왔던 말을 하기 시작하였다.

"로데오 기종이면 되지 않을까 생각 중이었습니다."

잠시 턱을 쓰다듬으며 생각을 해본 크라이츠는 이내 결정을 내렸다.

"로데오 규이라… 좋습니다. 로데오 기종으로 얼여섯 대를 지원해 드리지요. 연습도 필요할 듯하니 학교마다 네 대씩 연습용으로 대여해 드리겠습니다."

"아! 그렇게 해주신다면 대단히 고맙지요! 사실 전뇌거의 가격이 만만치 않아서 귀족들의 자제들이라 하지만 무리가 있었답니다. 그런 점까지 생각해 주시다니 다시 한 번 감사드립니다. 한데 이곳의 재무 담당이라고 하셨는데 원주님과 상의가 없어도 되는지요?"

"호호, 원주님께서는 제게 모든 운영을 맡기고 계시기 때문에 그 점은 염려하지 않으셔도 좋을 거예요."

대화 도중 문득 벽에 걸린 마나 시계를 본 장년 신사는 자못 놀라는 표정을 지어 보이며 크라이츠에게 말했다.

"아니, 벌써 시간이 이렇게나 되었군요. 저는 더 이상 실례가 되기 전에 가보겠습니다. 도움을 주서서 감사드립니다, 크라이츠님."

"아니오, 별말씀을. 그럼 연습용 전뇌거는 내일까지 각 학교로 운송해 드리죠."

"네, 감사합니다."

"그럼 살펴가세요."

인사를 건넨 후 장년의 신사가 나가자 크라이츠는 뭐가 그리 즐거운지 그의 뒷모습을 보며 빙글빙글 웃고 있었다.

"호호호, 정말 재미있겠는걸? 뮤스가 다니는 햄브리겐과 라이벌인 카이젠의 전뇌거 경주라니. 호호호!!"

크라이츠는 혼자 신이 나 있었다. 아무것도 모르고 있는 뮤스는 친구들과 인생에 가장 행복한 시간에 빠져 있었고…….

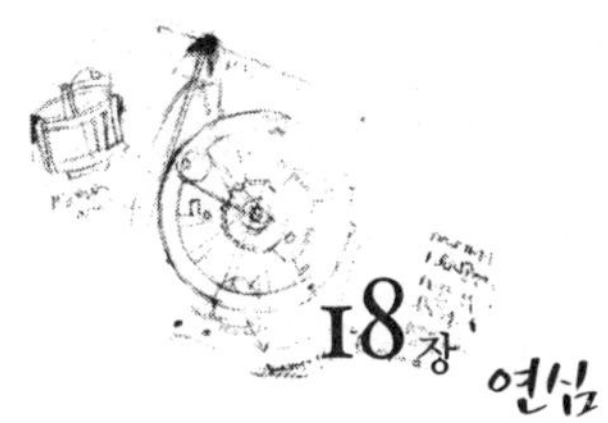

18장 연심

　‘슈넬 레스토랑’ 의 이층은 다섯 명의 젊은이들로 인해 분위기가 들 뜨고 있었다. 아래층까지 그들의 웃음소리가 들릴 염려도 있었지만 한참 들떠 있는 분위기에서 아래층의 손님에게까지 배려할 생각은 하지지 못했는지 그들의 이야기는 수그러들 기미가 보이지 않았다. 웃고 떠들던 히안이 자신의 앞에 놓여 있는 음료수를 한 모금 들이키며 말했다.

　“이봐, 뮤스. 네 이야기 좀 해봐. 우리가 아는 거라곤 네 이름밖에 없단 말야.”

　“음… 그것도 그렇다. 네 이야기 좀 들려줘.”

　세이즈도 궁금한 표정으로 말을 거들자 뮤스는 이번 질문을 그냥 넘어가기는 힘들다고 생각했다. 하지만 당황하지 않고 크라이츠가 만들어놓은 자신의 배경을 털어놓기 시작하였다.

"뭐, 너희들이 재미있을 만큼 대단한 내용은 없어. 그저 누님 한 분과 우리를 도와주시는 드워프 분들이 함께 살고 있거든. 너희들에게 말했다시피 집은 대장간을 하고 있고, 지금 누님이 경영을 하고 계시지. 어렸을 때는 라이부크에서 스승님과 함께 살았고 말야."

뮤스의 이야기를 듣던 폴린은 고개를 절레절레 저으며 말했다.

"야야, 그런 시시한 이야기 말고 네 연애 이야기나 그런 것들 말이야. 설마 열아홉 살 먹을 때까지 한 번도 누굴 좋아해 본 적도 없었던 건 아니겠지?"

"연애?"

폴린의 물음에 뮤스는 새삼 자신의 삶을 떠올려 보았다. 물론 실제 열아홉 살은 아니지만 열여섯 살이라는 나이가 될 동안 누군가를 좋아해 본 적이 있었나 하고 말이다. 하지만 뮤스의 머리에 떠오르는 얼굴은 하나도 없었다. 얼마 전까지만 해도 철부지 정신 연령의 소유자였던 뮤스가 이성을 생각해 볼 시간이 있을 리는 만무했던 것이다. 그가 생각에 빠져 있을 때 카타리나가 말했다.

"뮤스, 뭐 하니, 멍한 얼굴로? 가끔 너, 그렇게 멍청한 얼굴 지을 때가 많더라?"

"그래? 흠… 그러고 보니 지금까지 좋아해 본 사람이 없는 것 같아."

카타리나를 위시한 친구들은 하나같이 입을 모아 말했다.

"거짓말!"

"정말이야. 누굴 좋아해 본 적이 없어."

"쯔쯧, 뭐, 그래도 걱정하지 마. 세상엔 다 제 짝이 있다잖아. 언젠가는 너도 누군가에게 빠져서 허우적거릴 때가 있겠지."

히안이 위로 같지 않은 위로를 하자 폴린은 조용히 넘어가면 입이 찌뿌둥한지 또다시 시비를 걸기 시작했다.

"히안, 넌 그런 말 할 자격도 없다. 너나 뮤스나 뭐가 다르냐? 그래도 생긴 건 너보다 뮤스가 훨씬 나으니 너보다는 빨리 임자가 생길 것 같은데? 그건 너도 인정하겠지?"

"뭐?! 내 얼굴이 어디가 어때서 뮤스보다 못하다는 거야?"

"홍! 넌 거울도 안 보니? 매일 시력이 나빠서 인상 구기는 얼굴을 봐라! 코 풀고 버린 손수건 같다!"

"뭐?! 너, 말 다했어?"

둘의 싸움에 만성이 되어버린 친구들은 남은 식사를 마저 하기 위해 스푼과 포크를 쉼없이 움직였다. 마침 이층에 바르키엘 일행들을 마지막으로 식사를 하는 손님들이 없어서 다행이라고 생각하는 뮤스와 나머지 친구들이었다. 하지만 한 여성의 목소리로 인하여 그들의 혈투(?)는 오래가지 못했다.

"저… 혹시 카타리나 아니니?"

들려오는 목소리에 시선을 옮긴 뮤스와 친구들은 난성하게 햄브리겐 대학의 교복을 입은 금발 머리 소녀를 볼 수 있었다. 사실 햄브리겐 대학은 교복 착용을 원칙으로 하고 있지만 서민 계층의 학생 중에는 교복을 마련할 여건이 못 되는 이들도 많았기에 별 제재를 가하고 있지는 않았다. 소녀의 얼굴을 확인한 카타리나는 아는 얼굴이었는지 반가워하며 그녀를 맞아주었다.

"어머, 가이엔 아니니? 그리고 보니 오전 수업 시간에 얼핏 봤는데 정말 너였구나?"

"카타리나 맞구나? 아래층에서 식사를 하다가 네 목소리가 들리기에 혹시나 해서 올라와 봤는데 정말 너였구나!"

가이엔이라고 한 여학생은 카타리나 옆 자리에 앉아 있는 뮤스를 보자 놀라는 표정으로 황급히 허리를 굽히며 인사를 했다.

"여기서 다시 뵙네요. 워낙 경황이 없어서 낮에는 제대로 감사하다는 인사도 못 드렸어요. 제 동생을 구해주셔서 감사합니다."

뮤스 역시 그녀을 기억하고 있었기에 고개를 조금 숙이며 인사를 했다.

"하하, 아니에요. 대단한 일도 아니었는데요 뭐."

"서로 아는 사이였어?"

멀뚱히 둘을 바라보던 카타리나는 의아한 표정을 지어 보이며 물었지만 뮤스는 카타리나가 오해를 할까 두려워 변명을 했다.

"아, 알긴! 그냥 오전 수업 시간에 일이 있어서 안면이 있었던 거야. 괜찮다면 식사라도 함께하시죠?"

"아, 아니에요. 아래층에 일행들이 있어서요. 다음번에 제가 꼭 대접해 드리겠어요. 동생 일도 감사드릴 겸."

"그럼 그렇게 해요. 같은 학교에 다니니 만날 일도 많겠네요. 수업도 같은 것이 있으니까요."

"네… 그럼 식사 맛있게 하세요. 카타리나, 너도 다음에 보자."

"그래, 가이엔. 오랜만에 만났는데 아쉽다. 그럼 다음에 또 봐."

"응! 그래, 그럼 이만……."

카타리나와 뮤스에게 인사를 건넨 그녀는 얼굴을 붉히며 서둘러 아래층으로 내려갔다. 그녀의 뒷모습을 보던 뮤스는 이상하다는 듯이 고개를 갸우뚱거리며 혼잣말로 중얼거렸다.

"흠… 몸이라도 안 좋은가? 좀 불편해 보이네."

포크를 물고 뮤스의 얼굴을 보던 히안은 포크를 신경질적인 태도로 내려놓으며 자못 진지한 표정으로 말했다.

"야! 뮤스, 수업 첫날부터 한 명 문 거냐? 저 여자의 의심스러운 반응은 도대체 뭐냐?"

"그러게… 심상치 않은걸? 오전에 화장실 간 사이 무슨 일이 있었던 거야?"

히안과 비슷한 자세로 가는 눈을 뜨며 물어오는 폴린이었다. 둘에게 공격당하던 뮤스가 아침에 있었던 일을 친구들에게 설명하자 그제야 폴린과 히안은 이해가 된다는 듯이 고개를 끄덕였다.

"그러니까 오전에 네가 너의 처남을 살려냈다… 이것이로군."

"누, 누가 처남이라는 거야? 오늘 처음 본 사람이라고!"

"호호호! 당황하는 걸로 봐서는 더욱 의심스러운걸? 너도 흑심을 품고 접근했던 것 아냐?"

"말도 안 돼!"

폴린의 도발에 적극적으로 반발을 하던 뮤스는 슬쩍 카타리나의 눈치를 살펴보았다. 하지만 자신이 왜 카타리나의 눈치를 살피는지 알 수가 없었다. 그의 눈에 비친 카타리나는 자신과는 상관없는 일이라는 듯이 빙글빙글 친구들의 하는 양을 보며 웃기만 할 따름이었고, 왠지 카타리나의 반응에 뮤스는 서운함을 느끼고 있었다. 폴린과 뮤스 사이에서 한숨을 내쉬며 씁쓸한 표정으로 히안이 말했다.

"야야, 그만 하자, 폴린. 너나 여기 있는 모두 다 똑같은 처지 아니겠냐? 그냥 묵묵히 뮤스의 결혼을 축하해 주자고. 축하해, 뮤스. 잘 살아라!"

전혀 상관없이 웃고만 있던 카타리나가 뭔가 생각났는지 뮤스에게 진지한 표정으로 말했다.

"아! 애들은 일남 일녀가 제일 좋대. 그래야 키우기 편하다던대?"

그나마 믿고 있던 카타리나마저 마지막 일격을 가하자 뮤스는 화를 참지 못하고 흥분한 목소리로 외쳤다.

"다들 왜 이래? 난 좋아하는 사람이 따로 있단 말이야!"

뮤스가 자신도 모르게 속마음을 털어놓자 다들 얼빠진 표정으로 정막감을 흘리며 뮤스를 바라보고 있었다. 자신이 실수를 했다는 것을 깨달은 뮤스는 친구들의 표정을 살피기 시작했다. 싸늘해진 분위기를 깨며 세이즈가 입을 열었다.

"뮤스야, 결국은 걸려들었구나… 그냥 실토하는 게 어떻겠니?"

조용조용한 세이즈의 말투였지만 왠지 폴린과 히안의 말보다 무서움을 느끼고 있었다.

"저… 그게 아니고……."

"아니고는 뭐가 아니고야. 딱 걸렸다, 음흉한 녀석아. 혹시……."

"혹시?"

폴린의 말에 긴장을 잔뜩한 뮤스는 침을 꿀깍 넘기며 그녀의 입만 바라보고 있었다.

"날 좋아하는 거 아냐? 호호호! 하긴 나 정도면 미모와 지성을 두루 겸비한 완벽의 여성이지. 짜식, 너도 꽤 사람 보는 눈은 있구나?"

"이, 이봐, 마음대로 생각하지 말라고."

폴린의 말이 아니꼬운지 그냥 두고 보지 못하고 히안이 비아냥거리는 목소리로 말했다.

"야, 너, 아침에 먹은 토마토가 상한 거 아냐? 뮤스도 눈은 있는 녀석이다. 나처럼 시력이 나쁘지도 않고 말야. 제대로 된 시력이면 너 같은 애를 좋아할 남자가 어디 있냐?"

“호호, 그럼 넌 시력이 안 좋으니 날 좋아한단 말이냐?”

당하고만 있을 수는 없는 폴린은 화려한 언어 유희를 뽐내며 받아쳤다. 하지만 그녀의 말에 전혀 의외의 결과가 생기고 말았는데, 히안이 얼굴을 갑작스레 붉히며 말을 더듬기 시작한 것이었다.

“내, 내가 어, 언제 그렇게 말했냐!”

히안의 어이없는 반응으로 인하여 화제의 중심은 자연스럽게 폴린과 히안으로 넘어가 버렸다. 세이즈와 카타리나 역시 이런 돌발 상황은 전혀 예측하지 못했는지 둘의 얼굴을 번갈아가며 살피고 있었다. 또 하나의 경악할 만한 반응은 폴린 역시 얼굴을 붉히며 어쩔 줄 몰라 하고 있다는 점이었다. 테이블의 분위기가 이상하게 돌아가자 식사를 마저 할 상황은 이미 물 건너가 버렸다. 누군가 이 정적을 깨야 한다고 생각한 카타리나는 어색한 표정을 지으며 말을 꺼냈다.

“얘들아, 서로 좋으면 그냥 사귀는 게 어때?”

그녀의 말에 히안은 언성을 높이며 말했다.

“누가 이런 애랑 사귄다고 그레? 흥! 십만 년이 지난다 해도 어림없어! 미안하지만 나 먼저 가볼게. 그럼 내일 보자!”

히안이 황급히 옷을 챙겨 자리를 뜨자 폴린 역시 서둘러 친구들에게 사과를 하며 자리에서 일어났다.

“얘들아, 미안해. 나도 이만 가볼게. 내일 수업 시간에 보자. 그럼…….”

히안과 폴린이 사라져 버리자 더욱 벙쩌 있는 세 명이었다. 문득 뭔가 생각이 났는지 카타리나가 세이즈에게 말했다.

“세이즈.”

“응? 왜?”

“혹시 너도 있는 거니?”

“푸훗, 난 정말 없어!”

“만약에 너도 생긴다면 이런 일 없게 미리 말해라, 응? 이런 일 두 번 있었다간 내 명에 못 죽겠다.”

그녀의 말에 세이즈는 웃으며 고개를 끄덕였다.

공학원으로 돌아온 뮤스는 자신의 침대에 몸을 뉘었다. 온돌방의 뜨끈한 느낌이 그리웠지만 한 달이라는 시간이 흐른 지금으로써는 그다지 불편하지는 않았다. 다만 아침에 일어났을 때 허리가 약간 아픈 것뿐. 그는 언제나 자신의 방에 혼자 누워 있는 시간을 즐겼다. 물론 조금이라도 시간이 빨리 가서 친구들을 다시 보고 싶은 생각도 있었지만 하루의 일과를 정리하는 시간 역시 그에 못지 않게 중요했기 때문이다.

“후우! 오늘은 정말 정신없는 하루였어. 폴린과 히안의 일이나 가이엔 양의 일까지… 과연 내가 정말 카타리나를 좋아하는 것일까?”

스스로에게 물음을 던진 뮤스는 카타리나의 모습을 떠올려 보았다. 하얀 피부에 또렷한 눈망울, 그리 길지 않은 머릿결이 눈앞에 아른거리자 자신도 모르는 사이 얼굴이 달아오름을 느꼈다.

“이, 이런, 내가 왜 이러지? 뮤스야… 왜 그러느냐… 장부가 이런 일로 끙끙거리다니…….”

자신을 힐책하던 뮤스는 다른 친구들에 대해서 생각해 보았다. 폴린은 붉은색의 곱슬머리가 인상적이었다. 처음 볼 때부터 히안과 싸우던 폴린의 모습은 아직도 생생했다. 그에 비해 언제나 당하기만 하는 히안은 찡그리는 인상 때문인지 뭔가 불만스러워 보였다.

“인상만 좀 편다면 그리 못생긴 얼굴도 아닐 텐데… 눈이 나빠서 그런 거니… 가만! 눈?”

누워서 히안을 떠올리던 뮤스는 머리를 때리며 일어났다.

“에휴, 이런 멍청한! 내가 왜 그 생각을 못했지? 오늘 할 일이 생겼군. 켈트 아저씨가 오셨을까?”

무엇을 떠올렸는지 뮤스는 성급히 방을 나섰다.

다음날 아침 뮤스는 시내의 경관을 스치며 상쾌한 기분으로 등교하고 있었다. 어정쩡한 환영식의 마무리만 아니었어도 더욱 좋았겠지만 그대로라도 대단히 만족했는지 하루의 일과가 기다려지기만 하는 그였다. 전뇌거로 불과 십여 분이면 도착할 거리였지만 그 짧은 시간마저 길게 느껴졌다. 눈을 돌려 자신의 옆 자리에 잘 놓여 있는 가방을 보며 뭐가 좋은지 흐뭇한 웃음을 지었다.

“후훗, 히안 녀석, 좋아하겠지?”

전뇌거로 거리를 달리자 여느 때처럼 주변의 시선이 모아졌다. 앞으로 며칠 후면 전뇌거가 정식 출시되기 때문에 더 이상 다른 사람의 눈길을 끌 필요가 없다는 것은 그에게 정말 다행한 일이었다. 전뇌거의 앞 유리를 통하여 저 멀리 학교 마차가 보였다.

그 마차는 네 마리의 말이 끌게 되어 있고 꽤 크게 만들어졌기 때문에 동시에 20여 명의 학생들을 태울 수 있었다. 하지만 학생의 수가 훨씬 많았기 때문에 불편한 것은 피할 수 없었다.

“눈길을 좀 끌어서 그렇지 전뇌거를 타고 다니는 것이 좋긴 좋군.”

등교 전쟁을 치르는 학생들을 보며 혀를 끌끌 찰 때 뮤스의 눈에는 익숙한 얼굴이 들어왔다. 언제나처럼 단정히 교복을 입은 가이엔이었다. 날씨가 좋아서 그런지 그녀의 금빛 생머리가 더욱 돋보였다. 수많은 학생들 사이에서 이리저리 치이던 가이엔은 결국 마차를 타지 못했는지 아쉬운 표정으로 다음 마차를 기다리고 있는 듯했다. 안면있는 사람이 힘들어하는 것을 보지 못한 뮤스는 급히 전뇌거를 마차 타는 곳까지 몰았다.

"가이엔 양 아니에요?"

갑작스런 뮤스의 등장에 가이엔은 깜짝 놀라 어제 식당에서처럼 얼굴을 붉히며 어색하게 인사를 건넸다.

"아, 안녕하세요?"

"네. 또 만나는군요. 괜찮으면 같이 타고 가죠? 그 편이 더 좋을 듯한데."

"저… 그게……."

가이엔이 말을 더듬자 천하 최고의 둔감한 감성을 자랑하는 뮤스가 별일 아니라는 듯이 손을 저으며 말했다.

"미안할 것 없어요. 혼자 가나 같이 가나 손해날 것도 없는걸요. 타세요."

그의 말에 가이엔이 주변을 둘러보자 마차를 기다리던 학생들의 이목은 온통 둘에게 주목되어 있었다. 더욱 민망해진 가이엔은 더 이상 뭐라 말 못하고 전뇌거에 탈 수밖에 없었다. 그녀를 태운 전뇌거는 다시 학교를 향해 내달리기 시작했다. 옆 좌석에 앉아서 우물쭈물하는 그녀를 보고는 피식 웃으며 뮤스가 말을 건넸다.

"카타리나의 친구 분이라고요?"

"네? 네."

"그렇다면 서로 편하게 말하는 게 어때요? 그래야 덜 불편할 것 같은데?"

친구들의 덕분인지 뮤스는 이 세계에서 빠르게 적응하고 있었다. 율리아나와 만났을 때만 해도 여자 앞에서 말도 잘 못하던 그의 모습은 이미 사라져 버린 지 오래였다. 아직 젊기 때문이리라.

"아, 네… 그런데 저 실례지만 이름이 어떻게 되시죠? 어제 식당에서 물어본다는 것이 그만……."

뭐가 그리 수줍은지 한마디 할 때마다 그녀의 얼굴은 더욱 붉어졌다.

"아! 제 이름은 뮤스라고 해요."

"네… 잘 부탁드려요."

"그런데… 언제까지 계속 말을 높일 거예요?"

뮤스의 지적에 다시 한 번 당황한 그녀는 흘러 내려온 옆머리를 쓸어 올리며 기어 들어가는 목소리로 대답했다.

"미, 미안."

"후훗, 그나저나 동생이 안 보이네? 수업 시간이 달라서 그런가?"

"아, 아냐. 어제 일 때문에 아직 몸이 회복되지 않아서 오늘은 쉰나고 하던걸."

"음… 어제 심하게 다쳤나 보군. 그 사람 너무한 것 같더라니……."

"그래도 덕분에 무사했어. 그런데 그거 어떻게 한 거야? 당황해서 제대로 보지는 못했지만 손에서 뭔가가 번쩍 하던걸?"

가이엔의 질문에 뜨끔한 뮤스는 뭐라고 대답해야 할지 난감했는데, 실상 지금까지 그에 대해 물어보는 이가 아무도 없었기에 미처 둘러댈 만한 말을 준비하지 못했던 것이었다. 그는 어쩔 수 없이 무작정 둘러댔다.

"하… 하… 그때 바늘이 햇빛을 반사해서 그렇게 보였을 거야. 내가 마법사도 아니고 그런 일이 일어날 리 없잖아?"

"그런가? 하긴, 나도 제정신이 아니었으니……."

의외로 쉽게 믿어주자 뮤스는 속으로 한숨을 내쉴 수 있었다. 그녀와의 대화 때문인지 벌써 전뇌거는 학교 내로 들어서고 있었다. 가이엔도 이제 뮤스에게 적응이 됐는지 붉기만 하던 얼굴이 이제 본색을 찾았고 여유있게 학교 내를 둘러보고 있었다.

"가이엔, 너는 어느 건물에서 수업 들어?"

"아… 나는 저기 두 번째 블록의 왼쪽 건물이야. '고대 언어학' 을 전공하고 있거든."

그녀가 손으로 가리킨 건물은 연금술학부 건물의 바로 옆 건물이었다. 연금술학부가 덩굴로 덮여 있어 초록색을 띤다고 하면 고대 언어학부의 건물은 완전한 벽돌 색이었다. 검붉은 벽돌들로 이루어져 근엄함을 뽐내듯이 버티고 있었고 들어가는 입구에는 꽤 진지한 모습을 하고 있는 늙은이들의 석상이 세워져 있었다.

"아! 그리고 보니 바로 옆 건물이구나? 자주 볼 수 있겠군. 자! 이제 다 왔다."

"응. 오늘 태워줘서 고마워."

뮤스에게 인사를 하며 전뇌거에서 내린 가이엔은 밝게 웃으며 그에게 손을 흔들었다. 그녀를 바래다 준 뮤스는 전뇌거를 몰아 연금술학부에 도착했다. 교실의 문을 열고 들어가 보니 오늘도 역시 친구들은 모여 앉아 있었다. 내심 히안을 걱정하긴 했지만 마침 별다른 일 없이 학교에 온 것을 확인하자 안도했다.

"다들 벌써 와 있었네?"

뮤스가 던진 인사에 친구들은 뮤스에게 시선을 돌렸다. 무슨 일인지

세이즈와 카타리나의 표정은 평소 같지 않게 경직되어 있는 모습이었
다.

"왜… 왜 그래? 무슨 일 있어?"

뮤스의 질문에 높은 톤으로 웃으며 폴린이 대답했다.

"호호호! 나의 허니가 부러워서 그런 거지!!"

뜬금없는 폴린의 말에 넋을 놓아버린 뮤스는 확인차 들려오는 한마
디의 말로써 복구불능의 상태에 빠지고 말았으니…….

"하하, 자기야, 그만 해. 뮤스까지 얼어버리면 어떻게 할 거야? 세이
즈나 카타리나도 저 상태로 20분째야."

나름대로 냉철한 뮤스는 세이즈와 카타리나의 반응을 이해할 수 있
었다.

"너희들, 도대체 어떻게 된 거야?"

"호호, 뭐가 어떻게 되긴 어떻게 돼? 나의 허니가 우리 집 앞에서 멋
지게 프로포즈하더라고! 그래서 넘어가 줬지!"

"그나저나 카타리나와 세이즈는 어떻게 하지? 완전 정신이 나가 버
린 것 같은데?"

"그냥 놔둬. 저러다가 현실을 이해하게 되면 돌아올 거야. 하긴, 이
만큼 충격적인 사건도 재들에게는 없었을 테니…….""

뮤스는 가방을 책상에 올려놓으며 자신의 자리에 앉았다. 자신도 아
직 정신이 없기는 마찬가지였다. 하루 전만 해도 원수처럼 티격거리던
둘이 하루 만에 커플로 탄생해서 돌아올 줄은 꿈에도 몰랐기 때문이다.
뮤스는 그때 문득 뭔가 생각났는지 히안에게 말했다.

"아참, 히안, 너에게 줄 선물이 있어."

"웬 선물? 우리가 커플 된 기념 선물이냐?"

“흠. 커플이 연인이란 뜻이야? 그렇다고 해두자. 너같이 더러운 표정의 소유자와 폴린이 다니면 얼마나 갑갑하겠냐.”

가볍게 말을 던지며 자신의 가방을 뒤적거렸다. 히안 역시 폴린과 사귀기 시작해서인지 뮤스의 말에 별 신경 쓰지 않고 뮤스의 가방을 주시하고 있었다.

“자! 여기 있군. 어제 우리 가게 아저씨와 함께 만든 거야.”

그의 손에는 십여 개의 둥근 유리와 쇠로 얇게 주물 되어진 금속 물체가 들려 있었다.

“이건 안경이라는 건데… 이쪽으로 와봐.”

“에? 안경이라고? 그게 뭔데?”

“하하, 너의 시력을 복구해 줄 물건이시다. 잔소리 말고 빨리 이쪽으로 와.”

히안이 뮤스의 옆에 앉자 뮤스는 손에 들린 금속 물체를 히안의 귀에 걸어 씌웠다. 이것이 뭐 하는 짓인지 아직 알 수 없는 히안은 마냥 얼떨떨해할 뿐이었다. 그런 후 십여 개의 둥근 유리를 히안의 두 눈에 하나씩 대보는 것이었다.

“히안, 이렇게 하면 잘 보이냐?”

놀랍게도 히안이 두 개의 둥근 유리를 통해 본 세상은 가물가물한 기억 속의 뚜렷한 모습이었다. 방금 전의 뿌연 세상과는 전혀 다른 감동으로 인하여 그의 표정은 놀람과 기쁨으로 물들었다.

“우와! 이게 어떻게 된 거야? 엄청 잘 보인다!”

“야야, 아직 다가 아니야. 네 눈에 맞는 걸 찾아야 해. 어떤 것이 제일 잘 보이는지나 말해.”

히안이 감동받을 여유조차 주지 않고 뮤스는 손에 들린 다른 둥근 유리를 바꿔가며 히안에게 맞추었다. 모든 유리를 다 맞춰보자 한 쌍의 가장 적합한 유리를 찾을 수 있었고, 그 유리 조각 두 개를 히안의 얼굴에 걸려 있는 금속에 맞춰 넣었다.

"자! 히안, 내 선물이다. 둘이 연인이 된 기념이라고 해두자고. 너를 처음 봤을 때부터 생각했는데 이제야 주는구나."

자신의 얼굴에 걸린 이상하게 생긴 금속 안경이 이상하긴 했지만 다시 뚜렷하게 세상을 볼 수 있다는 것에 비하면 아무것도 아니었기에 연신 주변을 둘러보며 감탄사를 연발하는 히안이었다.

"녀석, 고맙다! 왜 이런 걸 이제야 주냐? 진작 줬으면 폴린보다 더 예쁜 애와 사귀었을 건데!"

농담인지 진담인지 알 수 없는 말을 던지던 히안은 예상했던 바와 같이 폴린의 응징을 받았다. 이제야 세이즈와 카타리나가 정신이 돌아오는지 히안의 모습을 보고 이상하다는 듯한 표정을 지었다.

"뮤스, 히안이 쓰고 있는 저건 뭐니?"

카타리나의 물음에 뮤스는 머리를 긁적이며 대답했다.

"후훗, 안경이란 거야. 저걸 쓰면 나쁜 시력을 보완할 수 있거든."

"그런 것도 있었니?"

"그냥 어제 잠도 안 와서 만든 거지 뭐. 그나저나 오늘 첫 수업은 어디야?"

뮤스의 질문은 못 들었는지 그녀는 보일 듯 말 듯 고개를 끄덕일 뿐이었다.

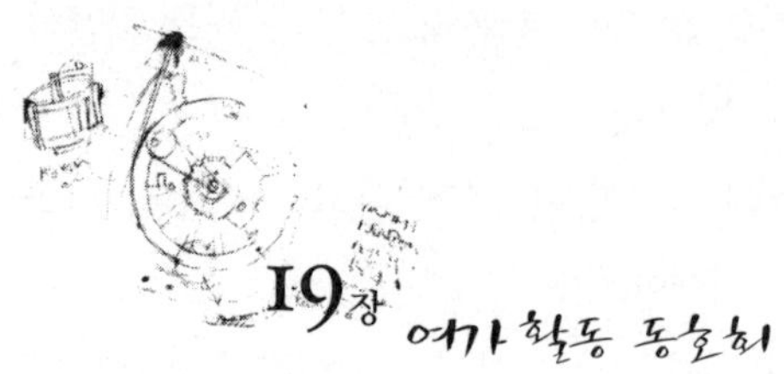

수업을 마칠 저녁 무렵이면 언제나 학교는 동호회 활동으로 술렁거린다. 씨니어 스쿨에서 억압받으며 생활해 온 학생들은 대학에 와서야 자신들의 취미 활동을 마음껏 할 수 있다는 것이 동호회 활성 이유였는데, 그래서인지 동호회 활동에 대한 학교의 지원 역시 대단한 수준이었다. 뮤스와 친구들 역시 다름없는 학생들이었기에 자신들의 동호회인 '여가 활동 동호회' 회실로 발걸음을 옮기는 중이었다. 히안은 하루 종일 최고의 날이라고 떠들며 다녔고, 폴린은 히안이 좋아하면 마냥 좋아했다. 오히려 둘의 관계 변화로 인하여 힘든 것은 나머지 친구들이었다. 카타리나가 둘의 모습에 참지 못하고 한마디 던졌다.

"그렇게 좋아하면서 지금까지 못 잡아먹어 안달인 양 원수처럼 지낸 건 뭐니? 말이 안 나온다."

폴린은 아무리 사랑에 빠졌다고 하지만 그녀의 화술이 건재하다는 것을 확인시켜 주었다.

"흥! 부러워서 그러는 거 다 안다. 많이 부러우면 너도 남자 친구 만들어! 그 바르키엘 녀석만 아니면 난 누구라도 환영할게."

"에휴! 말을 말자. 너랑 더 이상 무슨 말이 통하겠니……."

"너도 그렇게 시샘할 생각 하지 말고 뮤스처럼 우리를 위해 무엇을 해줄 수 있을까나 생각해 봐."

카타리나는 폴린의 말에 고개를 내저으며 아무런 대꾸도 하지 않았다. 학부 건물의 뒤쪽으로 한참을 올라오자 점차 어두워지는 주변과는 대조적으로 환하게 불빛을 밝히는 건물이 보였다. 사층의 건물로 별다른 특징은 없는 건물이었지만 수많은 학생들이 건물의 정문을 오가고 있었다. 건물의 내부는 학생들이 꾸며놓았는지 벽마다 특이한 그림들이 그려져 있었고, 어디에 쓰는 물건인지도 모를 것들이 건물의 이곳저곳에 널려 있었다. 친구들을 따라 올라간 곳은 이층의 가장 끝에 붙어 있는 곳이었다. 앞장선 카타리나가 작은 문을 밀었다.

끼익—

문을 열자 생각보다 꽤 큼지막한 실내 공간이었는데, 벽에 붙어 있는 선반에는 특이한 기구들이 잔뜩 올려져 있었고 먼저 와 있는 학생들이 회실의 가운데 위치한 테이블에서 이야기를 나누고 있었다. 그들을 본 카타리나는 인사를 하며 회실로 들어섰다.

"선배, 먼저 와 계셨네요?"

카타리나의 인사를 받은 사람은 테이블의 상석에 앉아 있는 조금 나이 들어 보이는 학생이었다. 남자였지만 진갈색의 머리를 길게 늘어뜨렸고 호리호리한 체격을 가지고 있었다. 전체적으로 약간은 음침해 보이기도 했지만 눈빛이 맑아서인지 나쁜 인상은 아니었다.

"아이구! 부회장님 납시는군? 혹시 옆에 있는 학생이 네가 말한 뮤스 군이야?"

"네! 선배. 인사해, 뮤스. 동호회 회장 직을 맡고 있는 3학년의 머글린 선배님이셔."

그녀의 말에 뮤스는 고개를 숙이며 인사를 건넸다.

"뮤스라고 합니다. 모자라는 점 많더라도 잘 부탁드립니다."

"하하, 아무튼 반가워. 카타리나에게 이야기는 많이 들었지. 자네도 그렇고 너희들도 다 앉아라. 지금 심각한 문제가 생겼어."

머글린의 말에 의아해하던 그들은 테이블에 각자 자리를 차지하며 앉았는데 히안과 폴린은 역시나 의자 두 개가 필요없을 만큼 떨어지지 않고 꼭 붙어 있었다. 이어 머글린은 한 장의 종이를 건네며 히안에게 말했다.

"이봐, 히안. 너희 둘 그렇게 붙어 있어도 살인 안 나겠냐? 폴린이 언제 네 배에 쇼트 소드를 꽂을지 모른다."

머글린의 말에 웃으면서 폴린이 대답했다.

"어머, 선배는 아직 모르셨어요? 이제 저희는 연인이라고요! 연인!"

폴린의 말에 머글린의 움직임은 멈췄고 손에 들려 있던 종이 한 장만이 하늘하늘 땅으로 떨어졌다. 그 역시 충격으로 인해 패닉 상태에 빠졌으리라 예상한 뮤스는 떨어진 종이를 주워 읽어보았다.

〈공문〉
발신:햄브리겐 대학교 축제 담당국
수신:여가 활동 동호회
여가 활동 동호회의 축제 경쟁 종목이 결정되었기에 이렇게 공문을 발

송합니다. 내용은 아래와 같습니다. 동호회 회장님의 협조 부탁드립니다.

　―아래―

　종목:전뇌거 경주

　장소:라이델베르크 전역

　지원 물품:공학원 지원 연습용 로데오 2기, 시합용 로데오 8기. 여가 활동 동호회는 시합 전까지 경주 준비를 완료해 주기 바람.

　공문을 읽고 있는 뮤스에게 카타리나가 물었다.

　"뭐라고 적혀 있는 거야?"

　그녀의 물음에 뮤스는 아무 말 없이 공문을 넘겨줬다. 공문을 읽어보던 카타리나는 눈이 휘둥그레져서 말했다.

　"뮤스, 너 이거 알고 있었어?"

　"아니, 전혀. 아무래도 크라이츠 누님이 결정한 일인가 봐. 나도 몰랐어."

　"갑작스럽게 전뇌거 경주라니……."

　그녀의 말에 뮤스도 어깨를 으쓱하며 난처한 표정을 지어 보였다. 카타리나의 손에서 공문을 넘겨받은 폴린과 히안 또한 공문을 잠시 읽어보더니 놀라워했다. 공문을 다 읽어본 히안이 말했다.

　"그럼 우리 동호회가 경주 준비를 해야 된단 말이야? 불가능한 일이라고!"

　"그렇지만 학교에서 그렇게 결정한 이상 우리에게는 어떻게 할 권한이 없잖아?"

　그제야 머글린은 정신을 수습하고선 함께 테이블에 앉아 있는 세 명의 회원들을 가리키며 이야기했다.

"방금 전에 이 녀석들과 나가봤더니 건물 뒤의 공터에 로데오 두 대가 도착해 있더군. 정말 놀랐지. 신문에 나온 기사는 읽어봤지만 발매도 하기 전에 내가 만져 볼 줄은 몰랐거든? 카이젠 쪽에서는 공학원에서 운전 방법을 배운다고 하던데 우리 역시 공학원으로 지원을 요청할까?"

머글린의 말에 다른 회원들을 바라본 뮤스는 그들이 회장과 비슷한 분위기를 소유하고 있다는 것을 느낄 수 있었는데 자연스럽게 외골수적인 향기를 뿜어내고 있었다.

희미하게 미소 지으며 카타리나가 말했다.

"우린 그럴 필요 없어요. 이미 전뇌거를 운전하는 사람이 있거든요. 그렇지 않니, 뮤스?"

카타리나의 말에 뮤스는 미묘한 웃음을 지으며 콧잔등을 한번 쓸었다. 그 역시 나름대로 복잡한 생각에 빠져 있었다.

'이런, 왜 나에게 미리 말해 주지 않았지? 누님은 무슨 생각으로 이런 일을…….'

뮤스가 상념에 빠져 있을 때 한쪽에 앉아 있던 세이즈가 오랜만에 입을 열었다. 평소에도 말이 거의 없는 그녀는 오늘따라 히안, 폴린 만행 사건(?) 때문인지 유난히 심했지만 드디어 오늘 처음으로 말을 한 것이다. 하지만 그 오랜만의 말이 뮤스를 당황하게 만들었으니.

"그런데 뮤스, 궁금한 게 있어."

"응? 뭔데, 세이즈?"

"너는 어떻게 출시도 되지 않은 로데오를 타고 다닐 수 있는 것이지?"

쿠궁… 하는 소리가 뮤스의 머리를 때리고 지나갔다. 미처 이런 일까지 생각지는 못했던 것이었다. 하지만 아직 자신의 신분을 밝히기 싫었기에 뮤스는 또 한 번 친구들에게 거짓말을 할 수밖에 없었다.

"아, 공학원에 아는 분이 계셔서 발매 전에 시승을 부탁받았거든. 그래서 내가 공짜로 편하게 타고 다닐 수 있었던 거야."

"아, 그렇구나. 그럼 이해가 간다."

카타리나를 제외한 나머지 친구들 역시 수긍할 만하다는 듯이 고개를 끄덕였고 회의는 계속 진행이 되었다. 뮤스의 첫 동호회 활동은 길어졌다. 세 시간 정도가 지나서야 회의는 결론이 나기 시작했는데, 뮤스는 내일부터 일반 회원에게 전뇌거 운전을 가르치기로 했고 뮤스의 전뇌거까지 세 대의 로데오로 번갈아가면서 여덟 명의 선수를 연습시키기로 결정을 내렸다. 축제까지 일주일이라는 시간이 남아 있었지만 과연 그때까지 제대로 해낼 수 있을지는 미지수였다.

벌컥―!

"크리이츠 누님!"

뮤스가 문을 벌컥 열고 들어오자 서재에서 뭔가를 열심히 적고 있던 크라이츠가 그를 바라보았다.

"이제 왔니? 호호, 모습을 보아하니 전뇌거 경주에 대해서 이야기를 들은 거구나?"

"역시… 누님이 결정하신 일이군요! 도대체 어떻게 된 거예요?"

크라이츠는 손에 들린 깃펜을 내려놓고 의자의 등받이에 몸을 기대었다.

"호호, 첫 번째 이유는 재미있을 것 같아서야. 두 번째는 라이델베르크 전역에 전뇌거를 선전할 기회였고. 그렇게 생각 안 하니? 나는 어디까지나 사업을 위해서 결정한 것이란다.”

빙글빙글 웃으며 뮤스를 놀리는 듯한 말투로 이야기는 계속되었다.

“마지막으로 듣자 하니 네 학교도 연관이 되어 있더구나? 그래서 다른 건 생각할 것도 없이 결정해 버렸지! 푸훗, 너도 당연히 출전을 하겠지? 네가 만든 전뇌거를 다른 사람보다 운전 못한다면 그건 수치라고!”

크라이츠의 의도를 알아차린 뮤스는 허무함을 풀풀 풍기는 한숨만 내쉬었다. 애초부터 크라이츠에게 운영권을 위임한 이상 뮤스가 뭐라고 할 상황이 아니었던 것이다.

“알겠다구요. 다음부터 큰 결정은 저에게 귀띔이나 해주세요. 그나저나 켈트 아저씨는요?”

“그러고 보니 켈트 씨가 돌아오면 방으로 와달라고 전해달라던데?”

“그래요? 네, 그럼 누님, 쉬세요. 전 올라가 보도록 하죠.”

“그래. 너도 전뇌거 운전 연습 많이 해야 한다.”

“아… 네…….”

문을 닫고 서재를 나온 뮤스는 혼자 미소를 지었다. 그는 공학원의 일을 시작한 이후로 크라이츠의 모습이 많이 변했다고 생각했었다. 그녀가 냉철한 모습으로 변한 것에 대해 불안한 마음까지 들었던 뮤스는 그녀가 이런 사건을 터뜨리자 역시 변한 것은 아무것도 없다는 생각에 안도할 수 있었던 것이다.

뮤스는 자신의 옆방에 위치한 켈트의 방을 찾아갔다. 엄밀히 말해서는 켈트와 사촌 동생들의 방이라고 말해야 옳을 것이다. 각자 방 쓰는 것을 싫어한 드워프들은 결국 한 방을 같이 쓰기를 원했고, 그에 따라 방 구조까지 개조를 해야만 했다. 그들의 성격만큼이나 매일 시끌벅적

한 방이었다. 오늘 역시 별다른 특색 없이 쾌활한 분위기로 뭔가를 하는 드워프들이 뮤스의 눈에 들어왔다.

"…그래서 말이지, 그때 내가 도끼를 확! 하고 던졌지… 어라! 뮤스 왔구나!"

사촌들에게 무용담을 떠들던 켈트는 뮤스를 보며 반가운 표정을 지었는데, 다른 드워프들 역시 이미 한가족이나 다름없었기에 편안하게 맞아주었다.

"켈트 아저씨, 저를 찾으셨다구요?"

"껄껄, 그래. 우리가 너를 위해 준비한 것들이 있거든. 덕분에 생각지도 못한 백만장자가 되어버렸다고 사촌들이 네게 선물을 해주기로 했단다."

켈트의 말에 세 명의 드워프들은 웃으면서 뮤스에게 손을 흔들었다. 그들이 준비한 것이 무엇인지는 몰랐지만 굉장한 자신감이 느껴지는 것으로 봐서는 예사의 물건은 아니리라 짐작했다.

"하하, 선물이라면 마다한 이유가 없죠. 그런데 그게 뭐예요?"

켈트가 레딘에게 신호를 하자 레딘과 브라이덴은 일어나 침대 뒤로 걸어가 뭔가를 끙끙거리며 들고 나왔다. 천으로 둘러싸여 있었기에 뮤스는 그것이 무엇인지 알 도리가 없었다.

"자자, 하나, 둘, 셋 하면서 포장을 벗기라고!"

"하나… 둘… 셋!"

카운트다운이 끝남과 동시에 드워프들은 손에 잡고 있던 천을 벗겨 냈다. 천이 벗겨지자 나무 상자에 깨끗하게 정리된 갖가지 연장들이 보였고, 심지어는 대형 도끼까지 상자의 한쪽에 자리 잡고 있었다. 그 것들은 금방 만들어졌는지 깨끗한 손잡이를 가지고 있었으며 연장들의 금속 부분은 기름 칠이 잘 되어 있어 윤기가 흐르고 있었다. 연장을 본 뮤스는 환하게 웃으며 기뻐했다.

"이것들을 정말 제게 주시는 거예요? 고마워요, 아저씨들! 그런데 전 이것들을 다루지 못하는데 무슨 소용이 있죠?"

뮤스가 얼굴을 심각하게 굳히자 블뤼안이 너털웃음을 지으며 말했다.

"껄껄, 우리는 날 때부터 기술을 익혀서 나왔다고 생각하는가? 우리 역시 선조들에게 배운 것들이지. 자네도 짬짬이 시간 날 때마다 배우게나. 더 이상 복잡한 것이라면 우리들이라도 만들어줄 자신이 없거든. 솔직히 전뇌거를 이해하는 데만 해도 꽤 걸렸다는 것을 자네도 알 걸세. 직접 만드는 것보다 나을 리는 없지."

드워프들의 배려에 감동을 받은 뮤스는 고맙다는 말을 전했다. 그들이 전해준 연장들은 종류가 다양했는데 어디에 쓰는지도 모를 것들도 수두룩했다. 사실 엄청난 무게 때문에 모두 휴대하여 다니기는 불가능했지만 크라이츠가 선물한 마법 가방을 사용한다면 손쉽게 휴대할 수도 있었기에 더욱 든든한 마음이었다. 드워프들에게 인사를 하고 자신의 방으로 돌아온 뮤스는 그들이 전해준 연장들을 만지작거리며 흥분된 기분을 감추지 못했고, 그들의 기술을 최선을 다해 제대로 배우리라 마음먹으며 밤은 깊어만 갔다.

다음날 저녁 무렵부터 동호회실에서는 전뇌거 운전에 대한 강의(?)가 시작되었다. 경주에 참여할 인원은 모두 여덟 명이었는데 남성 회원이 얼마 없는 여가 활동 동호회로서는 대부분의 남성회원들이 참가를 해야만 했다. 뮤스와 히안을 제외한 여섯 명의 남자 회원들이 그들이었는데 난생처음 보는 전뇌거를 운전할 수 있다는 설레임에 들뜨며 뮤스의 설명을 듣고 있었다.

"…마나구에서 나오는 전뇌의 힘을 기관으로 전달하여 움직이게 되는 겁니다. 일단 조작을 위한 손잡이는 네 개가 있습니다. 이것들의 용도만 확실히 기억해 둔다면 나머지는 직접 운전하면서 익혀야 하는 것입니다. 처음엔 물론 익숙지 않겠지만 차차 나아지리라 생각됩니다. 일단 첫 번째 손잡이는……"

뮤스의 설명에 모두들 똘망똘망한 눈빛을 하고 있었고, 직접 운전을 하지 않는 여성 회원들도 그의 말을 귀 기울여 들었다.

시간이 흘러 밤이 된 것을 확인하자 회원들은 전뇌거가 세워져 있는 건물 뒤의 공터로 나갔다. 그곳에는 뮤스의 전뇌거를 포함한 세 대의 로데오가 멋진 모습으로 서 있었다. 새삼스럽게 그 모습에 감탄하며 뮤스는 회원들에게 말했다.

"설명 들은 대로만 하시면 됩니다. 떨리시더라도 조금 있으면 익숙해질 것이니까 걱정히지 마세요. 밤이 되어서 교내 도로가 한산하겠지만 조심해서 연습하시길 바랍니다. 아직 절대 과속은 하지 마세요!"

뮤스의 말이 끝나자 두 명씩 짝을 이루어 로데오에 올라타기 시작했고 뮤스는 히안과 같은 전뇌거에 탑승했다. 처음 전뇌거를 운전해 보는 히안은 긴장이 되는지 손을 바지에 문지르며 땀을 닦고 있었다.

"이봐, 히안. 너무 긴장하지 마라. 그리 어려운 건 아냐."

뮤스의 말에도 긴장이 없어지지 않는지 굳은 얼굴로 핸들을 잡고 있었다.

"이봐, 뮤스. 내가 실수한다면 네가 처리해라. 알겠지?"

"하하, 걱정하지 마라. 잘해낼 수 있을 거니까. 너보다 오히려 다른 사람들이 걱정인데?"

뮤스가 창밖으로 나머지 두 대의 로데오를 바라봤다. 그들 역시 히안과 크게 다르지 않은 상황인지 아직 출발조차 하지 못하고 바둥거리고 있었다. 이론과 실전의 벽을 보여주고 있는 모습이었다.

'이런이런, 이런 방식으로는 불가능하겠군. 한 명씩 가르쳐야겠어.'

라고 마음먹은 뮤스는 창밖으로 다른 로데오에 기다리라는 신호를 보냈고, 서둘러 히안의 개인 강습을 시작했다. 로데오 강습을 시작한 후 약간의 시간이 흐르자 히안은 자신감이 생기는지 싱글벙글 기분 좋게 웃으며 말했다.

"야! 이렇게 재미있는 걸 지금까지 너만 했단 말이냐? 이걸 타고서 폴린과 데이트하면 끝내주겠는데?"

히안의 말에 뮤스는 머리를 흔들며 말했다.

"툭하면 폴린 이야기냐? 잔소리 말고, 익숙해졌으면 너도 다른 사람이나 가르쳐라. 시간이 별로 없어."

"헤헤, 다음에 너의 로데오를 빌려준다고 약속하면 기꺼이 그렇게 하지!"

뮤스는 손을 내저으며 말했다.

"너, 꼭 딴사람 일같이 말하는군. 여긴 너의 동호회도 된다는 걸 잊은 거야? 알았으니까 빨리 가서 다른 사람이나 도와줘!"

"후훗, 꼭 부탁한다, 뮤스!"

득의의 미소를 만면에 떠올리며 로데오에서 내린 히안은 다른 곳에 세워진 로데오로 발걸음을 옮겼고, 기다리고 있던 다른 회원이 자신의 차례가 되자 뮤스의 전뇌거에 올라타며 개인 강습을 받기 시작했다. 밤이 깊어져서야 모든 강습이 끝나게 되었는데 뮤스와 히안은 이미 녹

초가 되어 있었다. 사실 운전 연습을 시킨다는 것은 엄청난 정신력과 인내심을 요하는 활동이기 때문에 그리 만만한 것이 아니었다. 그들이 지쳐 바닥에 주저앉아 버리자 카타리나와 친구들이 마실 것을 들고 걸어왔다. 카타리나가 뮤스에게 물을 건네며 말했다.

"너희 모습을 보니 엄청 힘들었나 보구나? 매일 이렇게 해야 하는 거야?"

그녀가 건네준 물을 받아 든 뮤스는 시원스럽게 한 모금 들이켰다.

"휴우! 이제 좀 살 것 같군. 목 아프고 힘들었는데 고마워. 내일부터는 이 정도까진 아닐 거야. 이제 손에 익숙해지는 것만 연습하면 되거든. 그리고 경주를 하려면 지형을 아는 게 유리할 테니 내일부터 나는 시내 지형을 좀 조사해 봐야겠다."

뮤스가 말하는 동안에도 폴린의 행태는 여느 때와 다름이 없었다.

"어머머, 히안, 힘들었지? 아잉! 너가 힘들면 난 어떻게 하라고!"

"아냐, 폴린! 난 네 얼굴만 봐도 기운이 펄펄 나는걸? 이것 봐!"

하며 히안이 팔을 걷어 올리며 자신의 이두박근을 보여줬으나 시원찮아 보였다. 하지만 폴린의 눈에는 무쇠와 같은 팔뚝으로 보일 뿐이었다. 언제나처럼 말없이 그들을 바라보던 세이즈는 혀를 차며 뮤스와 카타리나 쪽으로 시선을 돌렸다. 말은 하지 않았지만 차마 보고 있기는 힘들었으리라. 카타리나 역시 그들의 행동을 포기했는지 하던 이야기를 계속했다.

"그럼 그건 혼자 해도 되는 거야?"

"응. 그냥 전뇌거를 타고 한번 둘러보면 되는 거니까. 그건 그렇고 이제 밤이 늦었는데 돌아가 봐야지?"

"아! 벌써 꽤 늦었구나. 얘들아, 집에 가자!"

카타리나의 말에 친구들은 엉덩이를 털며 자리에서 일어났다. 히안이 아쉬움이 남는지 전뇌거를 보며 게슴츠레한 눈으로 말했다.

"뮤스, 혹시 말야… 이거 우리가 타고 갔다가 내일 가지고 오면 안 될까?"

"흠. 아무래도 회장 선배에게 허락을 받아야 하지 않을까?"

"야야, 어떠냐? 우리도 엄연한 회원이라고! 이 로데오는 우리의 연습을 위해서 지원된 거고! 아무 사고 없이 잘 가져다 놓으면 상관없을 거야! 설령 문제가 생겨도 연습을 했다는데 선배가 뭐라고 하겠어?"

"그것도 그럴싸하군. 그럼 조심해서 운전해! 너 역시 아직 서툴잖아. 사고나면 정말 위험하다고!"

뮤스의 말에 히안은 손으로 자신의 가슴을 치며 자신있다는 듯이 말했다.

"하하, 걱정 말라고! 이제 눈도 잘 보이겠다, 웬만큼 익숙해졌겠다 뭐가 문제겠냐? 그럼 내일 보자! 폴린, 출발하자! 어서 타! 너의 사랑 히안님이 멋지게 데려다 줄게!"

"호호! 신나겠는걸?"

그의 말에 폴린은 마냥 기쁜지 재빨리 뒤따라 로데오에 올라탔고, 히안은 제법 능숙한 솜씨로 운전하여 친구들의 시야에서 벗어났다. 로데오의 사라지는 모습을 보고는 뮤스가 말했다.

"아참, 너희는 어떻게 하지? 로데오는 알다시피 이인승인데?"

뮤스가 묻자 카타리나가 은근한 미소를 띠며 말했다.

"저… 뮤스, 나도 전뇌거 운전하는 거 가르쳐 주면 안 될까? 나도 예전부터 정말 해보고 싶었거든! 아까는 힘들어 보여서 말 못했는데… 나랑 세이즈 좀 가르쳐 줘라. 응? 친구 좋다는 게 뭐니? 그렇지,

세이즈?"

그녀가 동의를 구하자 세이즈 역시 웃으며 고개를 끄덕거렸다. 꽤 피곤한 뮤스였지만 차마 그녀들의 부탁을 거절하지 못하고 심야의 강습을 시작하게 되었다.

지친 몸을 이끌고 학교에서 돌아온 뮤스는 바로 드워프들의 방으로 들어갔다. 켈트와 드워프들은 옹기종기 모여 나무로 뭔가를 만들고 있었다. 포센트가 출시된 이후로도 예약된 수량이 꽤 있었지만 어느 정도 체계가 잡힌 생산 분담 때문인지 처음처럼 바쁘진 않았다. 덕분에 드워프들도 자신의 여가를 즐길 수 있을 정도의 시간을 가지게 된 것이었다. 하지만 천성이 드워프인 그들은 여가 시간에도 지금처럼 뭔가를 주물럭거리고 있는 것이 예사였다. 그가 들어오는 것을 발견한 켈트가 인사를 건넸다.

"껄껄, 뮤스 왔구나? 오늘부터 전뇌거 시합 준비를 한다더니 잘하고 있냐?"

뮤스는 한숨을 내쉬며,

"헤휴! 정말 힘들더군요. 크라이즈 누님 가르칠 때만큼이나 힘들었거든요. 그나저나 지금 뭘 만들고 계시는 거예요?"

그가 다가오며 물어보자 연장으로 나무를 깎고 있던 브라이텐이 하던 일을 잠시 멈추고 말했다.

"뮤스 군, 자네도 그렇게 서 있지 말고 우리가 선물한 연장을 들고 오게나. 오늘부터라도 조금씩 배워야 할 것이 아닌가?"

브라이텐의 말에 웃어 보이며 뮤스는 자신이 메고 있는 가방을 두들겼다.

"하하, 연장이라면 이 가방 속에 다 넣어가지고 다니는걸요. 뭐, 지금이야 제대로 쓰진 못한다고 해도 혹시나 해서요. 아저씨들의 손에 들고 있는 것과 같은 걸 꺼내면 되겠죠?"

브라이덴이 고개를 끄덕이자 가방에 손을 넣어 뒤적였다. 연장의 종류가 많아서인지 찾는 데 조금 더뎠지만 자신의 가방에 있는 물건도 못 찾을 바보가 아니었기에 금세 집어낼 수는 있었다. 그 모습을 본 브라이덴은 피식 웃으며 자신의 옆 자리를 두들기며 앉으라는 신호를 했고, 옆에 앉은 뮤스는 그가 건네준 나무토막 하나를 받아 들고선 이리저리 돌려보았다.

"오늘은 가장 다루기가 쉽지만 조심해야 하는 나무를 가르쳐 주겠네. 우선 나무는 가장 자신있는 분야이니 내가 가르치게 될 것이고, 나머지는 각자 자신있는 사촌들이 가르치게 될 것이야."

드워프들은 상의가 미리 되어 있었는지 브라이덴의 설명에 나머지 드워프들이 뮤스의 얼굴을 바라보며 웃음 지었다. 그의 말이 계속되었다.

"우선 자네 손에 들려 있는 것은 나무를 다룰 때 쓰는 조각도 중 하나일세. 우선 조각도의 모양은 여러 가지가 있는데, 물론 자네에게 준 연장들에 모두 포함되어 있지. 자네가 손에 들고 있는 것은 조각도 중에 가장 기본이 되는 것일세. 나무는 한번 파내거나 잘라내면 다시 붙여서 사용할 수 없기 때문에 조심스런 손놀림이 필요하다네. 우선 나처럼 손을 조각도의 뒤쪽에 두고 조심스럽게 바깥쪽으로 파내는 걸세. 자, 나처럼 해보게나."

설명을 하며 능숙한 솜씨로 나뭇결 위를 유영하는 그의 조각도는 마치 살아 있는 듯 보였는데, 그의 손이 지나간 곳이면 여지없이 매끈한

면이 생겨났다. 매일 보던 모습이었지만 자세히 뜯어보니 단순한 손놀림 하나가 예사가 아니란 것을 느끼는 뮤스였다. 몇 번을 반복하던 브라이덴이 뮤스에게 해보라고 하자 뮤스는 어색한 손놀림으로 나무를 깎기 시작했다. 하지만 그의 조각도가 지나간 자리는 거칠었고, 조각도의 날 역시 이리저리 움직여 나무토막을 볼썽사납게 만들 뿐이었다. 자신도 모르게 맺혀 있는 이마의 땀을 닦아내며 말했다.

"후우! 이거 정말 힘들군요. 막상 해보니까 알겠어요."

"노력보다 더 좋은 방법은 없다네. 누구나 처음부터 잘한다면 드워프가 무슨 필요가 있겠는가?"

"그런데 아저씨들은 지금 뭘 만들고 계시는 거죠?"

뮤스의 질문에 약간 당황한 브라이덴은 켈트를 보며 해명해 주기를 바라는 눈빛을 보냈다. 켈트는 사촌 동생의 생각을 눈치 챘는지 특유의 웃음소리를 내며 말했다.

"껄껄껄, 놀면 뭐 하겠냐. 돈이라는 게 있으면 있을수록 더 욕심이 나는 것 아니겠어? 그래서 너희 축제 때 팔려고 전뇌거 모형을 만들고 있단다. 한마디로 부업이란 뜻이지."

켈트의 말에 나머지 드워프들은 부끄러운 듯이 식은땀을 흘렸지만 그는 신경도 쓰지 않는지 당당하기만 했다. 왠지 켈트와 크라이츠가 닮아간다고 생각한 뮤스는 쓴웃음을 지어 보이며 자신의 손에 들린 조각도를 부지런히 움직였다. 시간이 조금씩 지나자 점차 능숙한 솜씨로 나무를 깎아내기 시작했고, 그 모습을 본 드워프들의 손은 서서히 멈춰지고 있었다. 목공의 선생인 브라이덴 역시 손을 멈추며 입을 열었다.

"혹시 자네, 예전에 나무를 다루어본 적이 있었나?"

하지만 뮤스는 고개를 저었다.

"아니오. 그저 손에 빠르게 익혀지는 느낌이네요. 움직일수록 자세
가 편해지기도 하구요."

"아무래도 자네에겐 재능이 있나 보군. 허허. 참 축복받은 존재일
세. 엄청난 지혜에 손재주라니… 모든 사람들이 자네 같았더라면 우리
는 이 짓거리 해먹기도 힘들겠구먼. 껄껄!"

뮤스는 쑥스러운 웃음을 지어 보이고 있었다.

하루를 끝내고 자신의 방으로 돌아온 뮤스는 오늘의 고된 일과 때문
인지 머리를 베개에 붙이자마자 잠이 들어버렸다.

20장 운전 연습

어두운 공간. 자신의 손조차도 볼 수 없을 정도의 암흑이었고, 주변을 둘러봐도 눈앞으로 지나가는 영상들은 오직 어둠뿐이었다.

'이곳은 어디지? 대체 내가 왜 이런 곳에 있는 거지?

이곳이 자신이 잠든 방이 아니란 것에 불안감을 느끼던 뮤스는 등허리로 땀이 흐름을 느꼈다. 이때 어둠의 공간이 열리며 낯선 숲 속의 모습이 그의 눈에 들어왔다. 밤 안개가 그곳을 가득 메우고 있었는데 높이 뻗은 나무들 사이로는 희미한 달빛이 들어오고 있었다. 어디선가 그를 놀라게 하는 괴성이 들려왔다.

쿠워워워……!

'이게 무슨 소리지?

사방으로 고개를 돌려보며 귀를 자극하는 소리의 정체를 알아내려 할 때,

푸드득! 퍽!

우거진 나무숲 한쪽이 터져 나가며 검은 물체가 튀어나왔다. 스스로의 힘이라기보다는 강한 충격을 받고 튕겨져 나온 듯했는데 얼핏 봐도 사람이라는 것을 알 수 있었다. 쓰러져 있는 검은 옷의 인영을 살펴보자 어디선가 많이 본 복장이라는 것을 알 수 있었다.

'이것은… 조선의 복식! 그렇다면 이 사람은?

고개를 들어 그가 튕겨져 나온 곳을 바라봤지만 나무들과 주변의 광경들은 이미 연기처럼 사라져 버렸고, 또다시 칠흑 같은 어둠만이 남아 있었다. 다시 두리번거리며 사방을 살피고 있을 때 그의 뒤로는 또 다른 광경들이 펼쳐지기 시작했다. 몇몇의 인영들이 거대한 무엇과 혈투를 벌이고 있었지만 하나같이 어둠에 얼굴이 가려져 있었기에 누구인지 정확히 확인할 수는 없었다.

탕!

한 인영의 손에서 불빛이 번쩍이며 요란한 소리가 나더니 거대한 생명체는 비틀거렸다.

'저것은 지자총통……'

뮤스가 그들에게 다가가려 했지만 다시금 모든 것이 연기처럼 사라져 버리며 어둠 속을 걷고 있었다.

『명신이냐?』

암흑 속에서 귀에 익은 목소리가 들려왔다. 조금 메마른 듯했지만 어딘가 풋풋한 목소리… 장영실의 목소리였다. 귀 익은 목소리에 반가워하며 몸을 돌렸지만 허무하게도 목소리만이 울릴 뿐 그의 모습은 보이지 않았다.

"장영실 아저씨? 어디에 계세요? 대답해 주세요!"

하지만 더 이상 목소리조차 들려오지 않았다. 뮤스는 몸을 이리저리 돌리며 장영실의 모습을 찾기 위해 애썼지만 아무것도 볼 수 없었다. 이때 누군가 자신을 흔드는 느낌을 받았다.

"뮤스! 이제 좀 일어나렴! 이러다가 지각한다!"

크라이츠의 외침과 함께 뮤스가 눈을 떠보니 아침 햇살이 그의 이마를 찡그리게 만들었다.

"하아… 꿈이었구나……."

그제야 꿈이었다는 것을 깨달을 수 있었지만 찜찜한 느낌을 지울 수가 없었다.

'신경 쓰지 말자… 내가 걱정을 해서 이런 꿈을 꾼 것일 테니…….'

멍하니 누워 천장을 바라보던 뮤스는 눈동자를 돌려 크라이츠를 바라보며 입을 열었다.

"아침 과목이 휴강이라서 지각 걱정은 안 해도 돼요."

크라이츠가 그의 이마를 쓸어 내리자 그녀의 손은 식은땀에 축축하게 젖어 있었다.

"어지간히 피곤했던 모양이구나? 그나저나 너, 오늘 학교 끝나고 할 일 있니?"

"아, 아뇨. 전뇌거 운전은 회원들에게 다 가르쳤고, 오늘은 경주를 할 도로를 돌아볼 예정이었거든요. 그 일 외에는 아무 일도 없어요."

그는 노곤한 몸을 일으키며 침대 옆에 벗어놓은 신발을 신었다.

"그럼 잘됐구나. 오늘 학교 끝나는 때로 공학원으로 오렴. 너와 갈 곳이 있으니까 말야. 중요한 일이니까 곧장 와야 한다."

의아한 뮤스는 크라이츠에게 여러 차례 물었지만 그녀는 비밀이라며 대답해 주지 않았다. 더 이상 물어봐야 힘 낭비라고 생각한 뮤스는 느긋하게 학교 갈 준비를 하기 시작했다.

　학교는 축제가 얼마 남지 않아서인지 들떠 있는 분위기였다. 다음 주가 되려면 3일이라는 시간이 남았지만 축제를 준비하기에는 극히 짧은 시간이었기에 모두들 분주했다. 어제부터는 수업도 대부분 휴강이 되어버려서인지 더욱 붐비는 곳은 동호회 건물이었다. 건물 뒤의 넓은 공터는 각 동호회 회원들의 연습장으로 쓰였기 때문에 빈 자리는 거의 보이지 않았다. 뮤스는 처음 겪어보는 축제였지만 그것이 어떤 느낌을 사람들에게 주는지 몸소 체험하고 있었다. 동호회실로 들어가자 그곳에는 히안만이 책을 읽고 있었다.
　“여어! 뮤스, 일찍 왔네?”
　그는 흘러내리는 안경을 올리며 신이 난 목소리로 인사를 했다.
　“뭐 좋은 일 있냐? 그건 그렇고 폴린은 웬일로 옆에 없어?”
　“하하, 오늘은 늦잠 좀 자고 싶다고 해서 나 먼저 왔지. 조금 있으면 나올 거야! 그건 그렇고 로데오 정말 죽이던데! 흐흐흐, 밤거리를 달리는 느낌이란!”
　“쯔쯧, 사고 안 난 것만 해도 천만다행이군. 다른 애들은 올 때 되지 않았어?”
　“사고는 무슨! 그건 그렇고 넌 축제 때 어떻게 할 거야? 혼자 지내는 건 아니겠지?”
　“혼자라니? 너희들이 있잖아?”
　히안은 답답하다는 듯이 히죽거리며 조용히 말했다.
　“누가 축제 때 친구들과 어울려 다니냐? 다들 파트너를 구해서 다닌다고! 아마 지금부터 준비하지 않으면 넌 혼자 다녀야 할걸? 그때 그…
뭐였지? 아! 가이엔! 걔는 어때? 그 정도면 스타일 좋고 얼굴 예쁘고 꽤
괜찮잖아? 그 아이도 널 마음에 들어하는 눈치던데?"

"행여나 그런 소리 마라! 그럴 리가 없잖아? 잔소리 말고 전뇌거 연
습이나 잘해!"

"이 형님을 도와준 게 고마워서 보답 좀 하려고 했더니 고작 그런 반
응이냐? 알았다! 쳇."

투덜거리며 자신이 읽고 있던 책을 계속 보기 시작했다. 막상 히안
에게는 그렇게 말했지만 그의 말이 사실이라면 축제를 어떻게 보내야
할지 은근히 걱정이 되었다. 처음으로 경험하는 축제를 어눌하게 보내
긴 싫은 마음도 있었지만 순간적으로 카타리나의 얼굴이 떠올랐기 때
문이었다.

'그럼 카타리나는 축제 기간에 누구와 보낼까?'

이때 뮤스와 통한 것이라도 있는지 동호회실의 문이 열리며 카타리
나가 들어왔다. 평소처럼 밝은 표정을 지어 보이며 히안과 뮤스에게
인사를 건넸다.

"얘들아, 안녕. 오늘 날씨 너무 좋지 않니?"

"그래, 좋은 아침이다. "

"오늘은 우리 동호회에 들어온 새로운 손님이 있단다. "

카타리나의 말에 둘은 고개를 갸웃거렸고 그것도 잠시, 회실의 문을
열고 들어오는 인물을 보고선 그녀가 말한 사람이 누구인지 알게 되었
다.

"가이엔, 너도 여가 활동 동호회에 들기로 한 거야?"

놀랍다는 듯이 뮤스가 묻자 가이엔은 쑥스러운 표정을 지으며 고개

를 끄덕였다. 옆에 있던 히안은 히죽거리면서 조용히 뮤스의 귀에 중 얼거렸다.

"흘흘… 아무래도 심상치 않은걸? 안 그래, 뮤스?"

히안의 말에 당황했지만 소리를 높일 수 없었기에 조심스럽게 말했 다.

"뭐, 뭐가 심상치 않다는 거야!?"

둘의 행동에 카타리나가 혀를 차며 말했다.

"쯔쯧… 히안, 너는 폴린과 안 싸우니까 이제 심심함을 이길 길이 없어서 뮤스와 티격거리는 거니? 새로운 손님도 오셨는데 그런 모습을 보여주면 안 되는 거야!"

히안은 머리를 긁적이며 능글맞은 표정을 지어 보였다.

"이봐, 카타리나. 난 다 뮤스, 이 녀석을 위해 그러는 거라고! 내가 뮤스를 얼마나 아끼는데. 안 그러냐, 뮤스?"

"허… 대강 그렇다고 해두자. 이쪽으로 앉아, 가이엔"

뮤스가 의자를 빼주며 가이엔의 자리를 만들어주자 히안은 의미심 장한 표정을 지으며 고개를 끄덕였다. 하지만 뮤스는 신경 쓰지 않으 리라 마음먹고 카타리나에게 말했다.

"전뇌거 운전은 좀 어땠어? 그렇게 힘들지는 않았지?"

"응. 생각보다는 쉽던걸? 정말 재미있었어. 아버님께 부탁해서 나도 사고 싶던걸? 과연 허락을 해줄지는 모르겠지만 말야."

"후훗, 네가 산다면 싸게 해줄게."

뮤스의 말에 놀란 카타리나는 얼굴을 찌푸리며 가이엔과 히안의 표 정을 조용히 살펴보자 그녀의 예상대로 둘은 미심쩍은 표정으로 그를 바라보고 있었다.

"무슨 소리야? 싸게 해준다니?"

우려했던 질문을 히안이 던지자 뮤스는 당황하여 아무런 할 말이 떠오르지 않았다.

'이런 바보 같으니… 어쩌자고 그런 말을……'

하지만 다행스럽게도 카타리나가 능숙하게 둘러대며 말을 받아주었다.

"아, 그거? 어제 내가 전뇌거를 가지고 싶다고 했더니 뮤스의 전뇌거를 나에게 판다고 했어. 공학원에서도 시험용이라서 싸게 판다고 했거든."

"아하! 뮤스, 그럼 내 거도 어떻게 안 되겠냐? 또 다른 시험용 전뇌거는 없는 거야?"

순진하게 속은 히안을 보자 안도의 한숨을 내쉬었지만 내심 자신 때문에 거짓말을 하는 카타리나에게 미안함을 느끼고 있었다. 또 언제까지 친구들에게 비밀로 할 수 있을지도 걱정이었다. 뮤스의 고민이 심각해질 때쯤 히안의 반쪽인 폴러이 당당하게 회신로 들이왔다.

"호호! 자기야, 나왔어!"

사람 코의 신비한 능력을 절감할 수 있는 목소리가 그녀의 입에서 흘러나오자 자리를 메우고 있던 친구들은 의식이 희미해지는 것을 느꼈다. 하지만 히안은 아무렇지도 않은 듯 행복이 넘치는 표정을 지어 보이고 있었으니…

"어마? 이쪽은 가이엔 아니니?"

"응. 오늘부터 가이엔도 우리 동호회에서 활동할 거야. 마침 아직까지 다른 동호회에 가입하지 못했다고 하더라고. 앞으로 잘 지내렴."

카타리나의 소개에 정식으로 인사를 주고받은 그들은 한동안 잡담을 하며 즐거운 시간을 보냈다. 조금 지나자 다른 회원들이 하나둘씩 오기 시작했고, 전뇌거 경주에 참가할 회원들이 다 모이자 그들은 연습을 위해 자리를 옮겼다. 당분간 전뇌거에 대하여 아는 것이 전무한 회장 대신 뮤스가 연습을 담당했고, 연습하는 이들을 제외한 나머지 사람들은 연습을 보조하는 식이었다. 아직은 연습 기간이 짧아서인지 조금은 어색한 점도 보였지만 상대 학교의 선수들 역시 이들과 다름이 없다고 생각했기에 크게 걱정하지는 않고 있었다.

늦은 오후 무렵 식사 담당 회원들이 점심을 사오자 연습을 잠시 중단하고 식사를 시작하였다. 이렇게 많은 친구들과 같은 목표를 위해 활동한다는 것이 즐겁기만 한 뮤스는 지도를 하느라 피곤한 외중에도 미소가 끊이질 않았다. 식사를 하고 있던 그들을 향하여 누군가 허겁지겁 뛰어오고 있었다.

"헉헉, 에고, 힘들다. 벌써 늙어가고 있는 건가? 아직 3학년밖에 안 됐는데."

엄살을 부리고 있는 머글린이었다. 회장의 직책에 조금은 안 어울리는 행동이었지만 언제나 자유 분방한 여가 활동 동호회였기 때문에 오히려 자연스러운 모습이었다. 그를 보던 폴린이 웃으며 말했다.

"호호홋! 선배, 그러니까 평소에 운동 좀 하라고요. 매일같이 동호회 실에 앉아서 샌님처럼 책이나 읽으니까 그렇죠. 공부하는 것도 아니면서."

"조용히 해라, 폴린. 감히 선배님께 그 무슨 말버릇이냐. 이 선배님은 힘들어 죽겠구만."

그의 말에 폴린은 혀를 삐죽 내밀었고, 머글린은 한 번 더 허리를 폈다 굽히며 말했다.

"그건 그렇고, 너희들 이러고 있을 때가 아니야. 지금 내가 카이젠을 염탐하기 위해서 다녀오는 길인데 그 녀석들 장난이 아니더라고! 웬 여자가 그쪽 선수들을 가르치고 있는데 정말 대단했어. 시범을 보인다면서 엄청난 속도로 연습장을 누비더라니까!"

머글린의 말을 들으며 가슴이 철렁한 뮤스가 조심스럽게 물었다.

"선배님… 혹시 그 여자의 머리가 금발 아니던가요? 약간 어두운 금발… 거기다가 매서운 눈매를 하고 카타리나보다는 조금 큰 키의?"

"어라, 너도 거기 다녀왔던 거야? 어떻게 그렇게 정확하게 알고 있지? 대단해! 대단해!"

설마 하고 물었던 것이 사실로 다가오자 뮤스는 하늘이 노랗게 되는 것을 느꼈다.

'크라이츠 누님, 어이 해 저에게 이런 시련을.'

뮤스의 안색이 하얗게 변하자 가이엔이 걱정이 되는지 물었다.

"뮤스, 괜찮은 거니? 안색이 안 좋은걸?"

"괜찮아, 가이엔. 약간 어지러웠을 뿐이야. 그 말이 정말이라면 우린 이러고 있을 시간 없어. 이렇게 하다간 절대 그들을 이길 수 없을 거야. 다들 밥 먹었으면 연습을 하자고, 연습!"

느긋하게 가르치던 뮤스의 태도가 돌변하자 의아하기만 한 회원들과 친구들이었다. 연습장으로 회원들을 떠밀어낸 뮤스는 혼자 고민에 빠져 있었다.

'크라이츠 누님이 가르친다고 한다면 그 녀석들은 목숨을 걸고 배워야 할 거야. 하지만 그만큼 효과는 뛰어나지. 나보다 크라이츠 누님이 전뇌거를 몰아본 경험이 많으니 상대가 안 되는데… 어떻게 해야 하

나……'

　그가 고민하는 이유를 눈치 챈 카타리나가 뮤스에게 다가와서 누가 들을세라 조용히 말했다.

　"뮤스, 혹시 너희 누나가 그쪽을 가르치고 계시는 거니?"

　"응, 아주 최악의 상황이야. 카이젠 대학교가 공학원으로 지원 요청을 한다고 하길래 설마 했더니 크라이즈 누님이 그런 일을 할 줄이야. 정말 요즘에 놀라는 일이 너무 많은 것 같아. 이렇게 동생(?)을 괴롭히다니……."

　"그래, 너희 누나도 참 대단하구나. 이제는 어떻게 할 셈이야? 보아하니 너희 누나 실력이 대단한가 본데……."

　"응, 정말 대단하지. 나보다 훨씬 실력이 좋단 말야. 오히려 전뇌거를 설계한 나보다 더."

　꽤 심각한 상황이란 것을 인지한 카타리나도 함께 골머리를 앓기 시작했다. 하지만 별달리 좋은 방법이 나오지는 않았다.

　"이제 겨우 3일 남았을 뿐인데… 누님의 막무가내 성격이면 그들을 충분히 엄청난 실력으로 만들고도 남을걸. 내가 이쪽 편만 아니었다면 누님이 그런 일을 하지도 않았을 텐데 말야……."

　"뮤스! 그런 말 하지 마. 설령 그렇다 해도 네가 우리 학교에 다니게 한 것을 후회하지는 않아. 기껏 시합 하나 가지고 뭘 그러니? 아직 진다는 보장도 없잖아."

　"그래, 네 말이 맞아. 아직 진다는 보장은 없지!"

　카타리나의 위로에 힘을 얻었는지 더욱 열심히 이길 수 있는 방법을 모색하기 시작했다.

　'내가 크라이즈 누님보다 잘할 수 있는 것… 잘할 수 있는 것… 그

렇지!'

"카타리나! 방법을 찾아냈어!"

갑작스런 뮤스의 외침에 깜짝 놀라서 그의 얼굴을 바라보는 카타리나였다.

"정말? 어떤 건데?"

"하하, 그건 내일 말해 줄게!"

"그래, 그러지 뭐… 서운하지만 참을게."

"하하, 고마워. 그건 그렇고 그 방법을 실행하려면 지금 공학원으로 가봐야겠는걸?"

"벌써 가려구?"

"응. 그럼 다른 친구들에게도 인사 좀 전해줘! 부탁한다. 내일 보자!"

카타리나에게 급히 인사를 건넨 뮤스는 서둘러 전뇌거를 타고 사라졌다. 멀리 교문을 벗어나는 전뇌거를 보며 카타리나가 싱긋이 웃고 있을 때 다른 친구들과 함께 이야기하던 가이엔이 그녀에게 다가오며 물었다.

"카타리나, 왜 그렇게 혼자 웃고 있어? 뭔가 좋은 일 있니?"

"어머! 내가 그랬어? 아무것도 아냐. 난 그냥 웃으면 안 되니? 호호."

그래도 가이엔은 뭔가 이상하다는 듯한 표정을 짓고 있었다.

"그건 그렇고 뮤스는? 안 보이네?"

"아! 시합 때문에 급히 가봐야 한다고 방금 집으로 갔어. 인사 전해 달라고 하더라, 친구들에게."

"아, 그렇구나."

왠지 가이엔의 대답에는 아쉬움이 피어나고 있었다.

*　　　　*　　　　*

드넓은 공터에 뿌연 먼지를 일으키며 두 대의 로데오가 빠른 속도로 달리고 있었다. 요란한 굉음이 나진 않았지만 박력있는 주행 모습과 마차를 능가하는 빠른 속도의 매력은 사람들의 눈을 붙잡아둘 만하였다. 공터의 외곽에서 전뇌거를 향해 신호를 보내는 브론즈 머리의 여성이 있었는데 그녀의 이름은 크라이츠였다. 그녀의 신호를 받은 로데오 두 대는 즉시 방향을 틀어 그녀의 앞으로 달려왔다. 그녀는 뭔가 불만이 잔뜩 쌓인 표정으로 아미를 찡그리며 매섭게 말했다.

"이봐요! 첫 번째 로데오 운전하는 학생! 이름이……."

"네! 바르키엘입니다!"

스스로 밝힌 것과 같이 카타리나의 앞에서 잘난 척하던 카이젠 대학교의 바르키엘이었다. 그동안 무슨 일이 있었는지 알 수는 없었지만 예전의 건방진 태도는 찾아보기 힘들었고, 기합만이 잔뜩 들어간 말투로 대답하는 그였다.

"아… 그랬었지. 기억력 하곤……. 바르키엘이라고 했었군요. 그런데… 운전하는 꼴이 이게 뭐죠?"

"꼬, 꼴이라니요?"

지금까지 남에게 모욕적인 말을 들어본 적 없는 바르키엘은 황당해하며 되물었지만 크라이츠는 코웃음 치며 그의 귀가 정상이라는 것을 확인시켜 주었다.

"하는 꼴이라고 그랬습니다! 하는 꼴이라고요! 왜 자신이 이런 말을 들어야 하는지 모르시겠습니까?"

그녀의 말 자체로는 나름대로 상대방을 높이는 말이었지만 특유의 삐딱한 억양이 가세하자 듣는 이로 하여금 마음을 무겁게 만들었다.

"제, 제가 혹시 잘못이라도?"

"호호호, 겨우 이따위로 운전해서 시합에 나갈 수나 있겠습니까? 좀 전까지만 해도 큰소리 떵떵 치더니 지금 회원들 중에서 제일 못하는군요!"

크라이츠의 호통에 바르키엘은 고개를 숙이며 절절 기고 있었다. 평소 바르키엘이 얼마나 콧대 높고 건방진지를 아는 인물이라면 이 모습을 보고 두 눈을 비비며 의심했으리라. 하지만 눈앞에 벌어지고 있는 일이었으니 안 믿을 수도 없는 일이었다. 그가 아무런 말도 없자 크라이츠는 희죽 웃으며 하던 말을 이었다.

"호호홋, 어디 아까처럼 한 번 더 건방지게 굴어보시죠?"

"헤헤… 아, 아닙니다요. 제가 잘못했는걸요. 앞으로 열심히 하겠습니다!"

바르키엘은 비굴하게 웃으며 낮은 자세를 고수하고 있었다.

"잘 생각했군요! 빨리 가서 더 분발하세요! 안 그러면 그쪽의 강적에게 이기는 건 불가능할 겁니다. 앞으로 전속력으로 20바퀴 더 도는 겁니다!"

"스, 스무 바퀴요?"

"왜요? 불만입니까? 30바퀴로 할까요?"

"아닙니다! 지금 당장 돌겠습니다!"

급하게 연습용 로데오로 달려간 바르키엘은 속으로 이빨을 갈며 화를 삭일 뿐이었다. 그가 화를 내기에는 크라이츠라는 벽은 너무 거대

했기 때문이었다. 불과 한 시간 전만 해도 세상에 두려울 것이 없는 그
였건만…….

　한 시간 전, 카이젠 여가 활동 동호회 회원들은 공학원에서 전뇌거
운전 교습을 위해 파견 나왔다는 한 여자를 바라보고 있었다. 진한 금
발의 머리에 늘씬한 몸매, 화려하진 않지만 몸에 딱 달라붙는 옷을 입
은 그녀의 스타일은 흔히 보기 드문 것이었다. 동호회의 회장인 바르
키엘은 씨익 웃으며 특유의 건방진 폼으로 건들거리며 말했다.
　"흐흐, 아가씨께서 저희를 가르치는 분이십니까?"
　그의 건들거림에 별 신경을 안 쓰는지 그녀는 여유롭게 웃으며 대답
했다.
　"호호호, 네, 그렇습니다. 제가 시합 전날까지 여러분들을 지도할 사
람입니다. 뭔가 질문이라도 있으신가요?"
　"다른 게 아니라 아가씨 같은 미인께서 저희를 지도해 주신다니 영
광이라 느껴져서 말입니다. 연습이라도 끝난다면 보답으로 아가씨와
저녁 식사라도 함께하고 싶은데 어떠신가요?"
　그의 말투는 동네의 삼류 건달의 그것과 비슷했다. 하지만 그의 뒤
에 서서 하는 양을 지켜보던 회원들은 뭔가 대단한 일이라도 한 것처
럼 휘파람을 불며 환호했고, 바르키엘은 뒤를 돌아보며 친구들의 환호
에 가볍게 인사를 했다. 그의 하는 짓을 바라보던 크라이츠는 변함없
이 미소를 띠며 조용히 말했다.
　"머리에 피도 안 마른 인간 녀석아, 입 다물고 시키는 대로 배워라.
계속 그렇게 입을 놀린다면 별로 좋지 않은 일이 생길 것이다."
　드래곤 피어를 섞어 말한 그녀의 목소리에 바르키엘의 얼굴은 겁에

질려 하얗게 변했다. 하지만 자존심이 무척 강한 그였기에 자신의 몸에 있는 모든 용기를 쥐어짜며 말했다.

"이, 이게 가, 감히 누구한테 그 따위로 말하는 것이냐! 보아하니 평민 나부랭이 같은데! 후회하기 전에 무릎 꿇고 사과 못하겠느냐!"

하지만 별 위엄 없는 그의 협박을 비웃으며 크라이츠는 싸늘한 미소를 피워 올렸다.

"학생의 이름이 뭐죠? 그것이라도 알아야 사과를 하든 뭘 하든 할 것 아니겠습니까?"

그녀의 당당한 반응에 바짝 긴장을 했지만 그는 천하의 잘난 젊은이인 바르키엘이었다.

"알면 후회할걸? 바르키엘 호바인 폰 디바이어님이시다!"

크라이츠가 손가락으로 턱을 쓸며 생각하는 듯하더니 이내 손뼉을 쳤다.

"아! 그렇다면 학생의 아버님 존함이 쿠비렌 호바인 폰 디바이어이신가요?"

그녀가 자신의 가문을 알아주자 바르키엘은 의기양양하게 팔짱을 끼며 자랑스럽게 말했다.

"어디서 들은 것이 있긴 있나 보군. 알았다면 조용히 사과하시지?"

하지만 말을 마친 바르키엘의 눈에 비친 크라이츠의 모습은 처음과 전혀 다른 바가 없었다. 오히려 약간 장난스러운 말투로 그의 귀에 대고 속삭였다.

"혹 아버님께 크라이츠 드라켄이라는 이름을 들어보신 적 있으십니까? 얼마 전에 저를 찾아오셔서 사업 자금을 빌려달라고 애원을 하시던데… 자제 분께는 아무런 말도 안 하셨나 보군요?"

자신의 기억을 더듬어본 결과 며칠 전 자신의 아버지인 쿠비렌이 새로운 사업 자금 확보를 위해 공학원을 찾아갔었던 일을 떠올릴 수 있었다. 대륙 전체를 통틀어 현재 가장 막강한 유용 자금력을 지닌 곳이 다름 아닌 공학원이었기 때문이다. 총자산이 대륙 최고는 아니었지만 전뇌거 판매를 통해서 벌어들인 재화는 곧바로 사회에서 통용 가능한 자금 형태였기에 상업에 손을 대고 있는 가문들은 앞 다투어 공학원을 찾는 실정이었다.

자신의 눈앞에서 싸늘한 미소를 띠며 웃고 있는 여성이 엄청난 거물이라는 것을 안 바르키엘은 마른침을 삼키면서 조심스럽게 물었다.

"호, 혹시 댁이… 아니, 레이디께서 공학원의 재무 담당이신 크라이츠님이십니까?"

그가 목소리를 떨며 물어보자 이번에는 상황이 역전되었는지 크라이츠가 거만하게 팔짱을 끼며 말했다.

"호호, 제가 공학원에서 나왔고, 이름이 크라이츠인 것이 틀림없으니 아마 제가 그 사람이겠죠?"

그의 예상을 확인시켜 주는 크라이츠의 말이 끝나자 바르키엘은 조금 전의 위세는 어디 갔는지 꼬리를 내리며 회원들의 무리 사이로 사라졌다. 그토록 위세 당당하던 회장이 기가 죽어 몸을 숨기자 다른 회원들 역시 이유도 모른 채 고분고분 크라이츠의 말을 듣기 시작했다.

"호호호! 오늘부터 여러분은 햄브리겐 대학교를 이기기 위해서 엄청난 노력을 해야 할 것입니다. 제겐 대강이란 없다는 걸 말씀드리며 연습을 시작하겠습니다. 우선 기초 체력이 중요하니 운동장을 10바퀴 뛰는 걸로 연습을 시작하죠."

그때부터 카이젠 대학교의 여가 활동 동호회는 창설 이후 최악의 상황을 맞이하게 된 것이었다.

*　　　　*　　　　*

공학원으로 돌아온 뮤스는 전뇌거의 가장 중요한 부분인 동력기 여덟 개를 가지고 제작실로 들어간 후 눌러앉았는지 나올 생각을 하지 않았다. 뮤스가 제작실에 들어간 후 오랜 시간이 지나도록 나오지 않자 궁금해진 드워프들은 제작실의 문에 귀를 들이댄 채 안에서 흘러나오는 소리를 몰래 듣고 있었다. 문의 가장 위에 귀를 대고 있던 켈트가 최대한 목소리를 죽이며 말했다.

"쉿! 안에서 뭔가를 만들고 있는 것 같은데? 소형 동력기가 돌아가는 소리가 나는구먼."

그의 바로 밑에서 켈트를 받치고 있던 블뤼안 역시 고개를 끄덕이며 입을 열었다.

"형님, 조금 더 조용히 말씀하시죠. 형님 말씀내로 선뇌공구를 쓰는 모양인데요?"

블뤼안이 말한 전뇌공구란, 뮤스가 드워프들의 일을 돕기 위해 설계한 공구들로써 뇌공력을 주입하거나 마나구를 장착하여 움직이는 공구들이었다. 구멍을 내기 위해 사용하는 공구부터 시작하여 나무를 자르는 공구, 철판을 잘라내는 공구까지 그 용도와 종류가 다양했고, 이들 전뇌공구 덕분에 전뇌거 생산이 더욱 손쉬워지고 빨라졌다 해도 과언이 아니었다. 앞으로 이것들이 드워프들에게 필수적인 공구가 되기도 했으니… 가장 밑에 깔려 있던 레딘이 나이답지 않게 투덜거렸다.

"형님, 이제 좀 비켜요. 이 아우 깔려 죽겠습니다! 제길, 뮤스 군이

나오면 가르쳐 주겠죠!"

이때 제작실에서 들려오던 전뇌공구들의 소리가 멈추면서 뮤스의 외침 소리가 들렸다.

"드디어 완성이다! 이 정도면 문제없겠어! 크라이츠 누님, 두고 보시라고요!"

뮤스가 외치는 말의 뜻을 알지 못하는 드워프들은 밀려오는 궁금함에 또다시 머리를 맞대고 서로의 생각을 교환하기 시작했다. 제작실의 문을 열고 나온 뮤스의 손에는 거대한 동력기 여덟 개가 들려 있었다. 평범한 사람이 이 정도 무게의 물체를 맨손으로 든다는 것은 불가능한 일이었지만 뇌동체술법을 익힌 뮤스에게는 그다지 어려운 일이 아니었다. 이곳에서 생활하는 동안 뇌공력의 운기는 이미 몸의 버릇이 되어버렸고, 그것의 이용 역시 자연스러워졌다. 하지만 남들 앞에서 뇌공력을 발현하기 싫어하는 뮤스로서는 공학원에서 작업을 할 때 이외에는 뇌공력을 사용하지 않았다. 뮤스의 손에 들려져 나온 동력기는 보통의 그것과 별다른 점을 보이고 있지 않았는데, 켈트가 궁금함을 이기지 못하고 뮤스에게 질문을 던졌다.

"이봐, 뮤스! 제작실에 틀어박혀서 뭘 그렇게 만들고 있었던 거냐? 동력기를 봐도 별다른 점이 없는데?"

뮤스는 동력기를 한쪽에 내려놓은 후 손으로 코밑을 스윽 닦으며 말했다.

"후훗, 이건 보통 동력기가 아니에요! 같은 양의 전뇌력으로 두 배의 힘과 속도를 낼 수 있는 동력기라고요! 즉, 초동력기라고 할까요? 후후훗, 크라이츠 누님께 이기려면 이 정도는 해야 하지 않겠습니까?"

"엥? 초동력기? 그럼 그것을 어디에 쓴다는 말이냐?"

"물론 저희 동호회의 로데오에 장착하려는 것이죠! 운전 능력에서 저쪽의 상대가 안 된다면 직선 주행에서라도 차이를 따라잡아야 하지 않겠습니까?"

그의 말에 켈트는 고개를 가로저으며 말했다.

"이봐, 뮤스. 그것은 정정당당하지 못한 일이야. 같은 상황을 가지고 서로의 운전 실력을 가늠하는 시합인데 로데오를 개조한다니… 그럼 쓰나……."

물론 켈트의 말에도 일리가 있다고 생각하는 뮤스였지만 크라이츠의 얼굴을 떠올린 그는 켈트의 말에 뜻을 굽히지 않았다.

"아뇨, 정정당당하지 못한 것은 저쪽일지도 모른다구요! 크라이츠 누님이 저쪽 편에 서 있는 판국에 우리도 이 정도는 해야 하지 않습니까? 그래야 정정당당한 것이라고요."

"크라이츠님이 저쪽 편에 서 있다니, 그게 무슨 말인가?"

드워프들은 지금의 상황을 알지 못하고 있었던 것이었다.

"지금 크라이츠 누님이 상대 학교의 선수들을 기르치고 있다니까요! 모르셨어요? 누님의 실력과 성격을 알잖아요? 누님이라면 저쪽 선수들을 엄청난 고수로 민들어 버리고도 남을 것이라는 거."

그제야 드워프들은 이해가 가는지 뮤스의 행동에 동조하기 시작했다.

"흠, 그 말이 사실이라면 너의 행동도 일리가 있구나. 우리가 뭐 도와줄 일은 없냐? 간접적으로라도 크라이츠님을 좀 눌러봐야겠다. 그동안 돈을 많이 벌긴 했다만 얼마나 시달렸는데. 껄껄껄."

드워프들의 도움을 구한 뮤스는 시합 때 제공하기 위해 준비된 로데오 여덟 대에 자신이 개조한 동력기를 장착하기 시작했다. 물론 크라이츠가 이 일을 모르게 하기 위하여 서두르는 기색이었고, 크라이츠의 콧대를 눌러줄 수 있다는 기대감 하나로 즐겁게 작업을 끝낼 수 있었다.

전뇌거 개조 작업을 끝낸 드워프들과 뮤스는 공학원 작업장에서 남은 시간을 때웠다. 어제처럼 뮤스는 드워프들에게 기술을 배웠고, 드워프들은 전뇌거 모형을 깎아내고 있었다. 블뤼안과 브라이덴, 그리고 켈트는 쉴 새 없이 나무를 깎았고, 레딘은 깎아낸 전뇌거에 채색을 하고 있었는데 그의 손을 거친 나무 전뇌거 모형들은 새로운 생명을 얻는 듯 진짜와 거의 흡사한 모습으로 태어나고 있었다. 나무를 깎던 블뤼안이 뮤스에게 말했다.

"뮤스 군, 이제 나무 깎는 것이 꽤 숙달이 된 듯하구먼. 전혀 초보 같지 않을 정도야. 손재주가 비상한걸?"

다른 드워프들 역시 블뤼안의 말에 동의를 하는지 나무를 깎으며 고개를 끄덕였다. 붓을 들고 나무에 색칠을 하던 레딘이 말했다.

"쿠흐흐, 정말 그런 것 같아. 아무래도 몇 달만 배우면 우리의 기술을 다 훔쳐 갈지도 모르겠구먼! 좀 쉬엄쉬엄 하라고! 우리도 밥 벌어먹고 살아야 하지 않겠나?"

드워프들이 띄워주자 뮤스는 기분이 좋아져 더욱 열심히 손을 놀렸다. 이때 공학원 밖에서 전뇌거가 멈추는 소리가 들려왔다. 그 소리를 들은 드워프들과 뮤스는 그 전뇌거의 주인이 크라이츠임을 예감했고 서로의 얼굴을 바라보며 씨익 웃었다.

털컹—

"여러분, 다녀왔습니다. 수고들 하고 계시네요?"

그들의 생각대로 쪽문을 열고 들어오는 이는 크라이츠였다. 먼지가 뿌옇게 묻어 있는 옷을 털며 인사하는 그녀에게 켈트가 웃으며 말했다.

"껄껄, 먼지 구덩이에서 구르다 오신 모습인걸요? 그리고 오늘까지 예약된 전뇌거 생산은 끝냈습니다. 이젠 우리도 당분간은 부업 하면서 쉬어도 되겠지요?"

"호호, 정말 기쁜 소식이네요! 그동안 수고하셨어요. 그럼 다음 주부터는 축제나 즐기면 되겠군요."

크라이츠의 말에 드워프들은 술을 떠올리며 싱글거렸다.

"그럼 전 좀 씻으러 들어가 볼게요. 켈트님과 다른 분들도 오늘 제가 낼 테니 나가서서 신나게 즐기도록 하세요. 그리고 뮤스는 나와 함께 어디를 좀 가야 하니까 옷 좀 단정히 입고 기다리렴."

즐기라는 말을 들은 드워프들은 신이 난 표정을 지었다. 물론 그들이 돈이 궁한 것은 아니었지만 술이나 밥은 남이 사줄 때가 두 배로 좋은 법이었기에 더욱 즐거웠던 것이었다. 이미 웬만한 귀족들보다 부자가 되어버린 드워프들… 원래 있는 놈들이 더하다고 했던가? 그녀의 말에 뮤스는 인상을 약간 찌푸렸다.

"예? 옷을 단정히 입으라니요? 또 어려운 자리에 가는 거예요?"

"음… 그렇게 물어본다면 그렇다고 대답해 줘야 할 것 같구나. 아무튼 빨리 준비하렴."

"아… 네."

크라이츠를 따라 저택으로 들어온 뮤스는 자신의 방에서 가볍게 씻고 있었다. 세수를 대강 마치고 수건으로 얼굴을 닦을 때 방문을 두들기는 소리가 들렸다.

"뮤스 도련님, 옷을 준비해 왔습니다."

"아! 바이멀 아저씨군요. 들어오세요."

집사인 바이멀은 언제나 딱딱한 차림을 하고 있었다. 이 저택에서 일하는 사람은 그리 많은 숫자가 아니었는데, 크라이츠나 뮤스가 남다른 출신을 가지고 있었기에 편한 생활을 위해 일하는 사람을 최소화했고, 그런 연유로 인하여 주방에서 일하는 하녀들을 빼면 직접 만나는 사람은 바이멀뿐이었다.

그가 들고 온 옷은 척 보기에도 난 불편하다고 쓰여 있는 검은 정장이었다. 화려하진 않았지만 사람의 긴장을 늦출 수 없게 하는 디자인하며 마음까지 무겁게 누르는 듯한 색상. 모든 것이 뮤스의 마음에 들지 않았다.

"입는 것을 도와드리겠습니다. 준비하십시오, 뮤스 도련님."

"휴우… 또 그런 옷을 입어야 하는군요. 전뇌거 발표회 때의 것도 만만치 않았지만 오늘은 더욱 심한걸요?"

"후훗, 그래도 뮤스 도련님께는 굉장히 잘 어울린답니다. 그러니 좋게 생각하면서 입으십시오."

어깨를 으쓱하며 어쩔 수 없다는 듯이 바이멀의 도움을 받으며 옷을 걸치기 시작했다. 모든 준비를 끝낸 뮤스는 서재에서 크라이츠를 기다리고 있었다.

그녀의 준비가 조금 늦어지자 오랜만에 여유롭게 서재를 둘러보았다. 실상 약 한 달이라는 시간이 지난 지금까지 자신의 집을 다 둘러보지 못한 뮤스였기에 서재에 꽂혀 있는 책들 또한 대부분이 낯선 것들이었다. 어디서 구해온 것들인지 책들은 꽤 오래되어 보였고, 여러 가지 분야에 걸쳐 다양한 책들이 책장에 자리하고 있었다.

책들을 구경하고 있을 때 문이 열리며 크라이츠가 들어왔다. 그녀는 순백의 연회복 차림이었는데 뮤스의 옷과 맞추기라도 했는지 화려함보다는 단순하면서도 고아한 멋을 풍기는 드레스였다.

"와아! 누님, 정말 잘 어울리는걸요?"

드래곤이나 사람이나 칭찬 앞에서는 약한 것인지 크라이츠는 좋아라 웃었다.

"호호! 너 역시 상당히 멋지구나. 그럼 출발할까?"

"출발하기 전에 어디로 가는지 말씀 좀 해주면 안 될까요?"

"호호, 오늘 크리스티앙의 약혼식이 있는 날이란다. 켈트 씨도 함께 가셨으면 좋으련만 사촌 동생을 두고 혼자만 가는 것이 마땅치 않다고 사양하더구나. 또 워낙에 딱딱한 자리를 싫어하잖니."

"드디어 두 분이 결혼하시는군요?"

목적지를 알게 된 뮤스는 고개를 끄덕이며 크라이츠를 따라 전뇌거가 세워진 곳으로 걸음을 옮겼다. 하지만 그의 머리 속은 다시 복잡해 오고 있었으니…….

'페릴님의 집이라면… 카타리나의 집이잖아? 나참, 이런 우스꽝스러운 모습으로 만나면 엉 불편할 것 같은걸? 설마 다른 친구들까지 와 있진 않겠지? 아냐아냐. 다른 친구들에게 귀족이란 걸 숨기고 있으니 그럴 일은 없겠지… 아무렴.'

뮤스는 또다시 많은 사람들에게 자신의 모습과 신분을 드러내야 한다는 불편함에 걱정을 하기 시작했다. 공학원 앞에 세워진 크라이츠의 포센트에 올라탄 뮤스는 새삼스럽게 내부를 둘러보았다.

그녀의 포센트는 일반 기종과 모습이 전혀 달랐는데, 보통의 포센트보다 일 멜리 정도나 더 길었고, 그녀의 협박(?)을 이기지 못하고 얇게 도금까지 한 외관이었다.

마치 움직이는 금덩어리라고 표현할 수 있을까? 내부 역시 겉모습

못지 않게 특별했는데, 한 칸 더 달린 의자가 서로 마주 보는 형식으로 되어 있었기에 세 명 정도가 더 탑승 가능하였고, 고급 목재 대신 역시 금으로 치장되어 있었다. 운전석에 앉은 정장 차림의 운전 기사는 아무 말 없이 포센트를 서서히 몰아 나갔다.

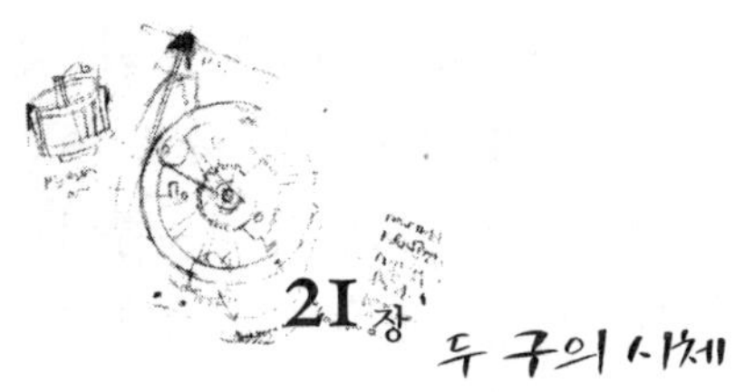

21장 두 구의 시체

화려한 불빛이 불야성을 이루고 있는 언덕 위의 거대한 저택. 드넓은 정원부터 본관 건물까지 수많은 마법등들이 밝혀져 있어 먹이를 찾으러 나온 야행성 동물들을 놀라게 했다.

수많은 전뇌거들이 여기저기서 도로를 타고 속속들이 몰려들고 있었는데 대부분은 포센트 기종들이었다. 이미 전뇌거가 귀족들에게는 권력을 나타내는 필수적인 항목이 되어버렸고, 허영심 가득한 귀족들이 최고의 기종인 포센트를 선호하는 것은 당연한 것이었다.

전뇌거가 보급된 이후에 처음 열리는 큰 연회여서인지 일부의 귀족들은 연회장으로 들어갈 생각도 하지 않고 자신의 전뇌거 앞에서 다른 귀족들과 대화를 나누기에 여념이 없었다. 꽤나 요란하게 치장된 포센트의 앞에서 느끼하다고 생각될 정도의 뚱뚱한 몸매를 소유한 귀족이 침을 튀어가며 떠들고 있었다.

"껄껄, 지덴 남작, 내 포센트가 어때 보이는가? 이번에 공학원에서 주문하자마자 내 품위에 걸맞게 개조를 했다네. 라이돌프 산 최고급 카펫을 바닥에 깔았지. 그뿐이던가? 드워프들에게 수많은 돈을 주고 세공한 보석들이 내부에서 찬란함을 더한다네. 포센트 내부를 꾸미고 있는 원목들과 아주 잘 어울리지. 자자, 이쪽 앞을 보게나. 이 마법등은 일반 마법등과는 달리 붉은 빛이 발한다네. 아무리 멀리 있는 사람이라도 이 불빛만 보면 나라는 것을 알 수 있을걸? 아마 오늘 연회의 주최자이신 하버만 후작님의 포센트도 이보다는 못할 걸세!"

그 살찐 귀족의 말을 듣고 있던 귀족들 역시 그의 말에 수긍하는지 고개를 끄덕이며 잘 꾸며진 포센트를 향해 부러운 눈길을 보내고 있었다. 이들뿐만 아니라 다른 도처에서도 이와 비슷한 이야기들이 끊이질 않고 있었다. 이곳이 바로 크리스티앙 약혼식이 거행될 슈베어 가문의 저택이었다. 하버만 후작의 지위에 걸맞게 각지에서 축하 사절들이 도착하고 있었고, 라이델베르크의 크고 작은 가문들의 귀족들 또한 더욱 잘 보이기 위해 바쁘게 참여하고 있었다. 수많은 귀족들이 자신들의 전뇌거를 주차하기 위하여 순서를 기다릴 때 슈베어가 저택의 거대한 정문으로 금빛 찬란한 포센트가 느긋한 속도로 들어오고 있었다. 이 황금의 포센트가 들어오자 자신의 전뇌거를 자랑하던 귀족들은 넋을 빼고 바라만 봐야만 했다. 그들의 눈빛은 부러움을 넘어선 경이의 눈빛이었다. 황금의 포센트가 멈추자 검은 정장의 운전사가 뛰어나와 뒷자리의 문을 서둘러 열었고, 뒷자리에 앉아 있던 크라이츠가 특유의 고고한 품격을 유지하며 포센트에서 걸어나왔다. 이때 그녀를 알아본 자가 있었는지 군중들 사이에서 외침 소리가 들려왔다.

"저 레이디께서 공학원의 재무 담당이신 레이디 크라이츠님일세!"

그 외침 소리에 주변은 술렁였고, 크라이츠는 자신의 유명세를 즐기려는지 미소를 지으며 군중들에게 고개를 가볍게 숙여 예를 표했다. 이어 깔끔하고 단순하지만 고급스러움이 드러나는 정장을 걸친 뮤스가 어색한 걸음으로 포센트에서 걸어나왔다. 군중들은 그의 정체에 대해서 궁금해했지만 누구도 그의 정체를 알지는 못했다. 그저 크라이츠와 함께 있으니 평범한 이는 아니라고 생각할 뿐이었다. 크라이츠가 어정쩡하게 서 있는 뮤스에게 고아한 표정을 유지하며 말을 건넸다.

"뮤스야, 그렇게 어정쩡하게 서 있지 말고 어깨를 펴는 것이 좋겠구나. 공학원의 원장이 이런 모습을 보이면 되겠니?"

진담 반 장난 반의 그녀의 말뜻을 알아들은 뮤스는 다시 다리에 힘을 주고 먼저 걸어가는 그녀를 따르기 시작했다. 크라이츠가 걸어가자 군중들은 사람 한 명이 족히 걸어갈 정도의 길을 만들어주었기에 크라이츠와 뮤스는 별 어려움 없이 연회장으로 들어설 수 있었다.

저택의 내부는 뮤스가 생각했던 것보다 훨씬 웅장했다. 거대한 샹들리에가 무려 여섯 개나 달려 있었음에도 불구하고 실내를 밝게 하기에는 역부족이었는지 벽을 둘러가며 마법등이 걸려 있었고, 거대한 반원 모양의 계단이 홀의 왼쪽과 오른쪽에 위치하고 있었다. 먼저 들어온 백여 명의 귀족들은 안면이 있는 사람들과 대화를 나누고 있었고, 격식에 맞춰진 인사를 나누며 얼굴에 가식인지 진심인지 모를 미소를 그려내고 있었다. 이때 크라이츠는 그곳에서 일을 하고 있는 하인에게 말을 걸었다.

"하버만 후작님께 크라이츠 드라켄과 뮤스 드라켄이 도착했다고 전해주시겠어요?"

그녀의 말에 이미 언질을 받은 바가 있는지 하인은 더욱 공손하게 말했다.

"아! 크라이츠님과 뮤스님이시군요? 저를 따라오십시오. 제가 안내해 드리겠습니다."

"그럼 부탁해요."

하인은 손에 들려 있는 쟁반을 다른 여성 하인에게 건네주고 크라이츠와 뮤스를 안내했다. 홀을 거쳐 올라가는 계단 말고도 다른 방을 통하여 이층으로 올라가는 계단이 있었다. 크라이츠와 뮤스에게 불편함을 끼칠까 걱정하여 이쪽 길을 택한 것이었다. 이층으로 올라가자 환하게 밝혀져 있는 긴 복도가 있었고, 그 복도의 중간쯤에 문이 반쯤 열려 있는 방이 눈에 띄었다. 하인은 그 방으로 둘을 안내했다.

"이 방입니다. 이곳에서 후작님과 페릴님, 크리스티앙님께서 연회 준비를 하고 계십니다. 제가 먼저 후작님께 여쭙겠습니다. 잠시만 기다리십시오."

"네, 그러죠."

하인은 방에 노크를 하며 자연스럽게 걸어 들어갔고, 크라이츠는 뮤스에게 웃으며 말을 건넸다.

"뮤스, 너희 세계에서의 연회는 어땠는지 몰라도 이곳과는 많이 다를 거야. 이런 걸 경험하는 것도 그다지 나쁘지는 않을 것 같구나. 그리고 듣기로는 약혼식 말고도 다른 중요한 일이 거론될 것 같은데……."

크라이츠의 말에 의아해진 뮤스가 되물었다.

"약혼식 말고도 다른 일이라니요? 무슨 일이라도 생겼어요?"

"글쎄… 그것까지는 아직 모르겠다만, 연회 초대장이 발송될 때 긴급 회의 사항까지 첨부되어 있더구나. 차차 알게 되겠지."

“네······.”

몇 마디의 대화가 오가자 그 하인이 방에서 나오며 둘을 안내했다. 크라이츠와 뮤스가 하인의 안내로 방 안으로 들어가자 방 안에는 하인의 말대로 익숙한 얼굴들이 있었다. 남색의 세련된 예복을 아래위로 입은 크리스티앙이 반갑게 맞이했다.

“뮤스님, 이제 오셨군요! 하하하. 그동안 잘 지내셨습니까? 햄브리겐 대학에 입학하셨다고 하는데 정말이신가요?”

오랜만에 만나는 크리스티앙이 반갑게 맞아주자 뮤스는 웃음을 지으며 그의 말을 받았다.

“하하, 지금 페릴님의 여동생이신 카타리나 양과 함께 다니고 있죠.”

“예? 저희 카타리나와 함께 학교를 다닌다구요? 카타리나에게는 그런 말 못 들었는데······.”

뮤스의 말에 조금 놀라는 페릴이었다. 그녀는 순결함을 상징하는 새하얀 드레스를 입고 있었는데 화려하지도, 그렇디고 초라하지도 않은 은은한 아름다움이 풍기는 드레스였다.

“카타리나가 말을 안 했나 보군요? 하하. 학교에서는 서로에 대해 숨기고 있습니다. 아무래도 카타리나나 저나 사실이 알려지면 귀찮아지니까요.”

“하긴··· 그 애가 집에서는 학교의 이야기를 통 안 하니······.”

페릴의 말에 고개를 끄덕이던 뮤스는 그들의 옆에서 온화한 인상의 백발 중년인을 보게 되었고, 중년인의 얼굴에 멋스럽게 생긴 주름이 접히며 미소를 이루었다.

“흠흠, 자네가 내 귀를 그렇게 괴롭히던 뮤스 군이 맞나? 크리스티앙 때문에 아주 골치 아팠다네, 자네 자랑을 얼마나 하던지 말이야. 난 하버만 슈베어라고 하지. 남들은 후작이라고 치켜세우길 좋아하지만 그렇게 불편해하지 말게나."

하버만 후작의 따뜻한 맞음에 뮤스 역시 예의 바르게 인사를 건넸다.

"뮤스 드라켄이라고 합니다. 앞으로 잘 부탁드립니다."

"그나저나 이렇게 직접 만나니 더욱 놀랍군. 젊은이라는 말은 들었지만 놀라운 것은 변하지 않아. 뮤스 군이라고 불러도 별 실례가 되지 않겠는가? 아무래도 공학원의 원장님이신데 말이야."

"물론입니다, 후작님."

"흠… 이제 시간이 거의 다 된 것 같군. 연회를 시작하도록 하세. 길튼!"

뮤스를 안내해 준 하인의 이름이 길튼이었는지 복도에서 대기하고 있던 하인은 조심스럽게 방으로 발걸음을 했다. 그가 들어오는 것을 보자 후작이 말했다.

"더 이상 손님들을 기다리게 하면 안 되겠지. 그럼 연회를 시작할 준비를 해주게나."

"네, 알겠습니다, 후작님. 천천히 내려오십시오. 시작 준비를 하겠습니다."

말을 마친 길튼은 서둘러 방을 나가 연회장을 향했고, 뮤스와 일행들은 대화를 나누며 느긋하게 홀의 중앙에 연결된 계단으로 움직였다. 계단으로 하버만 후작을 위시한 일행들이 모습을 보이자 연회장의 소란스럽던 분위기가 잠시 진정되었고, 누군가의 시작으로 박수 소리가 울려 퍼지기 시작했다. 하버만 후작은 웃으며 손을 조용히 들어 보였고, 그와 함께 다시 박수 소리가 멎어갔다. 하버만 후작은 그리 크진 않지만 근엄함이 한껏 들어 있는 목소리로 말했다.

"오늘 제 딸의 약혼식에 이렇게 발걸음을 해주신 여러분께 감사를 표하는 바입니다. 여러분들도 이미 아시다시피 장차 저의 사위가 될 크리스티앙 하이만 군을 소개해 드리겠습니다."

하버만 후작이 연회복을 차려입은 크리스티앙을 향해 손을 들어 올리자 크리스티앙은 이런 자리에 익숙한지 별다른 긴장감 없이 한 걸음 앞으로 나와서 군중들에게 인사를 했다.

"오늘 저와 페릴의 약혼식에 바쁜 시간을 쪼개어 참여해 주신 여러분께 저희 아버님을 대신하여 감사드립니다. 아버님께서 먼 거리에 있으시기에 오늘 이 자리에는 참여 못하셨지만 투트가르에서 여러분들께 고마움을 느끼고 계실 것입니다. 오늘 하루 즐거운 시간 보내시길 바랍니다."

크리스티앙의 말대로 클래프 후작은 거리상의 문제 때문에 참여를 하지 못하였다. 타인이 볼 때는 크리스티앙이 데릴사위가 됐다고 느낄 수도 있겠으나 애초 클래프 후작과 하버만 후작의 사이가 막역한지라 서로의 체면 따위에는 별 신경을 쓰지 않았다. 크리스티앙의 말이 끝나자 다시 하버만 후작의 말이 계속되었다.

"또 하나, 오늘 이곳에 귀하신 분이 자리해 주셨습니다. 요즘 가장 큰 화제로 떠오른 공학원의 원장님이십니다. 이쪽으로 나오게, 뮤스 군."

공학원의 원장이라는 말에 군중들은 다들 두 눈을 부릅뜨고 한 걸음 내딛는 청년을 바라보았다. 이어 탄성의 소리가 여기저기서 들려오기 시작했다.

“하! 저렇게 젊은 사람이……!”

이 연회석에 자리하고 있는 사람이면 누구라도 한번씩 내뱉은 말이었다. 대외적인 일에는 언제나 크라이츠가 나섰기에 알려지지 않았지만, 오늘에서야 새파란 젊은이가 공학원의 주인이라고 나타났으니 어찌 놀람이 크지 않겠는가. 군중들이야 어떻게 생각하던 간에 뮤스는 약간 떨리는 음성으로 연회장을 향해 입을 열었다.

“처음 뵙겠습니다. 공학원의 대표인 뮤스 드라켄이라고 합니다. 제 옆에 계시는 크라이츠 드라켄의 동생이지요. 앞으로 많은 도움 부탁드리겠습니다.”

뮤스의 인사말이 끝나자 연회석의 사람들은 박수를 쳤고, 하버만 후작의 연회 시작 알림과 같이하여 경쾌한 음악이 흘러나오기 시작했다. 사람들은 다시 자신의 앞, 또는 옆에 있는 이들과 대화를 나누기 시작했고, 뮤스 일행들 역시 연회장으로 내려와 귀족들과 만남의 자리를 가졌다. 단연 인기있는 사람은 뮤스였는데, 엄청난 재산을 구축하고 있는 공학원의 원장이라는 지위는 당연 귀족들이 침을 흘릴 만한 자리였기 때문에 어떻게든 친분을 맺어보려 애쓰고 있었다. 뮤스가 귀족들에게 시달리는 모습을 본 크라이츠는 그저 웃기만 할 뿐 도와줄 마음은 없는 듯했다.

뮤스는 정말 정신이 없었다. 크라이츠에게 교육받은 예절을 지키랴, 사람들의 질문에 대답하랴… 사람들에게 난생처음 이렇게 시달려 본 뮤스는 약 두 시간을 괴롭힘당한 끝에 겨우 속박에서 풀려나게 되었다. 그제야 조금 여유가 생긴 뮤스는 주변을 둘러보았다. 크라이츠와 연회의 주최자들은 아직도 다른 이들과 대화를 하느라 정신이 없었다. 그들에게 다가가 말을 걸 수는 없겠다고 생각한 뮤스는 연회장 밖으로 나가기로 마음을 먹었다. 물론 출구를 찾는 것은 그리 어렵지 않았기에 시원한 바람이 불어오는 정원으로 나올 수 있었다. 정문에서 조금 걸어나와 왼편으로 발걸음을 하자 크리스티앙과 페릴을 엮어준 기억이 있는 아름다운 화원이 보였다. 그때로부터 그리 오랜 시간이 지난 것은 아니었지만 왠지 새삼스런 기분을 느끼기 시작했다. 그때는 크리스티앙의 일 때문에 유심히 보지 못한 꽃들을 지금에서야 관심을 가지고 볼 수 있었는데, 꽃들 하나 역시 조선과는 판이한 모습의 것들이었다.

저벅… 저벅…….

화원의 한쪽에서 들려오는 발걸음 소리에 꽃을 구경하던 뮤스는 고개를 돌려 시선을 주었다. 어두워서 잘 보이지는 않았지만 두 명의 여성인 듯 갸냘픈 몸매를 가진 인물들이었다. 조금 더 가까이 다가오자 발걸음의 주인이 누구인지 알 수 있었고, 동시에 뮤스의 얼굴에는 두 가지의 상반된 표정이 떠올랐다. 반가움과… 당황…….

"호호호! 뮤스, 너도 여기 있었구나? 너 역시 이런 연회를 안 좋아할 줄 알았어!"

카타리나의 목소리였다. 털털하고 귀족적이지 못한(?) 성격을 지닌 그녀 역시 딱딱한 연회 자리를 견디지 못하고 이 화원으로 산책을 나온 것이었다. 그러나 정작 문제는 그녀와 함께 있는 여성에게 있었는데 그녀의 이름은 가이엔이었다. 이런 자리에 있으리라고 생각조차 못했던 뮤스는 자신의 신분이 또 한 번 노출된다는 점에서 적지 않게 당황해야만 했다. 하지만 당황한 것은 뮤스뿐만이 아닌지 가이엔도 얼굴을 붉히고 있었다. 카타리나는 뮤스가 당황하는 이유를 알았기에 뮤스를 진정시켰다.

"그렇게 당황하지 말라고. 가이엔은 알아도 상관없을 거야. 얘도 나와 비슷한 부류거든? 그런데 가이엔, 너는 왜 그렇게 얼굴이 빨개졌어? 날이 추워서 그런 거니?"

카타리나의 말에 화들짝 놀란 가이엔은 고개를 바삐 끄덕이며 그녀의 말에 동의를 했다.

"으… 응! 날이 추워서 조금 열이 나는 것 같아."

"어머, 그럼 우리 들어갈까? 환절기라서 감기 걸리기 쉬워! 뮤스, 같이 들어갈래?"

카타리나의 말을 들은 뮤스는 고개를 저으며 말했다.

"아냐, 난 조금 더 바람 좀 쐬다가 들어갈게. 아저씨, 아줌마들에게 꽤 심하게 시달렸거든."

씁쓸한 미소를 지으며 말하는 뮤스를 보며 카타리나는 웃으며 고개를 끄덕이곤 가이엔과 함께 연회장으로 걸어가려 하자 가이엔은 그게 아니라는 듯이 손을 내저으며 말했다.

"아, 아냐, 들어가 봤자 머리만 아플 건데 뭐. 그냥 이렇게 찬바람 쐬는 게 더 나을 것 같아."

"그래도 되겠니?"

"응. 이것 봐, 이제 얼굴도 정상이잖아. 맞지?"

"음… 그렇긴 한데… 그래, 그럼 뮤스랑 바람이나 더 쐬자."

화원을 한 바퀴 거닐 동안 그들은 이런저런 이야기를 했다. 주로 축제에 대한 이야기였는데 여가 활동 동호회의 부회장인 카타리나의 근심이 이만저만이 아닌 것 같았다. 이야기를 나누는 동안 뮤스의 당황도, 가이엔의 어색함도 점점 없어져 갔고 둘은 좀 더 친한 사이로 거듭나게 되었다.

"아! 그럼 너희 둘은 시니어 스쿨에 다닐 때만 해도 굉장히 친한 사이였구나?"

"응, 그렇지. 카타리나가 귀족이라는 것을 숨기기 위해서 한동안 연락이 뜸했거든. 처음엔 조금 화도 났지만 카타리나가 원하는 것이었으니 참을 수밖에. 그래도 연회나 무도회가 있을 때는 언제나 둘이 같이 지내거든. 오늘처럼 말야."

가이엔의 말에 보충이라도 하듯이 카타리나가 말을 이었다.

"호홋, 원래 사는 게 그렇잖니. 조금만 소홀하면 어느 순간 그 사람에 대해서 너무 모르게 되잖아. 그러다 보니 가이엔이 우리 학교에 입학했다는 것도 몰랐어. 너무 미안했지만 다른 친구들 앞에서 티도 못 내고 말야……."

"아참, 카타리나, 오늘 연회 후에 중요한 회의가 있다던데 혹시 그 점에 대해서 아는 것 있어?"

"중요한 회의? 글쎄… 아! 얼마 전에 라이델베르크 북쪽 산에서 어떤 사고가 발생했나 봐. 두 구의 시신이 발견됐다고 하는데 자세히는 모르겠어. 내가 어른들 하는 일에는 워낙 무관심하잖니."

"아… 시신… 뭐, 조금 있으면 알게 되겠지. 그건 그렇고 이제 꽤 시간이 흐른 듯하니 다른 사람들이 찾기 전에 들어갈까?"

뮤스의 말에 또 한 번 아쉬운 듯한 표정을 짓던 가이엔은 어쩔 수 없었기에 뮤스의 뒤를 따를 수밖에 없었다. 연회장으로 들어오자 이미 연회는 거의 끝나가는 분위기였다. 준비된 술과 음식들은 대부분 비워져 있었고, 귀족들 역시 지쳤는지 준비된 의자에 앉아 숨을 돌리고 있었다. 문득 음악이 멈추며 누군가가 홀보다는 조금 높은 단상으로 올라가 군중들에게 알렸다.

"여러분들께 발송된 초청장을 통해 예고했듯이 긴급한 회의 안건이 있습니다. 신사 여러분들께서는 이층의 대회실로 자리를 옮겨주시길 부탁드리며 숙녀 여러분들은 남은 시간을 즐겨주시기 바랍니다. 아무쪼록 신사 분들을 잠시 빌려가는 점에 대해서 숙녀 여러분들께 양해를 부탁드립니다."

딱딱해지기 쉬운 말을 재치있게 넘긴 남성은 다시 단을 내려갔고, 음악은 계속 흘러나오기 시작했다. 뮤스는 카타리나와 가이엔에게 어깨를 으쓱이며 말했다.

"나도 가야겠는걸. 그럼 학교에서나 볼 수 있겠구나. 가이엔, 너도 조심해서 돌아가도록 하고."

"응, 그래. 그럼 뮤스, 또 보자."

예전과는 달리 자연스러운 인사를 건네는 가이엔을 보며 살짝 웃음을 지었고, 카타리나와도 가벼운 작별 인사를 했다.

다른 귀족 남자들을 따라 이층의 대회장으로 들어가자 약 삼십여 명의 귀족들이 모이게 되었다. 그중에 가장 눈에 띄는 사람이 있다면 크라이츠였다. 남자밖에 없는 방에 유일한 여자였으니 말이다. 뮤스는 그녀에게 다가가서 예상외라는 듯 말했다.

"누님이 어떻게 여기 계시죠?"

크라이츠는 웃으며 귓속말을 전했다.

"호호호, 원래 드래곤은 양성체지 않니. 그러니 여기 있거나 아래 있거나 마음대로 선택할 수 있단다."

"에엑? 그럼 후작님도 누님이 드래곤이라는 것을 아신다는 거예요?"

"놀라긴… 농담이야. 그냥 궁금해서 이곳에 있는 것뿐이거든. 여자

라고 올라오지 말라는 말은 안 했잖니. 아, 저기 하버만 후작님이 들어
오는구나.”

　그녀의 말대로 대회실 한 켠에 있는 작은 문이 열리며 하버만 후작
과 하인인 길튼이 함께 들어오고 있었다. 길튼의 뒤로는 두 명의 하인
이 상자 하나를 들고 들어왔는데, 그 상자 안에 들어 있는 것이 아무래
도 오늘 회의의 중심 내용인 듯했다. 하버만 후작이 대회장 안을 한번
둘러보며 이야기를 꺼냈다.

　“오늘같이 좋은 날 이런 딱딱한 회의를 하게 되어서 심심한 사과를
드리는 바이오. 오늘의 회의는 며칠 전 라이델베르크 북쪽의 보하일
산에서 발생한 사건 때문이오. 보하일 산에서 두 구의 시체가 발견되
었는데 아무래도 마물들에게 당한 듯하오. 물론 이 정도의 일들은 흔
하게 일어나는 것이지만 시체들 주변에는 마물들 역시 기괴한 형상으
로 죽어 있었고, 두 구의 시신 역시 평범하지 않았소. 길튼, 준비해 주
게나.”

　하버만 후작의 말을 들은 길튼은 상자를 들고 온 두 하인에게 신호
를 했고, 그들은 능숙한 솜씨로 상자를 열어 그 안에 있는 물건들을 하
나하나 꺼냈다. 처음으로 꺼낸 것은 검은색의 옷가지였고, 다음으로
꺼낸 것은 30셀리가량 되는 속이 빈 금속 막대였다. 그리곤 옥으로 된
메달 몇 개와 검은 가루, 금속 구슬 등이었다. 이 물건들을 본 뮤스의
눈은 격렬하게 떨리고 있었다.

　‘저, 저것은!

　뮤스의 반응은 아무도 눈치 채지 못했고, 귀족들은 하인들이 꺼내놓
은 물건들을 신기한 듯 살펴보고 있었다. 하버만 후작의 설명이 계속
되었다.

"이것들은 그 시신들에게서 나온 물건들이오. 오늘은 경사가 있는 날이기에 시신을 이 자리에 준비하지는 못했지만 둘 다 하나같이 검은 머리카락을 가지고 있었고, 생김새 역시 우리들과는 사뭇 다른 것이었소. 마치… 마치……."

무엇인가에 비유를 하기 위해 생각하던 하버만 후작의 눈에 뮤스가 들어오자 뭔가가 떠올랐는지 탄성을 조용히 내지르며 말했다.

"허… 저기 있는 뮤스 드라켄 군과 흡사했소."

하버만 후작의 말에 대회장에 모인 귀족들은 모두 고개를 돌려 뮤스를 바라보았지만 그는 전혀 개의치 않고 상자에서 나온 물건들만 주시하고 있었다. 뮤스의 옆에 자리하고 있던 크라이츠는 뮤스의 안색이 안 좋다는 것을 느꼈는지 뮤스를 향해 걱정스러운 표정을 지으며 물었다.

"왜 그러니, 뮤스?"

크라이츠의 물음에 정신을 수습한 뮤스는 그녀에게 조용한 목소리로 말했다.

"아무래도 조선에서 이쪽으로 건너왔나 봐요. 저 금속 대롱은 지자 총통이라는 것으로 조선의 살상 무기 중 하나죠."

최대한 감정을 억제하고 있는 뮤스였지만 속마음은 엄청난 격정이 휩쓸고 있었다. 이세계에서 고향의 물건을 본 것이 반갑지만 그것을 지니고 있던 사람들이 시신으로만 남았다고 하니 참으로 답답할 뿐이었다.

'제발 장영실 아저씨가 아니시길…….'

귀족들은 뮤스에게서 다시 하버만 후작에게로 눈을 돌렸다. 그의 설명이 계속되었기 때문이다.

"이 물건들을 소지하고 있던 시체들은 세 마리의 오우거와 대치하고 있었던 모양이오. 여러분들도 알다시피 오우거라는 녀석은 중형급 마물 아니겠소? 순수한 힘만으로 소 한 마리를 종이처럼 찢어발길 수 있소. 그런 오우거 세 마리를 이 두 구의 시체 또는 이외의 일행들이 해치웠다는 것이오."

오우거라는 말을 들은 귀족들은 술렁이기 시작했다. 소형 마물들은 흔하게 출현하기 때문에 하루가 멀다 하고 여행자들을 습격하지만 오우거라는 마물은 꽤 보기 힘든 마물였다. 만약 목격한다 해도 이들의 괴력 때문에 최상급의 전투 능력을 가진 전사나 마법사가 아니라면 살아남기 힘들어 민간에 보고되는 것이 극히 적었다. 하지만 이 두 구의 시체와 오우거들의 사체가 동시에 발견됐다고 하니 이 두 구의 시체가 세 마리나 되는 오우거를 죽였다는 결론이 나온 것이다.

"더욱 특이한 것은 오우거들의 몸에는 검상이 조금도 없었소… 그렇다고 마법을 쓴 흔적도 없었다오. 유일하게 남은 흔적은 오우거들의 몸에 난 작은 구멍들이 다인데, 겉은 작은 구멍이지만 안쪽은 사람 주먹만한 구멍이 나 있었소. 마치 마법 화살을 맞은 듯했지만 마법 화살과는 전혀 다른 성질이오. 이쪽 방면의 전문가들과 상의를 해봤으나 결론은 매한가지… 모른다였소. 그래서 여러분들께 이 사실을 주지시키고 싶었기 때문에 이렇게 자리를 마련한 것이오. 혹시 질문이나 아는 바가 있으시오?"

하버만 후작의 물음에 진갈색의 머리와 콧수염이 인상적인 중년의 남성이 손을 들며 나섰다. 그는 예전에 뮤스가 만난 적이 있는 재해 대책반의 반장인 안루헨이었다.

"친애하는 하버만 후작님, 그리고 이곳에 모이신 귀족님들께 저 안루헨이 한마디 여쭙고 싶습니다. 사실 이 사건 외에도 저희 재해반에서 발견한 사건이 있습니다. 물론 오우거만한 중급 마물은 아니었지만 다섯 마리의 고블린 사체를 발견한 적이 있었지요. 그 당시 사인이 불명확한지라 새로운 마법에 의한 살상이 아니었나 하고 넘겼지만 후작님께서 설명해 주신 것과 똑같은 사인이었습니다. 혹시나 그 사체들이 마족들이 아닌지 의심스럽군요. 하나같이 검은 옷을 입고 있는 것 하며 말이지요……."

안루헨의 말을 들은 크라이츠가 언성을 높히며 그에게 말했다.

"안루헨님, 그렇다면 우리 뮤스가 마족이라는 것인가요? 아니지… 저의 동생이니 저까지도 마족이 되는 것이군요? 아닌가요?"

크라이츠의 말에 할 말을 잃은 안루헨은 크게 당황하며 자신의 실책을 깨달았다.

"아, 아닙니다, 뮤스 군, 그리고 레이디 크라이츠. 전 그저 마물들의 사인이 워낙 기괴해서 해본 말입니다. 오해하지는 마십시오. 기분이 나쁘셨다면 사과드리겠습니다."

안루헨의 사과에 조금 화가 사그라드는지 크라이츠는 그에 대해 더 이상 따지지 않았다. 크라이츠와 안루헨의 대화를 듣던 뮤스는 완벽하리만큼 인간의 심리를 표현하는 크라이츠가 새삼 대단해 보였다. 그때 크라이츠가 한마디 했다.

"제 동생이 그 사인에 대해서 설명해 드릴 것입니다. 그러니 마족이라느니 하는 의심은 지워주시길 바랍니다. 뮤스, 여기 계신 분들께 설명 좀 해드리렴."

갑작스런 크라이츠의 말에 그녀의 얼굴을 바라봤지만 이미 그녀가 말을 꺼낸 이상 번복할 수도 없었기에 사람들 앞으로 나섰다. 그리곤 그 앞에 있는 금속관을 들어 보이며 말했다.

"지금부터 여러분께 설명을 해드리겠습니다. 이것은 미족이나 마법에 의한 살상이 아닙니다. 제 손에 들려 있는 이것은 지자총통이라고 이름 붙여져 있습니다. 우선 이 물건은 화약이라는 물질의 폭발로 여기 보이는 작은 구슬을 발사하는 도구입니다. 설명을 쉽게 하기 위하여 직접 보여드리지요……."

뮤스는 그 상자에서 나온 물건들의 주인인 양 손쉽게 만지기 시작했는데 우선 금속 대롱에 검은 가루를 밀어 넣고, 그 위에 구슬을 밀어 넣어 긴 대롱으로 눌렀다. 마지막으로 심지를 금속 대롱에 난 구멍에 찔러 넣었다.

"이제 준비는 다 끝났습니다. 발사할 대상이 있어야 하겠는데 괜찮으시다면 이 상자를 향해 발사해도 되겠습니까?"

하버만 후작에게 양해를 구하자 그는 당연하다는 듯이 허락을 했다. 그 상자는 상당히 견고해 보였는데 여러 겹의 두꺼운 가죽에 기름을 입히고 군데군데 철판으로 보강되어 있었기에 닐카로운 칼이라노 한 번에 이 상자를 뚫기는 불가능해 보였다. 상자가 준비되자 귀족들은 한 켠으로 물러났고, 뮤스는 지자총통을 상자에 겨냥한 채 뇌공력을 일으켜 심지에 불을 붙였다. 다들 상자에 신경을 곤두세웠기에 그가 어떤 방법으로 불을 붙였는지에 대해서는 아무런 관심이 없었다.

치지지직! 타앙!!

화약의 폭발음과 함께 총알이 발사되자 귀족들은 폭발음에 대경했고, 심지어 그 자리에 주저앉은 이들도 있었다. 다들 정신을 차리고 상자를 바라보니 그렇게 견고해 보였던 상자는 양면으로 뚫려 있었고 상자 뒤의 벽에도 구멍이 나 있었다. 하버만 백작을 위시한 사람들은 그

위력에 다시 한 번 놀라야만 했다.

"이럴 수가! 이 정도 위력이면 오거를 죽인다 해도 이상할 점이 없지… 그렇다면 의문점이 하나는 풀렸네만… 그럼 그들은 어디서 온 자들이란 말인가? 아무래도 뮤스 군, 자네와 상관이 없진 않을 것 같은데……."

후작의 말에도 일리가 있다고 생각한 귀족들은 뮤스를 바라보았다. 뮤스가 뭐라 말을 하려 하자 크라이츠가 걸어나와 사람들의 앞에 섰다.

"제가 설명을 드리죠. 우선 뮤스는 저와 이복 동생입니다. 뮤스의 어머니는 다른 대륙의 분이셨습니다. 동쪽의 조이센이라는 대륙이 그곳이지요. 그곳의 사람들은 뮤스나 그 시신들과 같이 모두들 검은 머리에 우리와는 다른 외모를 하고 있다고 합니다. 이들은 아무래도 그곳에서 온 자들인 것 같군요."

"그렇다면 그곳의 사람들은 이러한 무기들을 가지고 있다는 말이오? 오호, 만약 그들이 우리 제국을 침공이라도 한다면……."

그의 근심하는 소리를 듣자 뮤스가 나서며 말했다.

"그렇지 않습니다. 조이센 대륙의 사람들은 다른 대륙을 절대 침범하는 일이 없습니다. 다른 대륙이 먼저 전쟁을 도발하지 않는 한 말입니다. 또한 그곳에서 지배지를 늘리려 한다 해도 그 엄청난 물자를 충당하면서까지 멀리 떨어진 도이첸 제국을 침공할 이유가 없죠. 오히려 그들에게는 실이 될 것입니다."

"흠, 혹시 이 지자총통이라는 것을 뮤스 군도 제작할 수 있나?"

"네, 제작을 할 수는 있습니다만… 그다지 하고 싶은 마음은 없습니다."

"잘 알겠네."

둘의 대화가 끝나자 후작은 대회실에 있는 이들에게 말했다.

"여러분들도 뮤스 군과의 대화를 다 들었으리라 보오. 레이디 크라이츠께서 말씀하신 바에 의하면 바다 건너 이대륙에는 이런 가공할 무기가 존재한다고 하는구려. 실제 목격까지 했으니 안 믿을 수도 없지 않겠소? 본 후작은 이 일을 황제 폐하께 보고드릴 작정이오. 어쩌면 다른 국가들보다 먼저 이를 알게 되었다는 것이 다행일 수도… 여러분들께 이곳에서 본 내용을 당분간 비밀로 해달라고 부탁을 하고 싶구려. 그럼 오늘 대회는 이것으로 마치고 남은 시간을 아래층에서 기다리시는 숙녀 분들과 즐겁게 보내시오."

그의 말이 끝나자 꽤 진중한 모습들을 하며 귀족들은 밖으로 나가기 시작했다. 상자에서 꺼내놓은 옥패와 여러 가지를 만져 보며 감회에 젖어 있던 뮤스는 사람들이 대부분 빠져나간 것을 확인하자 하버만 후작에게 말했다.

"후작님, 청이 한 가지 있는데요."

"뮤스 군, 오늘 고마웠네… 청이리니? 내가 해줄 수 있는 일이라면 당연히 해줘야겠지."

"제가 시신들을 한번 봐도 될까요?"

"흠, 그거야 상관없지. 길튼! 뮤스 군을 안내해 주게. 난 아무래도 지금부터 바빠질 듯하구먼… 황제께 올릴 보고문을 써야 하니 말이야. 내용보다 수식어가 더 긴 글 말일세. 허허, 그럼 나 먼저 실례하겠네."

하버만 후작이 한탄을 마치고 사라지자 남은 사람은 크라이츠와 뮤스, 그리고 길튼이었다.

뮤스와 크라이츠는 길튼을 따라 저택의 지하로 내려갔다. 길튼은 함께 따라 내려가겠다는 크라이츠를 우려하기도 했지만 평범한 여성이 아닌 이상 고집을 꺾을 수 없었기에 함께 내려가기로 한 것이었다. 지하실은 꽤 깊이까지 만들어졌는지 어림잡아 지하 4층 정도 내려간 듯했지만 아직 끝나지 않았다. 내려갈수록 습도가 높아졌고, 물비린내 비슷한 냄새가 후각을 자극했다. 횃불을 들고 앞장을 서던 길튼이 말했다.

"이 저택이 지어질 때 포도주 창고로 쓰기 위해서 만들어졌지만 습도가 지나치게 높아서 용도가 변경되었지요. 보시다시피 이런 별로 좋지 않은 용도로도……."

지하에 대한 간단한 설명을 하던 길튼은 이런 곳에 내려오는 것이 그다지 탐탁지 않은지 말끝을 흐렸다. 두어 층 정도 더 내려가자 이제 가장 밑층에 도착했는지 더 이상 계단은 없었고 횃불이 밝혀져 있는 복도가 보였다. 조금 더 들어가자 널찍한 방에 들어설 수 있었는데 시체 썩는 냄새가 풍겨왔기 때문인지 크라이츠와 뮤스의 미간이 찌푸려졌다. 길튼 역시 그들과 별다를 게 없는 표정을 짓고 있었다.

"뮤스님, 이곳입니다. 이미 부패가 시작되어서 형체를 알아보시지는 못할 것입니다."

뮤스는 고개를 끄덕이며 길튼을 향해 물었다.

"혹시 이들이 가지고 있던 다른 물건들은 없었나요? 예를 들어 책자라든지……."

"아! 두 권의 책자가 있었습니다. 알 수 없는 모양이었기에 도저히 무슨 말인지 몰라서 그냥 뒀지요. 저쪽 테이블 위에 있는 보자기 안쪽에 있습니다. 그 안에 그것 말고도 여러 가지가 들어 있었으니 천천히 보십시오."

그의 말이 끝나자 크라이츠가 눈에 이채를 띠며 그가 말한 테이블로 다가갔다. 테이블 위에는 검은색의 보자기가 있었는데 크라이츠가 열어보자 그 안에서는 누런 색의 책자 두 권과 접시라고 하기에는 무거운 검은 돌, 또 그와 같은 색의 네모난 작은 돌이 있었고, 그 외에도 나무로 된 네모난 상자가 보였다.

"뮤스, 이게 책이란 걸 알겠는데 이 네모난 돌은 뭐지? 그리고 또 이 나무 상자는?"

그녀가 손에 들고 있는 돌을 보며 뮤스는 싱긋 웃었다.

"정말 오랜만이네요. 먹과 벼루라니… 잉크를 만들 때 쓰는 물건이라고 보시면 돼요. 물을 넣어서 작은 돌로 그 큰 돌을 갈면 검은색 잉크가 생기게 되죠. 나무 상자를 열어보시면 아마 붓이 나올 거예요. 책자를 제게 좀 주시겠어요?"

"음… 자, 여기 있다."

크라이츠에게서 두 권의 책을 건네받은 뮤스는 약간 상기된 표정으로 겉표지를 훑어보았다. 한 권은 보고 일지였고, 다른 한 권은 어떤 수치가 기입되어 있는 듯한 책자였다. 그것을 본 뮤스는 희열이 섞인 표정으로 크라이츠에게 뭐라 말하려 했지만 그녀가 눈치를 주었기에 뜻을 이루지는 못하였다. 자신들 말고도 길튼이 함께 있다는 것을 뮤스가 깜빡했던 것이다.

"흠, 그럼 제가 시체를 좀 봐도 될까요?"

"네, 그렇게 하십시오. 하지만 냄새가 지독할 테니 각오는 하는 것이 좋으실 것입니다."

뮤스에게 주의를 주며 관으로 다가간 길튼은 손에 들린 손수건으로 코를 막은 상태로 관의 뚜껑을 밀어냈다. 그러자 안에서 고여 있던 냄새가 퍼지면서 더욱 기승을 부렸다. 뮤스 역시 상당히 역겨웠지만 혹시나 장영실이 있지나 않을까 하는 생각 때문에 꾹 참고 관으로 걸어갔다. 관 안을 들여다보자 이미 형체를 알 수 없는 시체가 들어앉아 있었고, 살에서는 이미 구더기들이 들끓고 있었다. 그 모습을 본 뮤스는 더 이상 역함을 참기 힘들었는지 방구석으로 뛰어가 정신없이 구토를 하기 시작했다.

"우웨엑!! 우웩!! 컥!"

구토를 하는 뮤스를 본 크라이츠는 천천히 그에게 다가가 등을 두들겨 주었다.

"좀 괜찮니?"

"하악, 하악… 네… 누님, 괜찮아요."

"아니지. 당연한 것이란다. 저렇게 부패된 시체를 보면 그럴 수밖에 없는 거란다."

"후우… 그렇지만 다른 시체도 확인해 봐야겠네요……."

자신의 뜻을 표한 뮤스는 손으로 코와 입을 막으며 다른 관으로 걸어가 남은 시체를 살펴보았다. 다시 구토가 이는 것을 느꼈지만 다행스럽게 그 시체의 체격이 장영실과 다르다는 것을 알 수 있었던 뮤스는 그나마 마음이 놓이는 것을 느낄 수 있었다.

'저들 중에 장영실 아저씨는 안 계신다. 그렇다면 이 세계의 어딘가 계시다는 것인데… 꼭 찾아내고야 말 테다.'

속으로 마음을 굳게 먹은 뮤스는 힘없는 표정으로 크라이츠와 길튼을 보며 말했다.

"후우, 누님, 그리고 길튼 씨. 이제 확인할 것은 다 했습니다. 올라가도록 하죠… 그리고 이곳의 물건들은 제가 좀 가져가서 연구해 봐도 될까요?"

"흠, 후작님의 허락이 있어야 하니 직접 후작님께 말씀드리시면 될 것입니다."

"네, 고맙습니다. 나가죠, 누님."

"그래, 그러자꾸나."

크라이츠는 가볍게 웃으며 대답하곤 먼저 방을 나섰다.

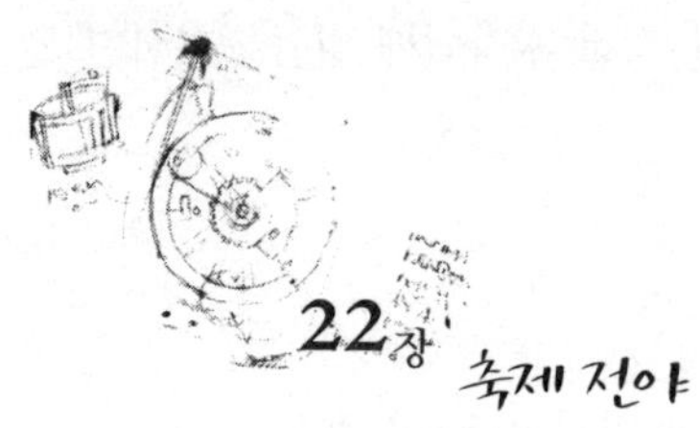

공학원의 저택으로 돌아온 뮤스는 후작의 저택에서 들고 온 책자를 읽고 있었다. 크라이츠는 집에 도착하자마자 피곤하다며 자신의 방으로 들어갔다. 실상 드래곤이라는 존재가 하룻밤의 연회 때문에 피곤할 리는 없었지만 뮤스가 혼자만의 시간을 가질 수 있도록 배려를 해준 것이었다. 그러나 그의 방에는 크라이츠의 배려를 수포로 돌아가게 만드는 이들이 있었으니, 바로 켈트와 그의 일당(?)들이었다.

"이봐, 뮤스! 이것 정말 신기한걸? 돌에다가 돌을 가니 잉크가 나오다니! 크허허허!"

뮤스가 들고 온 먹과 벼루가 신기했는지 어린애들처럼 얼굴에 먹질을 하며 놀고 있는 드워프들이었다. 한 켠에서 손이 부르트도록 먹을 갈고 있는 브라이덴이 심술난 목소리로 말했다.

"형님! 전 언제까지 이걸 갈고 있어야 합니까? 저도 그 붓이라는 걸로 휘두르며 놀고 싶단 말입니다!"

"클클, 그러길래 누가 가위바위보에서 지라고 그랬는가? 흠, 하지만 아우가 고생하는 것을 그냥 못 본 척할 케르히트가 아니지! 자네도 이쪽으로 오게나. 지금부터 문어 먹물 놀이나 하세!"

네 명의 드워프가 하는 짓을 보고만 있던 뮤스는 늙은이처럼 혀를 끌끌 차며 읽던 책자를 계속하여 읽었다.

이계 진입 첫째 날.

정오경 이계의 알지 못할 산중에 진입. 수목들은 조선의 그것들과 판이한 모습을 하고 있음. 평균 수목의 길이는 30척 이상이며 두께는 어른의 두 아름 정도 됨. 조선과 같은 온도와 날씨를 보이나 사계절이 존재하는지는 알 수 없음. 흙의 질을 보면…(중략)…….

이계 진입 둘째 날.

인가를 발견함. 생김새는 파사국 인들과 흡사하나 언어 자체는 판이함. 언어 해독기를 사용하자 굉장히 놀란 반응을 보였음. 공학 기술이 뒤떨어진다고 사료.

이계 진입 셋째 날.

명신의 흔적을 찾아 북상 중. 자넨이라는 마을에서 명신의 흔적을 발견.

명신이 읽고 있던 책자는 간단한 일기였었던 모양인지 그다지 자세한 내용이 기입되어 있지는 않았다. 그렇지만 장영실이 그를 찾아 이계로 왔다는 확신을 가지게 되자 절로 힘이 솟는 듯했다. 하지만 아직 장영실이 살아 있는지는 알 수 없었기에 마음속엔 여전히 걱정이 그득했다.

책장을 더 넘겨봐도 그다지 중요한 내용은 없었는데 뮤스가 이곳에 왔을 때 느낀 것의 이상도, 이하도 아니었다.

덜썩—

첫 번째 책자를 다 읽자 다음 책자를 집어 들었다. 표지 윗부분은 찢어져 있었고, 나머지 아랫부분에 '자료' 라는 두 글자만 남아 있었다. 천천히 책자를 넘겨보던 뮤스의 눈은 조금씩 떨려오기 시작했고, 반 정도 읽었을 때는 급기야 희열에 찬 비명을 질렀다.

"우왓! 다시 돌아갈 수 있어요! 이것만 있으면 돌아갈 수 있단 말이에요!"

방 한쪽에서 온몸에 먹을 처바르며 문어 먹물 놀이를 하던 드워프들은 놀라서 뮤스를 바라보았고, 입 안에 먹을 가득 물고 있던 레딘은 그만 먹을 삼켜 버렸는지 목을 부여잡고 정신없이 기침을 해댔다.

"콜록! 콜록! 뮤스 군, 도대체 무슨 일이길래?"

"하하하! 이 책자 안에 차원 이동에 대한 모든 수치들이 들어 있거든요! 이것만 있으면 제가 있던 곳으로 이동할 수 있는 기반이 마련되는 거죠! 최소한 차원의 미아가 되는 일은 없을 테니 말이에요."

뮤스의 말을 들은 드워프들은 서로의 얼굴을 바라보며 무슨 이야기인지 모르겠다는 듯 고개만 갸웃거렸다. 켈트가 얼굴에 잔뜩 묻은 먹을 닦아내며 뮤스에게 물었다.

"그렇다면 네가 다시 돌아갈 수 있다는 말이지?"

"네!"

"흠… 그렇다면 그게 언제쯤이면 가능한 것이지?"

"글쎄요… 일단 장영실 아저씨를 찾아야 해요. 그분이 계셔야 차원 이동문을 만들 수가 있으니까요. 제게 지식이 주입될 당시만 해도 불

완전한 상태였거든요."

"그럼, 지금 당장은 아니란 말이지?"

"그렇죠."

뮤스의 대답에 켈트는 피식 웃으며 말했다.

"후훗, 그럼 벌써부터 돌아갈 사람처럼 그런 말은 하지 말라고! 앞으로 얼마나 더 지나야 되는지 모르니까!"

"예!"

되돌아갈 수 있는 실마리를 찾았기에 기뻐하는 뮤스를 켈트는 아무도 모르게 안타까운 눈빛으로 지켜보고 있었다.

다음날 라이델베르크 시의 전역은 축제의 분위기로 술렁이기 시작했다. 크리스티앙의 약혼식이 끝난 다음날 뮤스는 햄브리겐의 회원들이 사용할 전뇌거를 개조하기 위해 작업실에만 처박혀 나오지 않고 있었다. 가끔 실실거리는 의미 모를 웃음을 띠며 작업실에서 나와 쉬는 뮤스를 볼 수 있을 뿐이었다. 마침 축제를 이틀 앞둔 주말이었기에 학교에 나가지 않고 느긋한 마지막 작업에 열중하고 있었다.

"바람이 분다. 바람이 불어. 룰루……."

그리 넓지는 않았지만 뮤스만을 위해 마련된 작업실이었다. 이제 뮤스에게 나름대로 익숙해진 공구들이 벽 쪽으로 잘 진열되어 있었고, 작업실의 한가운데는 온통 분해된 전뇌거가 뼈대를 앙상하게 내보이고 있었다.

"후훗, 이 정도면 완벽하겠지? 아무리 빠르더라도 모서리를 자연스럽게 돌 수 있는 굴곡 기능, 속도가 줄더라도 동력기의 회전은 줄지 않는 기능, 일반 출시용 로데오의 두 배에 가까운 출력! 이 정도면 이길 수 있을 거야! 크라이츠 누님, 두고 봐요! 히히히히!"

회심의 미소를 지으며 기능을 점검하고 있을 때 작업실의 문을 두들기는 소리가 들렸다.

"네, 들어오세요."

노크에 대답을 하며 슬그머니 흰 천으로 작업하던 전뇌거를 덮었고, 그와 때맞춰 문이 열리며 크라이츠의 목소리가 들렸다.

"뮤스야! 오늘 하루 종일 도대체 뭘 한다고 작업실 밖에서는 얼굴 보기도 힘드니? 흠, 뭔가 꿍꿍이가 있는 건가?"

"하… 하… 꿍꿍이는 무슨 꿍꿍이요. 그냥 제가 만들고 싶은 게 있어서 손 좀 보고 있는 건데요."

"그건 그렇고 널 찾아온 손님이 계신다. 들어오라고 해도 될까?"

"손님이요? 네, 그러세요."

뮤스가 승락을 하자 크라이츠는 문을 닫으며 나갔고 조금 후에 카타리나와 가이엔이 웃으며 작업실로 들어왔다. 매일 보는 얼굴이었지만 휴일 날 보는 카타리나의 느낌은 조금 다르다고 느끼며 뮤스가 인사를 했다.

"어라? 카타리나랑 가이엔 아냐? 난 또 누구라고……."

"어머? 나랑 가이엔이라서 실망했니? 누구 다른 여자라도 기다리고 있었던 거야?"

"그, 그건 아니지만. 아참, 어디 좀 앉을래?"

뮤스가 앉을 것을 권하며 주변을 둘러봤지만 어디에도 그들이 앉을 만한 곳은 없었다. 조금 민망해진 뮤스는 머리를 긁적일 수밖에 없었다.

"이런… 작업실이라서 앉을 곳이 마땅치 않구나. 미안하네."

가이엔이 살짝 웃으며 손을 내저었다.

"뮤스, 괜찮아. 그냥 구경 온 것뿐이니까. 다른 애들도 같이 왔으면 좋았을 건데 카타리나가 비밀이라고 해서 말야. 그건 그렇고 공학원이라는 곳이 대단하구나? 상상은 했지만 이 정도일 거라고는 생각지도 못했는걸?"

"대단은 무슨. 그냥 크기만 큰 거지 아직 다 사용하고 있지는 않아. 그건 그렇고 너희들에게 보여줄 것이 있어!"

"뭔데?"

"보여줄 거?"

그녀들의 궁금하다는 듯한 되물음에 의기양양해진 뮤스는 전뇌거를 덮고 있던 흰 천을 벗겨냈다.

"하하, 이거야! 이게 우리 여가 활동 동호회 선수들이 사용할 전뇌거지!"

"우와! 전뇌거가 이렇게 생긴 거란 말야?"

"후훗. 응, 처음 봤을 거야. 잘 실펴봐!"

전뇌거의 이곳저곳을 살펴보던 카타리나가 뭔가 궁금하다는 듯이 물었다.

"그런데 말야, 뮤스……."

"응? 왜?"

"이렇게 껍질 벗겨놓고 타면 멋이 없을 것 같은데? 껍질만 벗긴다고 더 좋아질까?"

순간 어이가 없어진 뮤스는 입맛을 다시며 말했다.

"허어… 설마 껍질만 벗긴 걸로 너희들에게 대단하다고 말하겠냐… 속의 구조를 다 바꿨단 말야. 이 정도면 상대방 전뇌거에 비해 두 배

정도의 성능을 가진 것이지. 그 외에도 이것저것 추가 기능을 많이 넣었어."

"그렇구나!"

"그건 그렇고 배고픈데 점심이나 먹으러 나가자. 이제 작업은 다 끝났으니 껍질만 입히면 되거든."

"그럼 네가 사는 거야?"

"너, 영주님의 딸 맞냐? 그렇게 짜게 굴지 말라고."

"너야말로 제국에서 최고 부자가 됐으면서 그렇게 짜게 굴지 마라!"

이때 가이엔이 나서며 말했다.

"그럼 오늘은 내가 점심을 살게. 알겠지?"

"하하, 좋지! 그럼 나가자."

화기애애한 분위기를 연출하며 셋은 전뇌거를 타고 시내로 나갔다. 로데오를 타고 나가려 했지만 이인승이었기에 불가능했고, 켈트의 라이노를 빌렸는데 드워프들이 뭔가 이곳저곳 손을 봤는지 내부는 출시하는 라이노와 전혀 딴판이었다. 하지만 뮤스가 새로 만든 동력기를 얻어 달아서인지 성능 하나는 대단했다.

"가이엔, 어디 잘 아는 음식점이라도 있어? 매번 폴린의 가게에 가서 먹기는 좀 그렇잖아? 그것도 공짜로 말야."

"음, 있긴 있어. 시내에 있는 음식점인데 여기 학생들이 많이 가는 곳이야. 카타리나는 알걸? 훼이리아 말야."

"아! 훼이리아! 그러고 보니 그곳에 간 것도 꽤 오래됐다. 씨니어 스쿨 고등부 이후로 한 번도 가본 적이 없어. 그런데 이렇게 이른 시간에 가도 될까?"

"점심 천천히 먹고 밤늦게까지 춤추면서 놀면 안 될까? 축제 기간이라서 재미있을 거야.”

“호오, 이거 가이엔 많이 변했는걸? 씨니어 스쿨 다닐 때만 해도 샌님이더니 말야. 타락했어… 쯔쯧…….”

카타리나의 혀 차는 소리에 가이엔은 당황하며 말했다.

“내가 뭘 어쨌다고 그래?”

또 뮤스의 눈치를 살피는 것 역시 잊지 않았는데 뮤스는 기분이 좋은지 그저 웃고 있었다.

“그럼 어느 쪽으로 가야 하는 거야?”

“조금 더 가다가 왼쪽으로 꺾으면 보일 거야.”

“왼쪽이라…….”

뮤스 일행은 얼마 지나지 않아 훼이리이라는 곳에 도착했다. 아직 해가 떠 있어서 사람이 많지 않을 것이라 설명을 들은 뮤스였지만 다른 음식점보다는 입구가 분비고 있었기에 그녀들의 말에 수긍을 할 수 없었고, 대부분이 10대 후반에서 20대 초반으로 젊은이들이었다.

“기이엔, 여기가 음식짐 맞아?”

“이런 데 처음이구나? 걱정하지 말고 따라 들어오라니까!”

“어? 알았어.”

일행이 내려간 지하는 꽤나 벅적거리며 소란스러웠다. 시끄러운 음악 소리가 귓속을 울렸고, 음식점과 주점을 병행하는 곳인지 술 냄새와 음식의 냄새가 내부를 가득 메우고 있었다.

따라라라라라라란! 딴딴! 딴딴!

뮤스는 음악 소리가 조금 요란해서인지 조금 인상을 찌푸리며 가이엔에게 말했다.

“여기 원래 이렇게 시끄러운 곳이야?”

"뭐라고? 잘 안 들려! 조금 더 큰 목소리로 말해 봐!"

뮤스의 목소리가 음악 소리에 묻혀 들리지 않자 가이엔은 목청 높여 소리를 쳤다. 하지만 큰 소리를 내며 물어보기도 뭐했는지라 뮤스는 그냥 관두기로 하고 고개를 저었다. 조금 더 걸어 들어가자 이곳에서 일을 하고 있는 듯한 젊은이가 뮤스들에게 걸어왔는데 그의 복장 또한 상당히 화려했다.

"어서들 오십시오! 훼이리아의 블랙나이트라고 합니다! 몇 분이십니까?"

이 요란한 곳에서도 그의 목소리는 똑똑하게 들렸는데 이 바닥에서 꽤 굴러먹은 듯한 인물이었다. 그의 질문에 카타리나는 손가락 세 개를 들어 보였고 일하는 젊은이는 그들을 안내하여 홀을 중심으로 벽에 붙어 있는 작은 방들 중 한곳으로 안내했다. 방 안으로 들어가 문을 닫자 놀랍게도 밖의 소리는 전혀 들리지 않았기에 쾌적한 분위기가 연출되고 있었다.

"여긴 조용하네? 아무리 문을 닫았다지만……."

그의 의문은 카타리나가 풀어주었다.

"아, 이 방은 사일런트 마법이 걸려 있는 곳이라서 그래. 밖에서 들리는 소리를 완전히 차단할 수 있지. 대신 돈이 엄청나게 많이 든단다."

"아, 그런 마법도 있구나! 그건 그렇고 여긴 뭘 하는 곳이길래 이렇게 시끄러운 거야?"

가이엔은 뮤스의 질문을 예상하기라도 했는지 테이블에 놓여 있는 물로 목을 축이며 말했다.

"카타리나에게 듣기로 네가 산골 출신이라길래 이런 곳을 구경시켜

주려고. 여기는 라이델베르크의 젊은 사람들이 많이 오는 곳인데 식사나 술을 한잔하고 밖에서는 춤을 출 수 있는 곳이야. 물론 처음 보는 사람들과도 파트너를 정해서 춤을 출 수도 있고……."

"뭐라고? 여기는 처음 보는 남녀가 춤을 추는 것이 아무렇지도 않은 거야?"

이곳에 온 지 두 달의 시간이 지났지만 뮤스의 가치관을 바꿀 만큼 오랜 시간은 아니었기에 좋다는 생각보다는 껄끄러운 생각이 지배적이었다. 그의 되물음에 고개를 끄덕이던 가이엔은 뭔가 생각났다는 듯이 카타리나에게 말했다.

"아참, 너 혹시 그거 아니? 여기가 호바인 가문의 소유래."

"뭐라고? 그렇다면 바르키엘 녀석의 집안 소유라는 거야?"

"응. 너도 몰랐구나? 나도 깜짝 놀랐지 뭐야."

카타리나의 물음에 수긍하자 그녀는 슬금 일어나 문밖으로 나가려 했다. 하지만 가이엔이 그녀의 옷자락을 잡는 바람에 다시 자신의 자리에 앉을 수밖에 없었다.

"그냥 앉아 있어. 뮤스도 이런 곳은 처음이니 한번쯤은 경험해 보는 것도 괜찮을 거야. 게다가 여기 있는다고 꼭 그 녀석을 만난다는 보장도 없잖니?"

"그렇겠지? 제발 그래야 해. 단 한 순간도 그 녀석의 얼굴은 보기가 싫거든. 으……."

그녀가 벌레라도 몸에 올라간 듯 몸을 떨자 뮤스가 재미있다는 듯이 웃었다. 때마침 일하던 청년이 메뉴판을 들고 들어왔다.

"뮤스, 뭐 먹을래? 부담 갖지 말고 골라봐. 이건 내 동생을 구해준 보답이니까."

“아… 그 일을 아직 기억하고 있다는 말이야?”

“당연하지. 어서 골라. 카타리나, 너는 좀 싼 걸 먹어라. 학생의 용 돈은 그리 넉넉하지 못하단다.”

“나참! 나도 서러워서 네 동생을 살려야겠네. 칫.”

가이엔과 카타리나는 애초 상당히 친한 사이였기에 뮤스를 처음 봤 을 때와는 전혀 다른 분위기의 대화를 하고 있었다. 뮤스도 예전보다 는 지금이 훨씬 편해졌다고 느끼는 중이었다. 서로 농담을 주고받으며 식사를 주문한 일행들은 음식이 나올 때까지 이야기를 나누고 있었다. 하지만 뮤스는 대개가 듣고 있는 편이었는데, 수다 떠는 여자 둘 사이 에 남자가 끼어들기는 정말 힘든 일이었기 때문이다.

“아참! 카타리나, 너는 축제 때 누구와 다닐 거야? 주변에서 파트너 신청하는 남학생들이 많을 것 같은데?”

“글쎄, 너야말로 누구랑 다닐 건데? 어제도 누가 너한테 편지 주고 가던데?”

“아… 그 사람한테는 별로 관심없어.”

“호호호, 너, 눈이 상당히 높아졌구나? 정말 예전의 가이엔이 아니 야.”

“애는! 내가 뭘? 너는 어때?”

이때 뮤스는 방 안을 둘러보며 관심없는 척하고 있었지만 내심 그녀 들의 이야기에 모든 신경을 모으고 있는 중이었다. 카타리나에 대한 알지 못할 감정이 생기기 시작하면서부터 그녀의 이야기를 유심히 들 어왔던 것이다. 하지만 카타리나가 대답을 하려는 순간에 방문이 벌컥 열리며 자만심이 그득 들어 있는 목소리와 함께 한 명의 남학생이 들 어왔다.

"하하하, 이런! 이런! 카타리나 양 아니신가? 종업원에게 연락을 받았을 때는 믿기지 않았는데 정말일 줄이야."

갑작스럽게 나타난 인물은 다름 아닌 바르키엘이었다. 그의 등장에 카타리나는 머리를 한 손으로 짚으며 한숨을 내쉬었다.

"거봐, 가이엔. 나쁜 짐작은 왜 이렇게 잘 맞아떨어지지?"

"그러게 말이야. 너, 혹시 저주받은 건 아닐까? 이번 기회에 신전이라도 찾아가 보는 게 어때?

가이엔도 어처구니가 없는 표정으로 바르키엘을 바라보았다. 하지만 그녀들의 말은 귀에 전혀 들리지 않는지 특유의 유들유들한 목소리를 피워 올렸다.

"하하하, 이 바르키엘님의 파트너가 되어주기 위해서 이곳을 직접 찾은 거야? 그렇다면 기꺼이 수락을 해주지!"

"에휴, 이제는 화도 안 나고 지긋지긋하다. 마음대로 떠들라고. 그러면서 언제나 상처받는 건 너니까. 벌써 몇 년째니?"

"누가? 이 바르키엘님이 상처를 받는다구? 착각하지 마라! 그 누구도 이 바르키엘님에게 상처를 주지는……."

잘난 듯이 말하던 그의 뇌리에는 갑작스럽게 크라이츠라는 여성의 모습이 떠올랐다. 며칠 전 학교 친구들 앞에서 처참하게 꼬리를 내려야만 했던 수치스럽던 그 일과 함께……. 그래서인지 한풀 꺾인 목소리와 함께 한숨을 내쉬었다.

"에휴~ 한 명 있었지. 그나저나 그럼 여기는 어떻게 온 거야? 어라? 저 녀석은 여기에도 같이 왔네? 네가 카타리나의 종이라도 되냐? 왜 이런 곳에 와 있지?"

처음 볼 때도 그랬지만 만나자마자 대뜸 반말을 하는 바르키엘이 탐

탁지 않게 보였다. 그렇지 않아도 옆에서 카타리나를 귀찮게 하는 말을 들으며 참고 있던 뮤스가 이제는 자신을 무시하는 듯한 말을 하자 심기가 조금 꼬이기 시작했다.

“이봐, 바르키엘이라 했던가? 카타리나가 싫다는데 왜 이렇게 귀찮게 구는 거지?”

“호오, 이 녀석 좀 봐라. 보아하니 평민 같은데 감히 이 바르키엘님이 하시는 일이 곱지 않게 보인다는 거냐?”

“오, 제법 똑똑한데? 보기보단 이해력이 빨라.”

“뭐, 뭐라고? 이 녀석!”

자신을 은근히 조롱하는 듯한 뮤스의 말에 조금 화가 난 바르키엘은 그대로 당하고만 있을 수는 없었다.

“네 녀석이 어떤 집안의 자식인지는 몰라도 아마 큰 타격을 입을 게다! 입을 함부로 놀린 대가가 얼마나 큰지 체험하게 해주마.”

“그 녀석 말하는 꼬락서니 하고는… 그게 네가 잘나서 그런 거냐? 네 배경 믿고 잘난 척하는 게 그렇게 기분 좋으냐? 쯔쯧… 저런 녀석을 자식이라고 믿으시는 너희 부모님이 불쌍하군.”

뮤스가 그의 부모님을 들먹이자 바르키엘은 더 이상 참을 수 없었는지 주먹을 뮤스의 안면으로 날렸다.

“이 녀석!”

주변에서는 갑작스런 바르키엘의 행동에 놀라며 비명을 터뜨렸다.

“꺄악!”

하지만 바르키엘이 날린 주먹은 뮤스의 얼굴에 적중하지 못하고 목표 지점 바로 앞에서 멈춰 있었다. 의아하게 생각한 가이엔과 카타리나가 자세히 보자 그의 주먹이 뮤스의 손에 잡혀 있는 것이었다. 뇌동체술법을 시간나는 대로 익힌 결과였는데 아무런 밑천없이 자신의 배경만 믿고서 날뛰는 바르키엘이 당해낼 수 있는 것이 아니었다. 뮤스가 태연하게 말을 꺼냈다.

"이봐, 이런 주먹 잘못 맞으면 크게 다치잖아. 조심해서 기지개를 켜라고. 에휴, 큰일 날 뻔했구먼……."

뮤스에게 주먹을 잡힌 바르키엘은 아무런 말도 못했고, 그의 몸은 눈에 띄게 떨리고 있었다. 이 정도에서 그치기에는 뮤스의 숨겨졌던 성격이 간악했기에 아무도 모르게 전뇌력을 그의 손으로 흘리고 있었기 때문이다.

"왜 아직도 내 손을 잡고 있지? 내 얼굴이 만지고 싶은 거야? 이상한 취미를 가지고 있군. 다른 데 가서 알아보라고."

뮤스가 손을 놓아주자 그때서야 몸이 풀리는지 바르키엘은 이빨을 갈기 시작했다.

"네, 네 녀석이 무슨 짓을 했는지 몰라도 두고 봐라! 이 수치는 전뇌거 경주 때 꼭 갚아주마. 그때도 그렇게 웃고 있을 수 있는지 두고 보자!"

화를 내며 뒤돌아선 그는 방문을 나가려다 다리가 풀려 넘어지고 말았다.

쿠다당!

전뇌력이 전신에 흘러 다녔으니 지극히 당연한 일이었다. 하나 아무것도 모르는 카타리나와 가이엔의 눈에는 정말 바보같이 보였다. 연이어 추한 꼴을 보인 바르키엘의 눈에는 의외의 눈물이 고이기 시작했다.

"너희들, 다 미워! 흥! 잘 먹고 잘 살아라!"

거만하기만 하던 그의 입에서 전혀 어울리지 않는 대사가 흘러나오자 세 명의 친구들은 멀뚱거리는 눈으로 그가 사라진 방문을 바라보았다. 정적을 깨며 카타리나가 말했다.

"저 녀석, 예상외로 순진하네? 이 정도 일로 울먹일 줄이야."

뮤스 역시 그녀와 같은 생각인지 고개를 끄덕였다.

"그러게 말이야… 내가 너무 심하게 했나? 괜히 불쌍해 보이는걸? 혹시 철이 덜 나서 그런 거였을까?"

"정말 생각보다 나쁜 녀석은 아닌 것 같아. 우리에게 해를 끼친 일은 없었으니……."

그때 방문이 다시 열리면서 종업원이 주문한 음식을 가지고 들어왔다. 두 손에 그득 접시를 들고 들어오던 종업원은 세 명의 손님들이 자신을 뚫어지게 바라보자 내심 켕기는 것이 있어서인지 저절로 몸을 움츠렸다.

'헉! 내가 바르키엘 도련님께 보고한 걸 들킨 건가? 이러면 팁도 없겠는걸. 설마 바르키엘 도련님이 그것을 말했을라고. 여기 종업원이 한둘이야? 내가 아니라고 잡아떼면 그만이지…….'

혼자 머리를 굴리며 얼굴색을 여러 번 바꾸던 종업원을 보며 이상하게 여긴 가이엔이 말했다.

"이봐요, 왜 거기 그렇게 서 있죠?"

"아닙니다, 손님! 지금 음식 나왔습니다. 헤헤……."

종업원이 웃음을 흘리며 들고 온 접시를 테이블에 올려놓기 시작하자 뮤스 일행도 자리에 앉아 식사할 준비를 했다. 테이블 정리가 다 되었는지 웨이터는 허리를 숙이며 인사를 했다.

"그럼 맛있게 드십시오! 바르키엘 도련님께 아무런 말도 하지 않은 블랙나이트였습니다! 필요한 것이 있으면 불러주십시오!"

종업원이 더욱 의심스럽게 자신의 행각을 부정하며 인사를 하고 나가자 가이엔은 고개를 갸웃거렸다.

"얘, 카타리나, 저 종업원 이상하지 않아?"

"그러게 말이야. 환각제라도 복용한 건가?"

"하긴, 이런 곳에서 팁이나 수당 받아서 그런 약물을 복용하는 사람들이 많다고 하더라. 아무래도 팁은 주지 말아야 할 것 같아. 저 사람을 위해서라도."

내용이야 어떻든 간에 종업원의 행위에 대한 심판은 이렇게 귀결되었다. 식사를 하며 카타리나와 가이엔의 끝마치지 못한 이야기는 계속되었다.

"아참, 카타리나, 너는 어떻게 할 거니?"

"별일없으면 아버님과 같이할 거야. 그동안 내가 신분을 속인다고 아버님께 너무 섭섭하게 해드렸던 것 같아서 이번에 사과하는 의미로……."

카타리나의 대답을 들은 뮤스의 입에서는 답답한 한숨이 저절로 나왔다. 기회를 보다가 카타리나에게 파트너 신청을 하려던 그의 계획이 여지없이 깨져 버린 것이기 때문이었다.

"그렇구나. 뮤스, 너는 마땅한 파트너라도 찾았니?"

답답함에 목마름을 느끼는지 물을 한 모금 들이키던 뮤스는 가이엔이 자신에게 질문을 해오자 입에 머금고 있던 물을 내뿜고 말았다.

"푸웃!!"

"너, 괜찮니? 왜 그래?"

서둘러 자신의 앞에 뿜어져 흐르는 물을 냅킨으로 닦으며 대답했다.

"아… 아냐, 아무것도. 그냥 갑작스럽게 물어보길래."

"호호, 미안해. 너는 축제 때 같이 다닐 파트너 없어?"

"어… 없어. 내가 너희들 말고 아는 사람이 있어야 말이지."

"그럼… 뮤스, 너 나랑 파트너 할래? 나도 아직 파트너를 구하지 못했거든! 어때?"

"어? 나 말이야?"

갑작스런 가이엔의 제의에 뮤스는 어떻게 대답할지 몰라 하며 카타리나의 얼굴을 바라보았다. 하지만 그녀는 평소와 같이 웃으며 손뼉을 쳤다.

"호호, 그래, 뮤스. 너도 파트너 없으면 가이엔과 보내면 되겠구나. 둘 다 잘된 일이네!"

뮤스는 카타리나의 말에 이유 모를 서운함을 느끼며 힘없이 고개를 끄덕였다.

"그래. 그렇게 하자, 가이엔."

뮤스가 자신의 제의를 받아들이자 그녀는 기분이 들뜨는지 활짝 웃어 보였다.

"어머머, 정말이니? 고마워!"

"아니, 뭘."

가이엔의 웃는 얼굴을 바라보던 뮤스는 아무 소리 없이 자신 앞에 놓여 있는 음식을 먹기 시작했지만 음식의 맛이 어떤지는 느낄 수 없었다. 식사를 마치자 뮤스와 카타리나는 가이엔에 이끌려 많은 젊은이들이 어울려 춤을 추고 있는 홀로 나왔다. 그곳에서는 들어왔을 때와 같이 경쾌한 음악 소리가 흐르고 있었고 원래 아는 사람들인지, 아니면 이곳에서 처음 만난 사람들인지 알 수는 없었지만 대부분 즐거운 표정으로 자신의 파트너와 춤을 추고 있었다. 뮤스가 다른 이들의 춤을 구경하고 있을 때 가이엔이 말했다.

"어차피 축제 무도회 때는 뮤스와 마음껏 춤을 출 테니까 오늘은 내가 카타리나에게 양보할게. 그럼 둘이 파트너 하고 나는 다른 파트너 찾아보러 가야겠네. 그럼 나중에 보자."

"뭐라고? 가, 가이엔!"

카타리나는 갑작스럽게 말을 하고 사람들 사이로 사라지는 그녀를 부르려 했지만 이미 자신의 목소리가 음악 소리에 묻혔음을 느끼고 체념했다.

"할 수 없지 뭐. 뮤스, 너 춤은 춰봤니?"

"응? 아, 아니. 그런데 이곳의 춤은 남녀가 저렇게 가까이 붙어서 추는 것밖에 없어?"

"음… 뭐 대부분이 그렇지. 마음에 안 드니? 나와 춤을 추는 게?"

그녀가 뾰로통한 모습으로 물어오자 뮤스는 얼굴을 붉히며 고개를 가로저었다.

"아니! 그런 게 아니라 이런 건 처음이라서."

"호호호, 부끄러워하긴. 대학생들 사이에서 이 정도는 기본이라고. 너도 축제 때 기이엔과 춤을 추려면 배워야 할걸?"

"그렇긴 한데……."

카타리나는 말끝을 흐리는 뮤스의 팔을 끌며 말했다.

"풋, 남자가 왜 그렇게 자신감이 없니? 오늘 내가 특별히 지도해 줄게!"

어영부영 그녀의 이끌림대로 무대에 나온 뮤스는 어쩔 수 없이 춤 강습을 받아야만 했다.

"자, 우선 춤은 스텝이 가장 중요해. 여러 가지 스텝이 있는데…

흠… 이러지 말고 직접 추면서 하는 게 더 나을 것 같아. 자, 내 허리를
잡아."

"허리를?! 어, 어떻게 허리를 잡아?"

"춤추는 데 그 정도는 얼마든지 괜찮아. 너, 혹시 응큼한 생각하고
있는 거야? 응큼한 건지 순진한 건지 모르겠네……."

"알았어. 이렇게 하면 되는 거야?"

카타리나의 잘록한 허리에 손을 올려놓은 뮤스는 민망함을 감추지
못하고 있었는데, 자신이 그럴수록 카타리나가 불편해함을 알았기에
참으며 시키는 대로 할 수밖에 없었다.

"자, 그럼 내 발걸음을 따라해 봐. 몇 가지만 간단히 해보면 나머지
는 반복이니까 쉽게 할 수 있을 거야. 네가 전문가도 아니니 무도회 때
는 그 정도면 충분하거든."

"응, 알았어. 이렇게?"

어렸을 때부터 발 재간이 있었던 뮤스에게는 그다지 어려운 것은 아
니었지만 신경 쓰이는 것은 어디까지나 카타리나의 몸에 걸쳐 있는 손
이었다. 그로 인해 자신이 춤을 추는 것인지, 아니면 끌려 다니는 것인
지 모를 지경이었다. 하지만 시간이 지날수록 그런 감정도 희미해졌고,
몇 시간이 지나자 진심으로 즐거운 기분을 느끼며 춤을 출 수 있게 되
었다.

"이야, 뮤스. 대단한데? 금방 능숙해졌잖아? 혹시 무도가의 피가 너
도 모르게 흐르는 것이 아닐까?"

카타리나의 말에 뮤스는 문득 자신의 아버지인 한 대감을 떠올렸는
데, 과연 남다르게 음주가무를 즐겼던 기억이 있었다.

"그런가? 그럼 이렇게만 하면 되는 거야? 생각보다 재미있는걸?"

"거봐, 내가 뭐랬어? 이런 건 처음 시작이 힘들지 해보면 재미있다 니까."

자신의 말이 맞았다며 자랑스럽게 말하는 그녀의 얼굴을 보며 뮤스 는 무슨 생각을 하는지 아무런 말도 하지 않았다.

"너, 이제 힘든 거야?"

"아니, 그런 게 아니라 사실 축제 때 네가 내 파트너였으면 좋다고 생각했었어……."

돌연 무슨 용기가 나서인지 솔직히 자신의 마음을 표현한 뮤스의 말 에 카타리나는 아무런 말도 못한 채 우물쭈물하고 있었다.

"그 말… 진심이니?"

한동안 아무 말 하지 않던 카타리나가 한참 만에 말을 하자 뮤스는 조용히 고개를 끄덕였다.

"응… 진심이야."

"그럼 조금 더 빨리 말하지 그랬어… 이미 넌 가이엔과 파트너를 하 기로 했잖아?"

"응, 그랬지……."

뮤스는 가이엔과 피트너가 되기로 한 것을 깨닫자 조금 더 빨리 용 기를 갖지 못했음을 스스로 질책하고 있었다.

'바보같이 왜 진작 말하지 못했을까! 어리석은 놈!'

"너, 지금 후회하고 있구나? 하지만 가이엔과 약속을 하지 않았어도 난 아버님과 함께하기로 마음먹었으니 좀 더 빨리 말했어도 넌 거절당 했을 거야."

기죽어 있는 그의 얼굴을 보며 카타리나가 살포시 웃으며 말했다.

"풋! 그래도 이번이 마지막은 아니잖아? 혹시 아니? 다음번에 멋지게 파트너 신청하면 승낙해 줄지?"

그제야 뮤스는 기죽어 있던 안색을 풀기 시작했다.

"정말? 다음번에는 파트너 신청을 받아줄 거야?"

"호호호, 너 하는 것 봐서! 대신 내 파트너가 되려면 보통 춤 실력으로는 안 되니까 연습 많이 해야 해."

"하하, 알았어! 이럴 시간이 없잖아? 빨리 조금 더 가르쳐 달라고!"

다시 신이 나서 스텝을 밟아가는 뮤스의 눈에는 카타리나의 웃는 모습만이 가득 차 있었다.

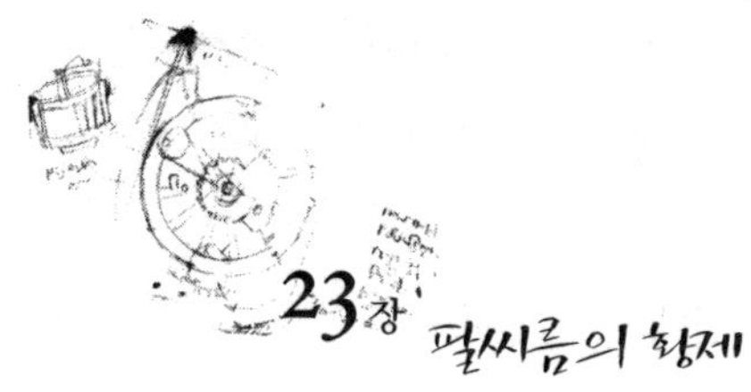

23장 팔씨름의 황제

약간 늦은 오전, 요란스러운 소리가 창밖으로부터 흘러 들어오고 있는 공학원 이층의 방 안에는 아직도 잠에서 깨어나지 못한 뮤스가 이불을 뒤집어쓰고 있었다. 축제가 시작되는 날이라서 그런지 거리는 온통 축제 분위기에 휩싸여 수많은 사람들이 집 밖으로 나와 축제가 열리는 각 대학교로 발걸음을 하고 있었고, 타지에서 유입된 인파들 역시 시내의 숙박업소에서 나와 어디론가 부지런히 움직이고 있었다. 뮤스는 더 이상 잠잘 분위기가 아니란 것을 알았는지 신경질적으로 이불을 차내며 일어났다.

"으악! 시끄러워! 축제라는 게 이렇게 요란스러운 것이었나? 아침부터 잠도 안 자고 이게 뭐 하는 사람들이래?"

똑! 똑!

마침 그를 깨우기 위해서인지 방문 두들기는 소리가 들려왔다.

"네, 들어오세요!"

방문이 열리면서 손에 세면도구들을 들고 들어오는 집사 바이멀이 보였다. 그 역시 축제에 들뜨는지 평소보다 더욱 밝은 목소리로 인사를 했다.

"허허! 뮤스 도련님은 축제날인데 아직까지 주무십니까? 아직 젊으신데 그러면 안 됩니다."

"에휴~ 말도 마세요. 어제 춤 연습한다고 늦게까지 무리하다 보니 이러는 거예요. 그나저나 누님과 아저씨들은요?"

"아가씨와 드워프님들은 아침부터 축제 구경 갈 준비하신다고 분주하십니다. 도련님도 서두르셔야 할 것 같은데요?"

바이멀의 이야기를 들으며 그가 들고 들어온 세면도구를 들고 욕실로 걸어갔다.

"흠, 누님과 아저씨들은 축제에 가서 뭐 하신다고 그러시나……."

"잘은 모르겠습니다만 그냥 나들이 가시는 것이겠지요. 아! 크라이츠님께서 전뇌거 경주에 출전하신다던데 잘해낼 수 있으실지……."

뮤스는 바이멀의 말에 손에 들린 세면도구를 바닥에 떨어뜨리며 다급히 되물었다.

"엥! 뭐라고요? 누님이 전뇌거 경주에 참가하신다니요?"

"도련님은 아직 모르셨습니까? 카이젠 대학교 대표 중 한 명으로 참가하신다고 하던데요? 그러기 위해서 축제 본부 쪽에 돈깨나 넣은 것 같던데……."

"으악! 최악이야!"

서둘러 세면을 마치고 옷을 대강 걸친 뮤스는 빠른 걸음으로 크라이츠의 방으로 향하였지만 그전에 응접실에서 단장을 하고 있는 그녀를 만날 수 있었다. 평소와는 다르게 움직이기 편한 옷을 걸치고 있던 크라이츠는 거울을 바라보는 채로 뮤스에게 아침 인사를 했다.

"잘 잤니? 어제는 뭘 하다가 그렇게 늦게 온 거야? 오늘부터 축제인데 서두를 생각은 안 하고."

"누님! 누님이 왜 전뇌거 대회에 나오는 거예요! 그건 반칙이라고요!"

"호호호, 반칙이라는 건 심판이 판정하는 거란다. 심판이 아니라고 하면 반칙이 아닌 거지."

뮤스는 별 대수롭지 않게 대답하는 그녀를 보며 앞길이 막막하기만 했다.

"그럼 불 보듯 뻔한 경주가 되잖아요! 지금 이곳에 누님보다 전뇌거를 잘 다루는 사람이, 아니지, 드래곤이 어디 있다고 그래요?"

"풋! 억울하면 네가 이겨보려무나. 나도 사실 나가기 싫었지만 그 바르키엘이라는 주장 녀석이 어쩌나 떨떨하든지 그냥 두고 볼 수가 없어서 나가는 거란다. 내침, 어떻게 그런 녀석이 주장이 됐는지……."

뮤스는 크라이츠에게서 바르키엘에 대한 이야기를 듣자 의외의 기분이었다.

"누님이 보기에는 그 녀석이 어떤데요?"

"어라? 뮤스, 너도 그 녀석을 알고 있니? 에휴, 말도 마라. 어쩌나 둔한지 속도를 올릴 때와 줄일 때도 전혀 분간 못하고, 얼마나 운전대를 돌려야 하는지도 모르니… 아마 운동장이었기에 안 죽었지, 어쩌면 이번 경주 때 정말 죽을지도 모르겠는걸?"

"그럼 그런 녀석이 대회에 나오게 놔뒀단 말이에요?"

"뭐 어떠냐? 내가 그런 녀석이 죽든 살든 무슨 상관이니? 난 그저 내가 가르친 팀이 지는 것을 못 볼 뿐이다. 뮤스, 너도 최선을 다해야 할 거야.”

그는 지난 시간 동안 크라이츠에 대해서 꽤 잘 안다고 생각했지만 막상 이런 이야기가 오고 갈 때는 그녀가 무섭다는 생각을 지울 수가 없었다.

“넌 뭐 하니? 전뇌거 경주는 며칠 후이니 이틀 정도는 시간이 있는 데 즐겨야 할 거 아냐?”

“아, 그렇죠. 저녁 때 파트너와 만나기로 했어요.”

“오호! 파트너라고? 누구니? 혹시 하버만 후작님의 딸이라던 카타리 나니?”

“아뇨, 가이엔이라는 친구예요. 그런 거에 신경 쓰지 마시고 누님 치 장이나 계속하세요. 저도 동호회실에나 가봐야겠네요. 누님이 직접 출 전한다는데 대책이나 세워야겠어요.”

“녀석, 얼렁뚱땅 넘기려 하다니… 그래도 의외야. 카타리나가 아니 라 다른 애였다니. 나도 이제 늙었나?”

“에구! 누님은 신경 쓰지 마세요!”

크라이츠에게 신신당부를 한 뮤스는 자신의 방으로 도망치듯이 다 시 올라왔다. 바이멀이 준비해 놓은 자신의 옷을 하나씩 걸치며 그녀 와의 대화를 곰곰이 생각해 봤다.

“바르키엘이라는 녀석이 정말 위험하지 않을까? 꽤 얄밉긴 했지만 나쁜 녀석은 아닌 것 같았는데… 에휴, 모르겠다. 지금 상대편 신경 쓸 여력이 어디 있어! 크라이츠 누님이 나오신다는데 어찌해야 하 나…….”

마지막으로 구두를 신은 뮤스는 평소와 같이 마법 가방을 옆으로 메고 자신의 전뇌거가 세워져 있는 차고로 걸어나왔다. 차고의 한 켠에는 가장 처음 켈트와 자신이 만든 철전뇌거가 세워져 있었는데, 지금은 쓰이지 않는 그 모습이 딱하게 보였다.

"후훗, 이제 너도 찬밥 신세구나? 조금만 기다려라. 나중에 박물관이라도 세워줄 테니까."

지금의 그것들과는 전혀 다른 생김새를 하고 있는 투박한 철전뇌거에게 위로의 말을 한 뮤스는 현재 자신의 애마가 된 로데오에 올라타고 새롭게 고안된 안전띠를 묶었다.

"아무래도 경주에 사용될 로데오에 이 안전띠를 설치해야겠어……."

전뇌거를 몰아 학교로 향하던 뮤스는 평소에 볼 수 없었던 신기한 장면들을 여러 가지 볼 수 있었는데 아무래도 이곳의 사람들이 아니라 축제 때의 성수기를 위해 타 지역에서 온 듯한 사람들이었다. 처음 보는 음식들을 파는 자들도 있었고, 신기한 공연을 하는 자들도 있었다. 그는 축제가 낯설기는 했지만 조선의 명절과 비슷하다고 생각하며 붐비는 거리를 둘러보고 있었다. 이때 거리의 한쪽에 사람이 유난히 많았는데 궁금해진 뮤스는 전뇌거를 세워놓고 그곳으로 걸어갔다. 사람들을 밀치고 안쪽으로 들어가자 키는 2멜리 정도에 달하고 덩치가 산만하여 도저히 인간으로 볼 수도 없을 것 같은 인물과 그의 옆에서 입을 가만히 있지 못하고 떠드는 키 작은 난쟁이를 볼 수 있었다.

"자자! 제 옆에 있는 이 괴력의 사나이와 팔씨름을 하여 이기시는 영웅께는 처음 걸었던 원금의 두 배를 드리겠습니다! 도전하실 분 없습니까?"

주변을 둘러보며 젊은 사람들에게 도전을 권하자 한결같이 움찔하는 모습이었다. 그때 구경꾼들이 갈라지며 호탕한 웃음소리가 들려왔다.

"프하하하! 나 길틴이 도전하도록 하지! 아무리 축제라지만 어디서 굴러 들어온지도 모를 돌들이 여기 박혀 있다니!"

목소리의 주인공이 곧 그 모습을 드러냈는데, 놀랍게도 길틴이라는 자의 덩치는 사람들에 둘러싸여 있던 자보다 10셀리 정도는 큰 키였고, 덩치도 그와 비슷해 보였다.

"좋아! 두 배라고 했으니 내가 10겔피를 걸겠다. 내가 이긴다면 20겔피를 받는 것이 틀림없으렷다?"

길틴의 말에 난쟁이는 난처한 표정을 지었다.

"그, 그렇긴 합니다요."

"흐흐흐, 그렇다면 여기 10겔피를 내겠다! 어서 한판 붙어보자!"

10겔피라는 단위는 금의 단위로써 1겔피면 금 한 돈의 가치였다. 그러니 10겔피라는 것은 금 열 돈에 해당함으로 결코 적은 돈이 아니었다. 길튼이 재촉을 하자 난쟁이는 어쩔 수 없다는 듯이 고개를 흔들더니 걱정스러운 눈빛으로 자신의 옆에 있는 덩치 큰 인물을 바라보았다.

"어서 안내하지 않고 뭐 하는 거지?"

길틴의 계속되는 재촉에 난쟁이는 덩치 큰 인물 앞의 자리를 치웠다.

"이, 이쪽으로 앉으십시오."

"프흐흐, 좋다. 자!"

길틴은 난쟁이가 지정한 좌석에 앉아 자신 앞의 덩치의 손을 마주 잡았다. 그들의 근육은 벌써부터 힘이 들어가는지 힘줄이 불룩 튀어나오기 시작했다.

"준비… 시작!"

난쟁이가 잡고 있는 두 사람의 손을 놓으며 팔씨름이 시작되었다. 두 사람의 팔을 지지하고 있던 탁자는 심하게 흔들리며 흙으로 다져진 땅으로 조금씩 들어가기 시작했다. 괴력의 두 사람을 보던 구경꾼들은 다들 입을 벌리며 먼지가 들어가는지도 모르고 있었다. 하지만 덩치 큰 인물의 얼굴이 조금씩 구겨지기 시작했는데 길틴을 이기기에는 역부족인 듯했다. 과연 얼마 지나지 않아 길틴은 상대방의 손을 누르며 탁자에 쓰러뜨렸고, 구경꾼들을 향해 두 손을 뻗어 올리며 환호성을 쳤다.

"우하하하하! 이거 직접 해보니 더욱 별것 아니군 그래! 크크크, 어서 20겔피를 내놓거라!"

그가 의기양양하게 손을 내밀자 난쟁이는 두 눈을 불끈 감고 연신 허리를 굽히며 말했다.

"아이구, 나으리, 한번만 봐주십시오. 지희 형제는 10겔피라는 돈이 없습니다요. 그저 푼돈이나 좀 벌어보자고 했던 것인데… 저희를 불쌍히 여겨 한번만… 이렇게 부탁합니다."

그렇다면 밑천도 없이 이런 일을 했다는 말이었는데, 그의 말을 듣던 길틴이 인상을 찌푸리며 말했다.

"나랑 장난하자는 것이냐? 지불할 돈도 없이 이런 짓거리를 했다는 말인가! 어디 나한테 혼 좀 나보거라!"

화가 난 길틴이 난쟁이의 뒷덜미를 들어 올려 땅바닥에 내던지자, 그는 땅에 떨어지고서도 그 힘을 견디지 못하고 몇 바퀴나 더 굴러야 멈출 수가 있었다. 한 번의 휘둘러짐으로 얼굴은 땅바닥에 갈려 피가 흘러나오고 있었고, 옷 역시 군데군데 찢어졌다. 길틴은 그래도 아직 화가 풀리지 않았는지 씩씩거리며 쓰러져 있는 난쟁이에게 다가갔다. 그 장면을 보던 뮤스는 인상을 살짝 찡그리며 난쟁이에게 걸어갔다.

"이봐요! 그 정도면 된 것 같은데 그만 하시죠?"

길틴은 갑작스럽게 자신의 일에 끼어들어 난쟁이의 상세를 살피고 있는 이 젊은 녀석이 마음에 안 드는지 큰 걸음으로 다가와 소리쳤다.

"흥! 네 녀석이 누구인지는 몰라도 이 난쟁이와 저 덩치만 큰 녀석은 나에게 사기를 쳤다. 이런 녀석들은 혼이 나야만 하는 것이다!"

그의 말에 난쟁이의 상태를 잠시 살펴보며 말했다.

"이 정도면 된 것 아닌가요? 만약 그래도 마음에 안 드시면 제가 그 돈을 드리죠."

"흠… 네가 대신 지불한다면 나는 아무 소리 하지 않겠다. 그런데 네가 그럴 만한 돈이 있기는 한 것이냐?"

길틴이 의심스럽다는 듯이 말하자 뮤스는 주머니에 손을 넣어 금화 두 개를 꺼내 그에게 던져 줬다. 금화를 받은 길틴은 그것을 이빨로 깨물어보며 확인해 봤고, 진짜 금화임을 확인하자 득의한 표정을 지었다.

"흥, 좋다. 약속대로 그만 하도록 하지. 너희 난쟁이와 덩치는 운 좋은 줄 알거라! 나 길틴에게 사기를 치고도 이 정도에 그쳤으니!"

그렇게 길틴이 자리를 떠나자 주변 사람들도 술렁임을 멈추고 가던 길을 재촉하고 있었다. 사람들이 모두 사라지자 그곳에 남은 인물들은 뮤스와 난쟁이, 그리고 그의 일행인 덩치 큰 인물밖에 없었다. 난쟁이는 이제야 정신이 온전히 돌아왔는지 상황을 깨닫게 되었고 불현듯 땅에 몸을 엎드리며 말했다.

"나으리, 정말 감사합니다! 저와 제 동생의 생명의 은인이십니다."

그 난쟁이의 갑작스러운 행동이 난처했기에 뮤스는 급히 그의 몸을 일으켰다.

"이러지 마세요. 겨우 금 몇 푼 가지고 사람 목숨을 구했다니, 그게 말이 됩니까? 어서 일어나요."

"감사합니다, 감사합니다."

뮤스는 계속해서 감사하다며 인사를 하는 난쟁이에게 물었다.

"그나저나 저 몸집이 큰 분은 왜 형이라는 사람이 당하고 있는데 가만히 있는 거죠?"

그의 물음에 난쟁이는 동생에게 다가가 그를 일으켜 세웠다. 동생의 다리에는 테이블 천에 가려 보이지 않던 철로 만들어진 보호대가 장착되어 있었고, 혼자 일어나기도 힘든 듯 두 다리는 떨리고 있었다.

"보시는 바와 같습니다요. 실상 저와 제 동생은 용병이었죠. 저는 암기를 잘 다뤘기에 꽤 유명했었고, 제 동생은 천생의 신력 때문에 알아주는 용병이었는데……."

잠시 뒷말을 흐리며 미간을 찌푸리던 난쟁이는 하던 말을 계속했다.

"하지만 용병이란 직업을 가진 자들은 하나같이 언제나 위험에 노출되어 있는 자들이지요. 저희 역시 그 범주를 넘지 못하고 전투 중에 이 모양이 되었습니다. 제 동생 녀석은 하반신 근육이 마비가 되어 몸도 못 가누는 신세가 되었고, 그 충격으로 말도 못하는 신세가 됐지요. 저역시 한쪽 눈을 잃어 더 이상 용병 노릇을 못하게 됐습니다요."

난쟁이의 말을 듣던 뮤스는 거구의 사내와 난쟁이를 살펴보자 과연 거구 사내는 도저히 스스로 몸을 일으킬 수 없는 상황이었고, 난쟁이의 한쪽 눈에는 이질적인 무엇인가가 자리하고 있었다.

"그렇다면 어떻게 불편한 몸의 동생에게 팔씨름을 하게 한 거죠?"

"후우… 아무리 이런 몸이라지만 팔 힘만은 평범한 사람들 정도는 충분히 감당할 수가 있습죠. 그런데 운도 없게 오늘은 저런 사람이 와서 행패를 부렸지 뭡니까. 이제 이곳에서 장사는 텄으니 어떻게 해야 할지…….”

자신의 동생을 다시 부축해 자리에 앉히던 난쟁이는 한숨을 내쉬었다. 난쟁이의 말을 듣고 곰곰이 생각하던 뮤스가 입을 열었다.

“그럼 어디 가실 곳이라도 있어요?”

그의 말을 들은 난쟁이는 동생의 얼굴을 한번 바라보더니 이내 고개를 가로저었다.

“저희 같은 떠돌이가 어디 갈 곳이 있겠습니까. 겨우 동생 놈을 이곳까지 데리고 왔지만 몇 푼 벌지도 못하고 떠나게 생겼으니…….”

“어쩔 수 없죠. 제가 좀 도와드려도 될까요?”

뮤스가 도와준다는 말에 난쟁이는 두 손을 내저으며 말했다.

“아, 아닙니다요! 저희를 대신해서 10겔피나 손해를 보셨는데 아무리 염치없는 저희라고 하지만 더 이상 어떻게 도움을 받겠습니까. 그냥 마음만 받도록 하겠습니다요.”

“이것 참… 누가 돈을 드린다고 했나요? 그냥 저도 축제니까 한번 즐겨보자는 것인데 그렇게 부담을 가지다니… 걱정 말고 아까 하듯이 손님이나 끌어 모아봐요. 저도 몸 좀 풀어보게…….”

“설마 나으리께서 직접 팔씨름을 하신다는 것은 아니겠죠?”

난쟁이의 불안함이 담긴 목소리에 뮤스는 태연하기만 했다.

“왜요? 전 팔씨름도 하면 안 되나요? 더 이상 궁금한 것이 없으시면 손님이나 모으시죠. 저도 빨리 끝내고 가봐야 할 곳이 있거든요.”

“네? 네네…….”

뮤스가 재촉하자 난쟁이는 어쩔 수 없다는 표정을 지으며 늘 하던 바와 같이 길거리에 오가는 사람들을 불러 모으기 시작했다. 아무래도 불안했던 난쟁이는 상대적으로 허약해 보이는 사람들을 향해서만 외쳤고 팔씨름의 상대가 왜소한 소년이란 것을 알게 되자 오히려 도전하려는 자들이 줄을 서서 기다릴 정도였다. 이제 꽤 많은 사람들이 모여들자 자신이 할 일은 다 했다고 생각한 난쟁이는 뮤스에게 다가가 근심 어린 목소리로 말했다.

"나, 나으리, 지금이라도 그만두는 것이 어떻습니까요. 네? 아무래도 무리입니다. 이건 장난이 아니라굽쇼!"

"걱정도 참… 저도 믿는 구석이 있으니까 이러는 거죠. 빨리 첫 번째 상대부터 자리에 앉혀요."

끝까지 뜻을 굽힐 생각이 없는 듯하자 난쟁이는 그의 말을 따를 수밖에 없었다. 처음 도전하기 위해 의자에 앉은 사내는 한눈에 보기에도 힘 좀 쓸 듯했는데, 뮤스의 사기를 떨어뜨리기라도 하려는지 웃통을 벗어 던졌고, 온몸의 근육이 꿈틀거리고 있었디.

"흐흐… 꼬마야, 나는 아무리 상대가 어리다고 해도 봐주지는 않는단다. 난 2겔피를 걸었으니 4겔피는 준비되어 있겠지?"

입으로 말하는지 근육으로 말하는지 모를 사내를 보던 뮤스는 담담한 웃음을 지으며 말했다.

"의심 하고는… 쯧쯧. 시간없으니 빨리 끝냅시다. 학교 늦겠어요."

근육의 사내는 뮤스의 말에 심기가 상하는지 이빨을 갈며 신경질적으로 뮤스의 손을 잡았는데, 내심 이 정도로 과감하게 나가면 겁이라도 조금 먹을 것이라고 생각한 사내는 정작 뮤스에게서 아무런 표정의 변화가 없자 무너지는 자존심에 더욱 분노했다.

“그래, 언제까지 그렇게 태연한가 보자. 거기 난쟁이 녀석! 준비됐으니 시작 신호를 해라!”

근육의 사내가 난쟁이에게 소리치자 움찔 놀라던 난쟁이는 손에 묻은 땀을 바지춤에 닦으며 뮤스와 사내의 손을 잡았다. 그리곤 긴장한 목소리로 숫자를 세었다.

“하나, 둘, 셋! 시작!”

난쟁이의 신호가 떨어지자 근육의 사내는 요란한 기합음과 함께 힘을 쓰기 시작했다.

“으라챠챠챠!”

하지만 어이없게도 말만 거창한 허풍쟁이였는지 뮤스의 손은 넘어갈 생각을 하고 있지 않고 하늘을 향한 그대로였으며, 주변 사람들은 이 근육의 사내가 꽤 재미있는 장난을 치고 있는 줄로만 생각하고 있었다. 그들과는 다르게 사내는 계속해서 진지함을 유지하며 땀을 흘리고 있었지만 마주 잡은 손은 아직 움직이지 않고 있었다. 처음과 다름없는 표정을 짓고 있는 뮤스는 웃으며 말했다.

“헤헤, 아저씨, 혹시 근육 안에 풍선이라도 넣은 거 아니에요? 거참, 힘 못 쓰시네.”

“뭐, 뭐라… 구?”

사내는 핏발 솟은 눈으로 뮤스를 바라보았지만 모든 힘을 팔로만 쏟아 붓고 있어서인지 더 이상 긴말을 하지는 못했다.

“아까 말했듯이 시간이 없으니까 빨리 끝내죠.”

별일 아니라는 듯 말을 하던 뮤스의 손은 천천히 사내의 손을 반대편으로 넘기기 시작했는데 주변의 인물들은 아직까지 이 사내의 장난이라고 생각하는지 상당히 심각한 사내의 표정을 보며 깔깔거리며 웃기에 여념이 없었다. 그것도 잠시 사내의 손이 탁자에 닿자 사내는 탈진을 했는지 대자로 뻗어 땅에 나뒹굴었고, 그의 일행인 듯한 사람이 그를 부축해 나갔다. 첫 번째 시합의 승패가 가려지자 뮤스는 팔을 위로 뻗으며 말했다.

"저렇게 허풍만 센 분 말고 또 없습니까? 아무래도 재미가 없어서 나설 분들이 없으신 듯하니 이긴다면 처음 낸 원금의 세 배를 드리도록 하죠!"

과연 그의 말이 효과가 있었는지 머뭇거리던 자들 역시 서둘러 줄을 서서 자신의 순서를 기다리기 시작했는데, 본격적인 팔씨름에 돌입하자 줄을 서는 사람의 수가 늘기 무섭게 한 명씩, 한 명씩 탁자의 주변에 탈진하여 눕기 시작했다.

"이, 인간도 아니다……!"

"드래곤이 폴리모프한 것일 거야… 헉! 또 넘겼다!"

구경꾼들의 하나같은 반응들이었다. 팔씨름이 시작된 지 무려 1시간 빈이라는 시간이 시나자 뮤스가 다음 상대를 기다리며 앉아 있는 탁자의 주변에는 83명이라는 숫자의 장정들이 드러누워 있었고, 그는 이제 얼마 남지 않은 도전자들을 향해 손을 내밀고 있었다. 사실 남은 도전자들도 자신을 향해 손을 내미는 이 괴물 같은 소년과 팔씨름을 하고 싶지는 않았으나 이미 낸 돈이 있기에 빼도 박도 못하고 있는 실정이었다. 그들 말고도 더욱 놀라고 있는 사람들이 있었는데, 바로 난쟁이 형제들이었다. 난쟁이는 이제 무의식적으로 팔씨름의 시작과 끝을 알리고 있었고, 거구의 동생도 눈빛을 격렬하게 떨며 이 사태에 대해서 놀라고 있었다. 이것이 훗날 라이델베르크의 팔씨름 사태라 불릴 전설적인 사건이었다. 뮤스가 마지막 도전자를 가볍게 눌러주고 손을 털며 일어나자 주변 모든 이들의 눈은 그를 따라 움직였다. 뮤스는 그런 눈빛들이 조금 부담스러운지 어색하게나마 웃으며 손을 흔들어주었다.

"이제 끝났습니다! 다들 가던 길을 가시죠!"

그의 말에도 불구하고 아무도 움직이려는 기색이 없자 머리를 긁적이던 뮤스는 난쟁이에게 말했다.

"이 사람들 갈 생각이 없나 보네요. 그럼 우리가 가죠."

난쟁이도 잠시 그의 말을 못 들었는지 어영부영하다 손에 들려 있는 금화 보따리를 들어 올리며 대답했다.

"아… 네!"

"그런데 동생 분은 어떻게 가죠? 아무래도 혼자 부축하기는 무리가 있는 듯한데요."

뮤스의 질문에 자신의 머리를 두드리며 말했다.

"아차차… 내 정신이… 저쪽에 동생을 태우는 수레가 있습니다. 제가 빨리 가지고 오겠습니다!"

서둘러 뛰어간 난쟁이는 어디선가 사람 두 명 정도는 충분히 태울 만한 크기의 손수레를 끌고 나타났다. 지금까지 동생을 그 손수레로 데리고 다녔는지 수레의 윗부분에는 푹신한 담요가 깔려 있었고, 조금이나마 쉽게 끌고 다니기 위해서 손잡이를 별도로 제작한 듯싶었다.

"동생을 이것에다 태우고 다닌답니다."

"그래도 무게가 여간이 아닐 텐데요. 힘드시지 않아요?"

"후훗, 힘들어도 어떻게 하겠습니까? 저의 하나밖에 없는 피붙이인 걸요."

"우선 수레에 태우고 보죠. 제가 도와드리겠습니다."

“아, 아직도 힘이 남아 있으신가요? 무려 90여 명의 사내들과 팔씨름을 하고도 말입니까? 제 동생이 멀쩡하더라도 나으리께는 상대도 안 됐을 겁니다.”

난쟁이가 그를 향해 찬사를 보내고 있을 때 뮤스는 어느새 그의 동생을 수레에 태운 후 손을 털고 있었다.

“아참, 팔씨름해서 번 돈이 얼마나 되죠?”

“아아, 나으리, 여기 있습니다. 대강 계산해 보니 120겔피 정도 되는 듯했습니다.”

“꽤나 많이 벌었는데요? 저는 돈이 그다지 필요없으니 잘 챙겨두도록 하세요.”

뮤스의 말에 깜짝 놀란 난쟁이는 자신의 귀를 의심해야만 했다. 실상 120겔피 정도의 금화라면 작은 가게를 내고도 남을 만한 돈이었다. 그런 막대한 돈을 자신에게 선뜻 내준다고 하니 놀라지 않을 수가 없었던 것이다.

“네, 넷?! 지, 징말 이 많은 돈을 다 수신다는 겁니까? 아, 안 됩니다! 절대 그럴 수는 없습…….”

그가 애써 거부할 듯한 자세를 취하자 뮤스는 그의 말허리를 잘랐다.

“좋아요! 이렇게 하죠. 팔씨름 장사를 하는 건 아저씨의 사업이니까 제가 하루 고용이 되었다고 치면 되겠죠? 그럼 전 일한 대가로 10겔피를 받을게요. 그럼 된 거죠? 전 학교에 가야 하니 이만 가볼게요! 벌써 늦었거든요.”

“저… 나, 나으리… 감사합니다… 정말 감사합니다… 흑흑…….”

그가 더 이상 거부하기 전에 떠나야겠다고 생각한 뮤스는 한쪽에 벗어놓은 웃옷을 걸치며 전뇌거 쪽으로 서둘러 발걸음을 옮겼다. 난쟁이와 그의 동생에게 손을 흔들어 보이며 전뇌거에 올라탄 뮤스는 서둘러 전뇌거를 몰아 학교를 향하기 시작했다. 겨울이 다가오고 있어서인지 전뇌거의 유리 너머로 흘러 들어오는 바람이 차가웠지만 그의 정신을 맑게 해주었다.

"엄청 힘들군. 뇌공력을 너무 많이 썼나? 그래도 예전 같았으면 벌써 쓰러졌을 텐데 많이 늘었구나, 명신아. 후훗."

오랜만에 자신의 실명을 불러본 뮤스는 흥이 나는지 콧노래를 부르기 시작했다.

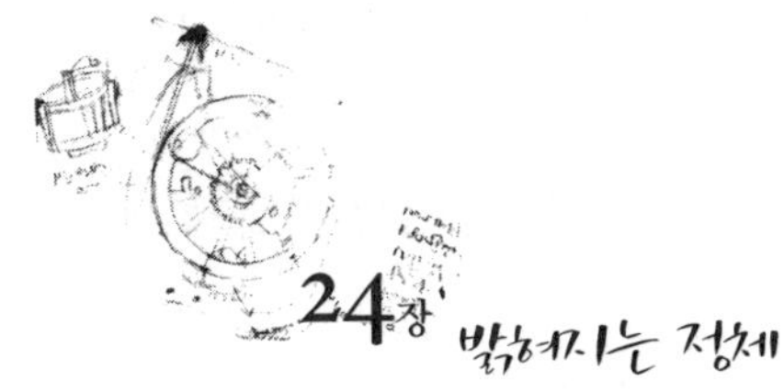

24장 밝혀지는 정체

　학교에 도착했을 때는 이미 해가 저물어가고 있을 무렵이었다. 정오가 지난 지 얼마 되지는 않았지만 겨울의 해가 짧은 것은 이곳도 마찬가지인 듯했다. 축제의 중심이 되는 카이젠 대학교와 햄브리겐 대학교에서는 갖가지 시합이 벌어지고 있었다.

　뮤스는 전뇌거를 몰아가는 도중 구경하고 싶은 것도 많았지만 경기에 대한 자세한 규칙을 모르는 입장에서 봐도 잘 모른다고 판단하고 그 길로 동호회실로 향했다.

　동호회 건물은 축제의 주축인만큼 분주한 사람들이 오가고 있었는데, 어디에 쓰는 물건인지 모를 것들을 들고 자신들의 시합장으로 향하고 있었다. 그들을 지나쳐 동호회실로 들어가자 이미 와 있는 회원들을 볼 수 있었는데, 축제 마지막 날 벌어질 전뇌거 경주에 대한 이야기를 하고 있었다.

“벌써들 와 있었네?”

뮤스가 능청스럽게 인사를 하고 들어가자 한쪽 테이블에 앉아 있던 폴린이 삐딱한 표정으로 대답했다.

“뮤스, 네가 너무 늦은 것 아냐? 이번 대회의 총책임을 맡고 있는 녀석이 지금 오면 어떻게 하냐?!”

“아… 미안, 미안. 조금 늦잠을 자서 말이야.”

카타리나는 그가 왜 늦었는지 아는 듯 빙긋 웃으면서 이야기했다.

“그나저나 우리가 이길 승산은 있는 거니?”

“아… 그게 말야… 카타리나, 나랑 이야기 좀 할 수 있겠니?”

“응? 무슨 일인데? 여기서는 안 되는 이야기야?”

고개를 끄덕이며 동호회 방으로 나가자 폴린과 히안이 소리쳤다.

“어머나! 쟤 카타리나를 꼬시려나 봐! 듣기로는 가이엔과 파트너를 하기로 했다더니.”

“그러게. 폴린, 내 말이 맞지? 원래 안 그렇게 생긴 녀석들이 더한 거야. 후훗.”

카타리나는 한심 커플의 어이없는 억측에 대꾸도 하지 않고 뮤스를 따라 밖으로 나갔다.

“그런데 할 말이라는 게 뭐니?”

“아, 이번에 조금 큰일이 날 것 같아. 누님이 직접 출전한다고 하시거든.”

“뭐라고?! 어떻게 그게 가능하게 된 거야? 학생이 아니면 참가를 할 수 없게 되어 있는데…….”

크라이츠가 물밑 작업으로 성사시켰다는 것을 말하려 했지만 그래도 같은 가족의 일이었기에 설명은 접어두고 사태의 심각성에 대해 말했다.

"지금 나도 누님의 실력을 따라가지 못한다는 게 더 큰일이지. 이번 경기 규칙은 어떻게 되는 거야?"

"아까 회장 선배가 와서 설명해 주고 갔는데, 열여섯 명의 선수들 중 5위 이내에 많은 수의 인원이 포함된 쪽이 이기게 되는 거래."

"그렇다면 조금은 괜찮겠군. 일단 누님을 포기한다 생각하면 나머지 네 명 중에 세 명이 우리 쪽이어야 이기는 거구나. 과연……."

뮤스가 심각하게 고민을 하자 카타리나는 살포시 웃으면서 말했다.

"너무 걱정하지는 마. 네가 준비한 특별 전뇌거도 있겠다, 다들 열심히 했으니까 좋은 결과가 있겠지."

"그럴까?"

"자, 이제 들어가자. 작전 준비를 해야지."

그녀의 말에 고개를 한번 끄덕인 뮤스는 다시 동호회실로 들어갔는데 어떤 짐작을 하고 있었는지 동호회 회원들은 휘파람을 보며 박수를 치고 있었다. 뮤스는 뜻밖의 상황에 히인을 바라보니 그는 눈을 피하며 딴청을 부렸다. 애써 부인할 필요도 없다고 생각한 뮤스는 회의 탁자의 가장 상석에 앉아서 이야기하기 시작했다.

"다들 열심히 연습은 했겠죠? 우선 제가 휴일 동안 시합이 벌어질 곳에 대해서 조사를 해봤습니다. 그중 가장 유의해야 할 곳이 서너 군데가 있었는데, 그중 한곳은 린 강을 타고 도는 절벽 길입니다. 일단 이 사진을 보며 이야기해 보죠."

잠시 말을 멈춘 뮤스는 자신의 가방에서 책장 크기만한 종이를 꺼내어 탁자 위에 올려놓았는데, 그 종이의 위에는 손으로 그린 것이라 하기에는 너무나도 사실 같은 그림이 그려져 있었다. 이 신기한 그림을 바라보던 회원들은 뮤스가 어떤 설명이라도 해주길 바라는지 그의 얼굴을 주시했다.

"아, 이 사진이 신기한가 본데 이건 그곳의 정경을 담은 그림이죠. 그린 것은 아니고 빛을 이용해서 그곳의 풍경을 이 종이 위에 투과시켰다고 생각하면 되겠네요."

나름대로 이해하기 쉽게 설명을 했다고는 하지만 아직도 무슨 말인지 모르겠다는 표정들이었다. 그러나 일일이 설명을 하다 보면 끝도 없기에 대강 접어두고 사진을 가리키며 설명을 계속하였다.

"이곳은 보시다시피 굉장히 급히 휘어 있는 지형이죠. 그래서 자칫 속력을 줄이지 않는다면 절벽으로 떨어져 버릴 우려가 있습니다. 게다가 바닥에 모래가 많기 때문에 쉽게 미끌어진다는 점도 유의해 주시기 바랍니다. 이곳에서 떨어진다면 정말 생명을 장담할 수가 없습니다. 진입로에서 떨어진다면 정말 산산조각이고, 운 좋게 나가는 길에서 떨어진다면 린 강이 기다리고 있구요. 또 한 가지, 승리에서 한 걸음 멀어지는 것이죠. 다음은……."

그의 말을 듣던 회원들은 마른침을 삼키며 절벽의 모습을 바라보았다. 뮤스는 다시 가방에서 한 장의 사진을 꺼냈는데 좁은 시장 길의 급커브가 나타나 있었다.

"이곳 역시 상당히 위험한 곳이 되겠네요. 도로의 폭이 유난히 좁은 데다가 길이 급하게 휘어 있기 때문에 자칫 잘못하면 벽과 충돌하게 됩니다. 자, 이쪽을 보시면 내리막길에서 진입을 하기 때문에 속도 조절이 절대적으로 필요합니다. 제 생각으로는 이곳에서는 무리한 주행보다는 안전하게 빠져나간 후 직선 도로에서 승부를 내는 것이 좋을 듯합니다."

이때 듣고만 있던 히안이 손을 들었다.

"뮤스, 질문있어!"

"뭔데?"

"직선 도로에서는 어떻게 승부를 내지? 저쪽과 우리가 똑같은 전뇌 거를 가지고 있는데 말이 안 되는 것 같아."

히안의 말에 동의하는 사람들이 많은지 고개를 끄덕이는 회원들도 상당수 있었다. 이 점에 대한 대책을 기대하며 다들 뮤스의 얼굴을 바라보았지만 의미심장한 웃음을 지으며 말을 돌렸다.

"그건 그때 가보면 알게 될 거다. 후훗."

"그게 다야?"

"자자, 아무튼 나만 믿어보라고. 다음 주의해야 할 곳은……."

작전 계획은 그때부터 저녁 식사 시간까지 계속되어졌다. 공부벌레로 유명한 히안은 한마디도 빠뜨리면 안 된다는 듯이 진지한 자세로 들었고, 상대적으로 집중력이 떨어지는 회원들은 꾸뻑꾸뻑 졸기도 했다.

"제가 조사한 것은 대강 이 정도입니다. 시합하기 전까지 시합 도로를 한번 돌아보고 나름대로의 계획도 세워놓도록 하세요. 그럼 이걸로 마치죠."

끝났다는 소리를 듣자 졸고 있던 회원들은 해방이라도 된 듯 환호성을 지르며 일어나 하품을 하며 굳어진 몸을 풀고 있었다. 가이엔은 눈 꺼풀이 반쯤 감긴 상태로 말했다.

"정말 따분했어. 물론 말하는 너도 힘들었겠지만."

"헤헤, 그래도 이건 엄청나게 중요한 거란 말이야. 잘못하면 크게 다칠 수도 있다구."

폴린은 회의가 끝나자 다시 히안의 옆에 붙어 앉으며 콧소리를 냈다.

"호호홋! 수고했어. 너희들은 걱정하지 마. 나의 영웅 히안이 우리를 승리로 이끌어줄 테니까!"

그녀의 말을 들은 친구들은 하나같이 찝찝한 것을 씹은 표정을 하고 있었다. 하지만 그녀의 말에도 아무런 반응을 보이지 않는 유일한 존재인 히안이 나섰다.

"자, 다들 출출한데 저녁이나 먹으러 가자고! 밥은 먹어야 뭘 할 거 아냐? 축제 첫날부터 이렇게 재미없이 있을 거야?"

히안의 말에 동의한 친구들은 학교 밖으로 나와 식당을 찾아 나섰다.

밤이 되어 더욱 현란해진 거리의 여기저기에서는 취객들의 노랫소리가 축제의 분위기를 한층 고조시켰고, 쌀쌀해진 밤임에도 불구하고 거리에 나와 있는 테이블에는 빈자리가 없었다. 한참을 찾아다녔음에도 마땅한 식당을 찾지 못한 일행은 지쳤는지 길거리에 걸터앉았다. 이런 분위기와 가장 잘 어울릴 듯한 투덜거리는 폴린의 목소리가 들렸다.

"칫! 남들이 보면 정말 웃을 일이다. 식당 집 딸이 밥 먹을 곳이 없어서 이렇게 돌아다녀야 한다니……."

언제나 그녀의 보모 노릇을 하는 세이즈가 그녀를 달래주었다.

"축제 기간이잖니. 매년 이런 걸 너도 알잖아. 어쩔 수 없으니 오늘도 폴린, 너희 식당으로 갈까? 너희들 생각은 어때?"

"거봐, 진작 우리 식당으로 가자니까. 이제는 허기가 져서 걸을 힘도 없다. 히안, 나 업어줘!"

아무리 사랑의 힘이 강해도 불가능한 것은 있는지 히안의 안색이 크
게 변했다.

"포, 폴린… 설마 농담이겠지? 그러면 너의 낭군님 돌아가신다."

"칫! 그냥 해본 말인데 반응이 그러니까 은근히 화가 나는걸!"

"헤헤, 이해해 줘. 내가 원래 곱게 자라서 몸이 허약한 거 알잖아."

짜증나는 두 사람의 대화가 끝나기도 전에 카타리나가 앞장서며 폴
린의 식당을 향해 발걸음을 옮겼다. 그녀를 비롯한 모두는 말할 기운
도 없는 모습이었기 때문이다.

슈넬 레스토랑 이층 한 켠의 테이블에는 엄청난 양의 음식을 소비하
고 있는 여섯 명의 인물이 있었다. 이미 나온 음식들은 빈 접시로 식탁
의 한쪽에 쌓여 있었고, 여러 명의 종업원들이 계속해서 음식을 가져오
고 있었다. 아무런 말도 하지 않고 식사하기 바쁘던 뮤스와 친구들은
어느 순간이 되자 배가 좀 든든해졌는지 얼굴에 화색이 돌고 있었다.
뮤스가 배를 두들기며 탄성을 흘렸다.

"후아! 정말 굶어 죽는 줄 알았는데 폴린 덕분에 잘 먹었다."

"호호, 이게 다 친구 잘 만나서 그런 것 아니겠니? 하지만 밥값은 다
내고 가야 하는 거 알지? 히안만 빼고!"

언제부터인가 변하기 시작한 그녀의 씀씀이에 다른 친구들은 혀를
내둘러야만 했다.

"그런 게 어디 있어! 폴린, 많이 변했구나. 언제는 히안보고 쫌생이
같다고 그러면서 놀릴 때는 언제고 이제는 둘이 닮아가는 거야?"

"카타리나 말이 맞아. 정말 그렇게 변하면 못쓰는 거다."

세이즈와 카타리나가 항의를 하자 폴린의 얼굴에서는 전형적인 악덕 상인의 표정이 떠올랐다.

"호호호! 원래 연인은 닮아가기 마련이란다. 뮤스, 오늘은 네가 한번 내는 게 어때? 이곳에 와서 우리한테 한 번도 뭐 사준 적 없잖아? 이번 기회에 네 앞의 여성 분들께 점수 좀 따보라고."

뮤스는 폴린이 뜬금없이 자신을 지목하자 다른 친구들의 표정을 살폈는데 친구들의 눈빛 역시 폴린의 그것과 같이 뭔가 갈구하는 듯했다. 하는 수 없다고 생각한 뮤스는 대세를 따라 승락할 수밖에 없었다.

"좋아, 좋아. 오늘은 내가 다 내도록 하지. 대신 오늘뿐이다."

농담으로 한번 던져 본 말이 먹혀 들어가자 기분이 좋아진 폴린이 말했다.

"어머나! 화끈하기도 하시네, 뮤스 군은? 이러고 있을 거야? 빨리 린 강으로 나가자!"

"린 강? 거기는 왜?"

의아해진 뮤스가 질문을 던지자 폴린 대신 차분한 목소리의 세이즈가 대답해 주었는데, 폴린은 그에 대한 대답을 해주지 않고 마음이 이미 식당 밖으로 나가 있는지 분주한 모습을 하고 있었기 때문이다.

"너는 정말 아무것도 모르는구나? 축제 때만 되면 강변으로 나가서 놀거든. 친구들끼리 그곳에 자리를 잡고서 술을 마시거나, 놀이를 하거나, 이야기를 하며 노는 게 보통이야."

"그렇구나. 그것도 괜찮겠는걸? 실내는 좀 답답하기도 하니까. 떠들 수도 없고."

"응. 나갈 준비 하자. 아참! 음식 값 계산하는 거 잊지 말고."

뮤스는 가끔 한마디씩 던지며 기분을 깨는 세이즈의 말에 허무함을 느꼈다. 친구들과 함께 일층의 카운터로 내려온 그는 계산을 위해 가방에 손을 넣어 크라이츠가 챙겨준 금덩어리 하나를 꺼냈다.

"위층에 먹은 것 좀 계산해 주세요. 이 정도면 되려나?"

종업원에게 자신의 주먹만한 금덩이를 내밀자 어떤 이유에서인지 그 종업원은 크게 당황했다.

"저, 저……."

"조금 모자라나요? 그럼 이거라도."

가방에 다시 손을 넣어 비슷한 크기의 금덩이를 하나 더 꺼내자 종업원의 안색은 이제 창백해지기 시작했다.

"소, 손님, 그게 아니라… 저희 식당에서는 이 금을 거슬러 드릴 돈이 없습니다. 이것 말고 다른 것은 없습니까?"

식당의 입구 쪽에서 뮤스가 오지 않자 궁금해하던 히안이 다가왔다.

"여! 뮤스, 왜 그래? 돈이 부족하다면 말해! 폴린에게 깎아달라고 부탁해 볼게."

"그게 아니라 거슬러 줄 돈이 없다는데 어떻게 하지?"

이 웃기지도 않는 말에 실소를 흘리던 히안은 뮤스의 손에 들려 있는 금덩어리를 보고서야 장난이 아니라는 것을 알 수 있었다. 금화로 따지면 100겔피는 됨직한 양의 금덩어리를 가지고 다닌다는 것이 너무나 현실성이 없었기에 믿을 수 없었건만 직접 본 이상 믿거나 금덩어리가 가짜라고 생각할 수밖에 없었다.

"어, 어떻게 그런 금덩어리를 들고 다닐 수 있냐? 그거 가짜 아냐? 잠깐만 줘봐."

심하게 놀랐는지 과장된 몸짓까지 해 보이던 히안은 뮤스의 손에서 금덩어리를 받아 이빨로 깨물어보았다. 그러자 금덩어리에는 그의 의

심을 비웃기라도 하듯이 선명한 이빨 자국이 나 있었고, 그는 현실을
받아들일 수밖에 없었다.

"지, 진짜네! 너, 어마어마한 부자였구나! 과연 카타리나에게 꼬리
칠 만하겠어."

"이, 이봐, 거기서 카타리나가 왜 나오냐?"

뮤스를 데리러 간 히안마저 오지 않자 다른 친구들도 카운터로 몰려
왔다. 떨고 있는 히안을 보던 폴린이 말했다.

"히안, 왜 그래? 설마 뮤스가 네 돈을 빼앗기라도 했어? 나한테 말만
해!"

넘겨짚기의 고수가 다 되어버린 폴린은 히안의 손에 올려져 있는 금
덩어리를 보고 입을 다물어야 했다.

"네 손에 있는 금덩어리는 뭐야? 히안! 나와 사랑의 도피를 위해 집
이라도 팔고 온 거야?"

"그런 게 아니라고! 글쎄, 뮤스가 음식 값을 지불한답시고 내놓은 거
란 말야."

"뭐라고? 아무리 큰 대장간을 한다지만… 뮤스, 이거 어디서 훔친
거니? 같이 자수하러 가자."

이야기들이 너무나 극단적으로 흘러가자 또다시 자신의 실수를 깨
달은 뮤스는 서둘러 변명하기 시작했다.

"아… 이건 내 돈이 아니라 누님 심부름으로 대장간에 배달될 물건
값을 지불할 금이거든."

"와! 너희 가게, 물건 값을 지불할 돈이 이 정도 된다면 엄청나게 큰
규모구나? 어디야? 다음에 한번 구경이나 가야겠다."

"어? 그, 그래."

그제야 조금 이해가 되는지 친구들도 수긍을 하기 시작했다. 그중 가이엔과 카타리나만이 사실을 알고 있었지만 설마 100겔피가량이나 되는 금덩이를 아무렇지도 않게 들고 다닐 정도의 공학원 재정에 놀라야만 했다. 뮤스가 금으로 음식비를 지불할 수 없게 되자 난감해할 때 어쩔 수 없이 폴린이 나서야만 했다.

"이거 원… 밥 한번 얻어먹기 힘들구나. 괜히 그 금덩어리 썼다가 너희 누나에게 혼나지 말고 다음에 네 돈이 있을 때 사렴."

"하하, 이거 미안한걸."

"야, 미안한 표정을 좀 지으면서 미안하다고 그래라."

"훗, 나름대로 노력하는 중이야."

식당에서 나온 뮤스와 친구들은 과자 가게와 식료품점 등을 들러 먹을 것들을 구입했고, 배도 불렀기에 즐거운 기분으로 린 강의 강변으로 향하였다.

식당에서부터 린 강까지는 조금 먼 거리였는데, 거리를 가득 메운 구경거리 덕에 따분하지 않게 도착할 수 있었다. 이미 강변에는 수많은 젊은이들이 자리를 잡고 모여 앉아 축제 분위기를 즐기고 있었는데, 뮤스와 친구들 역시 준비해 온 자리를 깔고 그 위에 이것저것 차리기 시작했다. 이미 저녁을 먹었기 때문에 간소한 입가심거리가 대부분이었는데, 뮤스는 내심 이 낯선 디저트들에 대한 기대감에 부풀어 있었다. 조선에서도 군것질 하면 자다가도 벌떡 일어나던 그였기에 조금 어른스러워진 지금에 와서도 그 습성을 완전히 버리지는 못했던 것이다.

준비가 끝나자 여섯 명이 충분히 앉을 수 있는 널찍한 자리가 마련되었고, 친구들도 하나둘씩 신발을 벗고 자리에 올라 앉았다. 히안이 오랜만에 기분이 나는지 자신 앞에 놓여 있는 술병의 마개를 따며 말했다.

"오늘은 정말 신나게 놀아보자고. 이번에 우리 동호회 새로운 식구가 된 가이엔과 뮤스를 위해 건배하는 게 어때?"

"좋아, 그렇게 하자."

다른 친구들이 동의하자 히안은 자신의 손에 들려 있는 술병을 기울여 친구들 앞에 놓여 있는 투명한 잔에 술을 채웠고, 마지막으로 자신의 술잔에 술을 채우며 잔을 들었다.

"자! 뮤스와 가이엔의 입회를 축하하며 건배!"

"건배!"

친구들 모두 히안을 따라 건배를 외치며 자신의 술을 마셨다. 하지만 뮤스가 술을 마시지 않고 잔을 들고만 있자 가이엔이 의아해하며 물었다.

"어머! 뮤스, 너는 왜 안 마시니?"

"나 술을 못 마셔봤거든. 그런데 마셔도 될지 모르겠어."

"풋! 겨우 그런 걱정을 하고 있단 말이야? 괜찮을 거야. 이 나이 되도록 아직 술도 못 마셔봤다니, 너야말로 정말 샌님이구나?"

그녀의 말에 동의를 하듯이 카타리나가 끼어들었다.

"맞아! 이번 잔은 너와 가이엔을 위한 잔이었는데 네가 안 마시면 되겠니? 어서 쭉 들이켜!"

"쩝! 에잇, 모르겠다."

친구들이 부축이자 될 대로 되라는 생각으로 손에 들려 있는 잔을 한 번에 비웠다. 처음 마셔본 술의 맛은 쓰기 그지없었는데, 목을 타고 넘어가는 화끈한 기분이 생각보다 나쁘지는 않았다. 옆에서 카타리나가 쿠키를 하나 집어줬는데, 쿠키의 고소한 맛이 술의 느낌과 어우러져 또 다른 맛을 느낄 수 있었다.

"이거 생각보다 괜찮은데? 이 과자도 맛있고. 좋아, 좋아!"

처음 마시는 술에 기분이 좋아진 뮤스는 이번에 자신이 술병을 들고 친구들의 잔을 채워주기 시작했다.

"이번에는 전뇌거 경주를 위해서 건배를 하자고!"

술을 거리끼던 뮤스가 즐거운 듯하자 히안 역시 덩달아 분위기를 맞추기 시작했다.

"두말하면 잔소리지. 자, 다들 잔을 들라고. 이번엔 뮤스, 네가 한마디 해라."

"훗! 이거 처음 하는 건데. 흠흠… 햄브리겐 대학교 여가 활동 동호회의 승리를 위하여 건배!"

"건배!"

뮤스의 말과 함께 웃으며 건배를 한 친구들은 이번에도 단숨에 손에 든 잔을 비웠다. 이렇게 친구들과 어우러져 시간을 보내던 뮤스는 처음 마시는 술에 무리를 했는지 얼마 지나지 않아 취하기 시작했다. 하지만 친구들 역시 같이 취해 있는지라 별 대수롭지 않게 생각했다. 문득 자신의 술잔에 술을 채우던 뮤스는 뭔가 생각이 났는지 자신의 가방을 뒤적이기 시작했다. 이를 보던 카타리나가 물었다.

"뮤스, 너 뭐 하는 거니?"

"응? 헤헤… 잠깐만 기다려 봐… 어디 뒀더라… 아! 여기 있었군."

가방에서 둥근 통 몇 개를 꺼낸 뮤스는 친구들에게 말했다.

"오늘 같은 날 불꽃놀이가 빠지면 안 되지… 아무렴……."

원통을 들고 비틀거리며 일행으로부터 조금 떨어진 곳으로 휘적휘

적 걸어가던 뮤스는 그 원통을 땅에 세우고 있었다. 그런 뮤스를 보며 눈동자가 희미해진 폴린이 손가락질을 했다.

"헤헤헤, 저저, 벌써 취했군. 뮤스가 술이 너무 약한 거 아냐?"

"풋… 뮤스만 취했는 줄 아니? 폴린, 너도 꽤나 취했어."

가이엔이 자신을 취했다고 말하자 그녀의 자존심이 깨어나면서 몸을 일으켰다.

"가이엔, 내가 어딜 봐서 취했다는 거야? 앙?! 자, 내가 걸어가는 걸 보라고. 이렇게……."

그녀가 비틀거리며 강변의 잔디밭으로 걸어가려 하자 히안이 손을 잡아당겼다.

"폴린, 너 안 취한 거 아니까 그냥 앉아. 그나저나 뮤스, 저 녀석은 저기서 뭘 하는 거야? 카타리나, 저 녀석 좀 데리고 와라."

"응? 그러게… 저기서 뭘 하는 거지?"

이때 원통 여러 개를 땅에 세우며 위치를 잡던 뮤스는 친구들에게 손을 흔들며 외쳤다.

"다들 기대하라고! 이런 건 아무 데서나 볼 수 있는 게 아냐! 헤헤헤……."

친구들이 뮤스를 주시하고 있을 때 뮤스는 손으로 뇌공력을 모으기 시작했다. 술을 마셔서인지 그 양을 조절하기 힘들었지만 원통으로 이어진 심지에 불을 붙이기에는 무리가 없었다. 뇌공력에 의해 일어난 불꽃이 땅에 세워놓은 원통의 심지에 불을 붙이자 뮤스는 귀를 막고 친구들에게 뛰어왔다.

"헤헤… 셋… 둘… 하나… 꽝!"

펑! 펑!

신호를 하자 그가 땅에 세워놓은 원통은 폭발음을 일으키며 밝은 불빛을 하늘로 쏘아 올렸다. 폭발음에 아무런 준비도 되어 있지 않던 친구들은 깜짝 놀랐고, 주변에서 자리 잡고 있는 수많은 젊은이들도 갑작스러운 폭발음에 놀라며 하늘로 시선을 고정해야만 했다. 하늘 높이 올라가던 불빛은 어느 지점에 이르더니 다시 한 번 요란한 폭발음을 냈고 그와 동시에 아름다운 색의 불꽃들이 사방으로 뻗어 나가며 하늘에 화려한 수를 놓았다. 그 모습을 본 사람들의 입에서는 감탄성이 터져 나왔고 뮤스 역시 마찬가지였다.

"우와! 정말 멋지다!"

"어머나… 아름다워."

"헤헤헤, 어때? 멋지지? 지금부터 시작이라고."

사람들의 놀람에 기분이 들뜬 뮤스는 친구들과 함께 린 강의 하늘을 수놓고 있는 불꽃들을 감상하기 시작했다. 뮤스가 준비한 불꽃놀이는 차 한 잔 마실 정도의 시간 동안 계속되었다. 불꽃이 하늘로 올라갈 때마다 그 모습은 가지각색이어서 보는 사람으로 하여금 눈을 뗄 수 없게 만들었다. 이제 끝났는지 사방이 잠잠해지자 아쉬운 듯한 목소리가 사방에서 들려왔고, 뮤스의 친구들도 불꽃놀이가 끝나자 뭔가 허전한지 입맛을 다셨다. 아직까지 여운이 남은 하늘을 보며 폴린이 말했다.

"뮤스, 너는 이걸 어디서 가지고 온 거야?"

그녀의 목소리는 이미 술 기운이 모두 달아난 듯했지만 뮤스는 아직 술 기운을 이기지 못하고 있었기에 헤롱거리고 있었다.

"헤헤… 아, 불꽃 말이야? 그거 공학원에서 전뇌거 발표회 때 쓰고 남은 것들을 가지고 다니던 거야."

"엥? 공학원이라고?!"

뮤스가 술김에 공학원 이야기를 하자 깜짝 놀란 카타리나가 뮤스의 옆구리를 찔렀지만 아직 그의 말은 끝나지 않았다는 듯이 계속되었다.

"내가 말이야… 누님 때문에 얼마나 고생하는 줄 너희는 모르지? 누님이 공학원 재정 담당을 하면서 마음대로 주무르고 있으시지… 이번 전뇌거 경주만 해도 그래. 누님 마음대로 대회를 결정하고 이제는 직접 대회에 출전하신다니……."

카타리나와 가이엔을 제외한 친구들은 뮤스의 말에 벌린 입을 다물지 못하고 있었다. 그것은 상당히 큰 충격을 받았을 때 일어나는 전형적인 모습이었다. 이미 술 기운이 강 건너 저편으로 건너가 버린 폴린이 말했다.

"그렇다면 뮤스, 너희 집이 공학원이라는 거야?"

폴린의 되물음에 고개를 몇 번 끄덕이던 뮤스는 이제 술 기운이 머리끝까지 닿았는지 옆으로 쓰러져 버렸다. 그의 모습에 할 말을 잃은 폴린은 히안의 얼굴을 바라보았다.

"어쩐지 진작에 의심을 했어야 하는 건데. 히안의 안경하며 아까 금덩어리 일만 해도 그렇잖아."

히안이 자신들의 둔함을 탓하고 있을 때 가이엔이 고개를 갸웃거리며 말했다.

"가이엔, 그리고 카타리나… 자세히 보니 너희는 그렇게 놀란 표정이 아니었는데 혹시 알고 있었던 거니?"

그녀가 정곡을 찌르자 가이엔과 카타리나는 서로 바라보며 어쩔 줄 몰라 했고, 폴린과 히안은 게슴츠레한 눈으로 그녀들을 바라보았다. 어쩔 수 없이 모든 것을 털어놓아야 할 때가 온 것임을 느낀 카타리나가 말했다.

"사실은 가이엔과 나는 알고 있었어. 뮤스가 학교에 입학하게 된 것도 내가 제의한 것이거든. 너희들을 속여서 정말 미안하다. 뮤스는 친구들이 알게 되면 많이 불편할까 봐 숨기고 있었던 거야. 나쁘게 생각지는 말았으면 해."

그녀가 사실대로 털어놓자 의외로 폴린이 활짝 웃으며 말했다.

"호호홋! 뭐 어때, 나는 좋기만 한걸? 엄청난 돈줄이 생긴 거잖아. 안 그래, 히안?"

히안 역시 그녀와 같은 생각인지 번뜩이는 눈빛으로 말했다.

"흐흐흐… 당연하지. 이제 저 녀석이 엄청난 부자라는 것을 알았으니 등쳐 먹어도 아무런 가책이 안 생기겠는걸?"

가이엔과 카타리나는 마지막으로 세이즈의 얼굴을 살펴보았는데 그녀 역시 별 신경 쓰지 않는 듯 웃으며 고개를 끄덕였다. 한시름 놓은 가이엔이 말했다.

"그나저나 뮤스가 완전히 정신을 잃었는데 어떻게 하지?"

"뭐, 조금 있으면 깨겠지. 아직 별로 늦은 시간도 아니니 잠 좀 자게 놔두자고. 이런 녀석이 그렇게 대단한 사람이었다니… 실감이 안 나는걸?"

히안의 말에 폴린이 한숨을 쉬며 말했다.

"에휴~ 이럴 줄 알았으면 뮤스를 꼬시는 건데. 아쉬워."

장난스러운 그녀의 말투에 히안이 웃으며 대답했다.

"풋! 폴린, 뮤스가 관심있어하는 사람은 네가 아니라 가이엔과 카타리나라고. 내가 아니면 누가 너한테 관심있어나 하겠냐?"

"하긴, 그렇기도 하네. 호호… 정말 부러운걸, 두 사람? 아주 둘 중에 한 사람이 뮤스를 차지하는 게 어때?"

폴린의 직선적인 말에 카타리나와 가이엔은 얼굴을 붉히며 당황하기 시작했다.

"어머! 무, 무슨 소리야? 뮤스와는 친구 사이라고!"

"맞아. 누굴 차지하라는 거야?"

그녀들의 강력한 부정에 세 친구들은 더욱 의심스러운 표정으로 바라보았다. 이때 구석에서 누워 있던 뮤스가 정신을 차렸는지 몸을 벌떡 일으켰는데, 그의 두 눈은 아직도 풀려 있었고 자리에서 일어난 그는 갑자기 괴성을 지르며 강으로 달려가기 시작했다.

"우헤헤헤!! 고기를 잡으러 강으로 가자!"

갑작스러운 뮤스의 행동에 놀란 일행들은 어떻게 반응해야 할지도 모른 채 바라만 보고 있었다. 막 강물에 도착한 뮤스는 힘껏 강물로 뛰어들었다.

"이런! 뮤스 저 녀석 미친 거 아냐?!"

"히안, 어떻게 해봐! 저러다가 빠져 죽겠어!"

다급해진 친구들이 뮤스가 빠진 강에 도착했을 때 뮤스의 주변에는 큼지막한 물고기들이 허연 배를 내밀며 떠오르고 있었다.

"우하하하! 뇌공력이다!"

뮤스는 뭐가 그리 좋은지 양손에 들린 팔뚝만한 물고기를 들어 올리며 웃고 있었다. 그것도 잠시 손에 들린 물고기를 입으로 가져가 먹으려고 하자 히안은 대경실색하며 친구들에게 말했다.

"사람들 좀 모아줘. 어서 끌어내야겠어!"

"까악!! 뮤스가 저걸 먹으려고 그래!"

"사람들을 불러올게!"

친구들은 주변에서 놀고 있는 사람들에게 도움을 청했고, 얼떨결에

강변으로 몰려온 사람들은 뮤스의 취사를 제지하기 위해 안간힘을 썼
다.

　그로부터 30여 분 정도가 지난 후에야 뮤스를 강물 밖으로 끌어낼
수 있었는데 다시 의식을 잃은 그의 손에는 머리를 잃은 두 마리의 물
고기가 들려 있었다. 축제의 첫날은 이렇게 괴이 민망한 사건으로 막
을 내리게 되었다.

25장 전뇌거 경주 (1)

"으음… 목말라."

또로록—

"자, 이거나 마시렴. 어떻게 된 녀석이 술 좀 마셨다고 이 모양이 되어서 들어온 거야? 그것도 친구들에게 업혀서 말이야. 쯔쯧, 이 비린내는 또 뭐람?"

뮤스가 깨어난 것은 다음날 오후 늦게였다. 그의 옆에는 불만이 가득 찬 모습으로 아미를 찡그리며 컵에 물을 채우는 크라이츠가 있었는데 일어나자마자 잔소리를 하는 것이었다. 그녀가 건네주는 물을 마신 뮤스는 지끈거리는 머리를 쥐며 고개를 흔들었다.

"골이 다 울리네요. 술이 원래 이런 건가?"

"하긴, 처음 마셔본 술이니 그렇겠지. 오늘은 학교에 안 가도 되니?"

"네, 특별한 일은 없어요. 몸도 이 지경인데 가지도 못할 것 같구요.

그런데 제가 언제쯤 들어온 거죠? 이 비린내는 또 뭐지?"

정말 아무것도 기억을 못하는지 어젯밤 일을 궁금해하자 크라이츠는 어이없어했다.

"어제 11시쯤 되어서 네 친구들에게 업혀 왔더라. 강에서 헤엄이라도 쳤는지 물에 빠진 쥐 꼴을 하고서는 말이야. 그리고 손에 든 물고기들은 또 뭐니? 죽어라고 놓지 않길래 그거 버리느라고 고생깨나 했단다."

"헉! 누님, 농담하시는 건 아니죠?"

"내 표정을 보고도 농담처럼 보이니?"

"헤헤, 누님이야 언제나 그런 표정으로도 농담을 잘하시니까요."

그의 말에 손을 저으며 믿든 말든 마음대로 하라는 시늉을 했다.

"아참! 그런데 제가 어떤 친구에게 업혀 왔죠?"

"히안이라던가?"

"아… 히안. 고맙다고… 넷!? 히안이라고요? 그 녀석이 그럼 제가 공학원 사람이라는 것을 알았단 말이에요?"

놀라는 뮤스를 보며 크라이츠는 별 대수롭지 않게 말했다.

"뭘 그렇게 놀라니? 히안이라는 친구 말고도 네 명이나 더 왔던데."

그녀의 말을 들은 뮤스는 속으로 친구들의 수를 세어보았다. 설마설마 했지만 자신이 알고 있는 친구들의 수와 일치하자 천길 벼랑에서 떨어지는 기분이었다.

"이런… 다 들켰군……."

크라이츠와 대화를 하고 있을 때 바이멀이 노크를 하며 들어왔다.

"저… 뮤스 도련님, 친구 분들이 찾아왔는데요. 들어오라고 전할까요?"

바이멀의 말을 들은 뮤스는 다시 머리가 울려오는지 머리를 쥐어뜯으며 괴로워하기 시작했다.

"으… 안 돼……."

뮤스가 괴로워하고 있을 때 방문을 열며 들어오는 이들이 있었다. 가장 먼저 보인 얼굴은 히안이었고, 다음으로 폴린, 세이즈, 가이엔, 카타리나였다. 이제 모든 것이 확실시된 이상 뮤스는 어제의 일을 받아들여야만 했다. 친구들의 얼굴을 보며 침대에 앉아 있던 뮤스는 얼빠진 모습으로 손을 들어 인사했다.

"와, 왔냐?"

"녀석, 처음으로 집에 놀러 온 친구들한테 왔냐가 뭐냐? 이 아름다운 분이 너희 누님이신 거야? 안녕하세요? 전 히안이라고 합니다. 뮤스 녀석의 둘도 없는 친구죠. 헤헤."

"어머, 그래요? 만나서 반갑네요. 뮤스의 누나인 크라이츠라고 해요."

히안이 능청스럽게 굴자 뮤스는 자리에서 일어나 친구들을 크라이츠에게 소개시켰다. 서로 인사를 주고받자 크라이츠와 바이멀은 자리를 비켜주며 방을 나갔고, 가이엔과 카타리나를 제외한 친구들의 표정이 순간적으로 바뀔 때 폴린이 뮤스에게 말했다.

"이봐, 뮤스. 이렇게 엄청난 곳에서 살고 있으면서 둘도 없는 친구들을 속였단 말이야?"

"포, 폴린… 둘도 없다니? 친구들은 무려 다섯이나 있잖아?"

뮤스가 이 위기를 어떻게든 모면하기 위해 어울리지 않는 농담을 해봤지만 오히려 역효과만 날 뿐이었다.

"뭘 잘했다고 변명이니? 지금부터 한 달 동안 우리의 점심 식사를 책임진다면 없었던 일로 해줄게!"

폴린의 말에 옆에 서 있던 친구들도 고개를 끄덕이고 있었다. 뮤스는 아무래도 그들이 이곳에 찾아오기 전부터 치밀하게 계획하고 있었던 것 같다는 기분을 지울 수가 없었다. 하지만 지금 약점을 잡힌 쪽은 뮤스이니 뭐라고 이의를 제기할 수는 없었다.

"혜휴~ 그래, 알았어."

"풋! 고마워, 뮤스!"

그가 승복하자 처음과 같이 표정을 바꾼 폴린과 친구들은 방의 이곳저곳을 둘러보고 있었다. 세이즈가 그의 책상에 놓여 있는 물체를 보며 물었다.

"뮤스, 이건 뭐니?"

그녀가 들고 있는 물체를 본 뮤스는 침대에서 일어나며 말했다.

"사진기라는 거야. 얼마 전에 너희가 본 사진 기억나지? 작전 회의할 때……."

"응, 기억나. 그럼 이걸로 그 사진이라는 것을 그린다는 거야?"

"뭐, 그렇게 설명할 수도 있겠지. 작은 유리가 있는 곳으로 들여다보면 찍고 싶은 게 보일 거야. 그리고 위에 있는 버튼을 누르면 돼. 궁금하면 한번 해봐."

뮤스의 설명을 들은 세이즈는 카타리나와 가이엔을 향해 사진기의 버튼을 눌렀다. 그러자 사진기의 앞으로 작은 종이가 튀어나왔는데 그 종이 위에는 카타리나와 가이엔의 모습이 생생하게 찍혀 있었다.

"우와! 애들아, 이것 좀 봐! 너희들이 여기에 그려져 있어!"

무슨 일이 있더라도 좀처럼 놀라지 않는 세이즈가 크게 놀라며 그녀들과 부산을 떨고 있을 때 히안 역시 뭔가 발견했는지 손바닥만한 둥근 통 두 개를 들고 물었다.

"이건 뭐에 쓰는 물건이야?"

세이즈와 대화를 하던 뮤스는 고개를 돌려 히안이 들고 있는 물건을 보자 의미 심장한 미소를 지었다.

"후훗, 그게 이번 전뇌거 경주에 쓰일 '원거리대화기' 라는 거야. 네가 들고 있는 건 아래에 있는 버튼을 눌러 작동시키고 나머지 하나는 줘봐."

"버튼? 이거 말이야?"

"응, 그거야."

히안이 버튼을 눌러보니 원거리대화기에서는 잡음 소리가 나기 시작했고 다른 손에 있는 것을 건네자 그것을 받아 든 뮤스는 오른편에 있는 버튼을 누른 후 입에 대고 말했다.

"히안, 들리냐?"

―칙… 히안, 들리냐… 칙…….

뮤스의 목소리가 히안의 손에 들려 있는 원거리대화기에서 흘러나오자 그의 친구들은 소스라치게 놀라야만 했다. 뮤스는 자신이 들고 있는 것을 폴린에게 넘겨주며 말했다.

"원거리대화기로 전뇌거 경주 때 의사 전달을 할 거야. 그리고 끝나면 히안과 폴린에게 하나씩 줄 테니 밤마다 심심할 때 이걸로 대화나 하라고."

"정말 이거 우리 줄 거야? 고마워!"

폴린이 어린아이처럼 뛰며 좋아하고 있을 때 뮤스는 대강 옷을 챙겨 입었다.

"이왕 들통난 거 공학원이나 구경시켜 줄게. 뭐, 카타리나와 가이엔도 대강은 봤겠지만 자세히는 못 봤으니……."

뮤스는 친구들을 이끌고 공학원의 작업장으로 향했다. 그곳의 중심부에는 전뇌거 생산 기기들이 위치해 있었고, 크라이츠가 고용한 사람들이 작업을 하고 있었다. 전뇌거 생산 기기를 작동하는 일은 전문적인 기술을 요하는 것이 아니기에 일반 사람들을 고용했는데, 벌써 그 수가 약 백여 명에 달했다. 그 주변으로 각 분야별 작업을 할 수 있는 연구실이 큼지막한 방으로 나뉘어져 있었다. 크게 다섯 분야의 연구실로 나뉘어져 있었는데, 전뇌공학, 화공학, 기계공학, 섬유공학, 생물공학이 그것들이었고, 나머지 세 개의 방은 각각 뮤스, 드워프들의 작업실과 크라이츠의 집무실이었다.

뮤스는 각 연구실을 구경시켜 주며 설명을 덧붙였는데 가이엔을 제외한 나머지는 공학 계열 중 연금술을 전공하는 친구들인만큼 이해를 시키는 데 어렵지는 않았다.

"우선 중심 생산 설비인 전뇌거 생산 기기는 워낙 크기 때문에 공학원의 중심에 두었고 나머지 소형 기기들은 각 연구실에서 연구, 생산하고 있어. 뭐, 지금은 나 혼자 하는 거라서 모든 연구실을 내가 쓰지만, 시간이 좀 지난다면 공학자들을 양성할 계획이야. 그리고 제국 곳곳에 이 정도 규모의 공학원 건물을 세울 예정인데, 누님께서 계획 중이시지."

그의 설명을 듣던 히안이 감동받은 얼굴을 하며 말했다.

"그렇다면 우리가 이곳의 연구원이 될 수도 있겠지? 알다시피 우리 학부는 화공학이라는 것과 관련이 있는 거니까."

"그렇게 되는 거지. 몇 년 후부터 시험을 통과하면 들어올 수 있을 거야. 히안, 이쪽으로 와봐."

다른 친구들이 공학원의 연구실들을 둘러보는 동안 뮤스는 히안을 데리고 자신의 작업실로 들어갔다. 그곳에는 드워프들이 내일 사용될 경주용 전뇌거를 마지막으로 검사하고 있었는데 뮤스가 들어오자 하나같이 한심스러운 듯한 표정을 지었다. 레딘이 조임쇠를 위로 던졌다 받았다 하며 말했다.

"헐헐. 뮤스, 자네 어제 술 먹고 인사불성이 되어 들어왔다면서? 남자가 그래서야 쓰겠나?"

"어제 처음 먹어본 술이었다구요!"

레딘이 놀리자 인상을 쓰며 변명을 해봤지만 계속해서 브라이덴의 공격이 이어졌다.

"자네도 우리와 같이 술을 좀 마셔야겠어! 술은 마실수록 늘거든!"

"맞아, 맞아! 내가 네 녀석만했을 때는 맥주 한 드럼을 마시고도 멀쩡했지!"

이제는 켈트까지 하던 일을 멈추고 가세했다. 켈트 한 명을 감당하기도 힘겨웠건만 무려 네 명이나 되는 드워프들에게 놀림을 당하자 이제는 도저히 감당할 수가 없었다.

"좋아요, 좋아요. 제가 잘못했어요. 그건 그렇고 저희 전뇌거 준비는 다 됐어요?"

뮤스의 물음에 켈트가 기름 묻은 손을 수건에 닦으며 다가왔다.

"뭐, 거의 다 끝났어. 안전띠만 장착하면 되거든. 그건 그렇고 이쪽 비실비실한 사람은 누구냐?"

"하하, 제 학교 친구인 히안이에요. 이번에 저와 함께 전뇌거 경주에 참가하죠."

"오, 그런가? 영 힘 못 쓰게 생겼구먼. 남자란 자고로 우리처럼 허리도 굵고, 다리도 굵고, 팔도 굵어야 제대로지!"

초면에 자신을 놀리는 켈트가 곱게 보이진 않았지만 자신보다 나이 많은 연장자에게 직접적으로 뭐라 할 순 없었다.

"그리고 키도 작고요."

은근히 켈트의 콤플렉스를 자극한 히안은 득의의 표정을 지었고, 둘 사이에 미묘한 분위기가 흐르자 뮤스가 끼어들었다.

"그만들 해요. 켈트 아저씨는 초면에 그렇게 놀리는 법이 어디 있어요."

뮤스의 말에 옛날 생각을 하던 켈트가 크게 웃으며 말했다.

"뮤스, 네 녀석이야말로 초면에 날 놀리지 않았느냐? 그뿐인가? 커다란 짱돌까지 인정사정없이 던진 주제에 말이야. 껄껄!"

"옛날이야기를 왜 꺼내고 그래요. 아무튼 저희 전뇌거 좀 보여주세요."

"그래, 저쪽에 있는 네 대란다. 도장까지 마치고 보니 꽤나 멋지던 걸? 우린 조금 쉬었다 와야겠으니 한번 보거라."

"네, 수고들 하셨어요."

켈트가 가리킨 곳을 보자 경주용 전뇌거 네 대가 세워져 있었는데 그의 말대로 깔끔하게 햄브리겐 대학교의 문양이 도장되어진 상태였다.

"이게 우리가 내일 사용할 전뇌거들이야."

"왜? 뭐가 다르기라도 해?"

"훗, 사실 누님은 모르는 건데, 우리가 사용할 전뇌거는 상대편의 전뇌거보다 훨씬 높은 출력을 가진 동력기를 사용하거든. 그래서 어제 직선 주로에서 유리하다고 말한 거야."

그제야 뮤스가 어제 한 말을 이해한 히안은 고개를 끄덕이며 전뇌거의 운전석에 앉아보았다. 그곳에는 이미 뮤스의 방에서 본 원거리대화기가 장착되어 있었다.

"우와~ 이 정도면 문제없겠는걸?"

"훗, 이제 사고를 대비해서 특별 고안한 안전띠만 장치하면 완성이지. 그렇다고 방심하면 안 돼. 라이델베르크 시내는 직선 도로보다 굴곡이 많은 도로가 많아서 어쩌면 출력이 좋다는 이점을 이용하지 못할 수도 있다구."

"그렇기도 하겠군. 아무튼 잘될 거야."

공학원의 구경을 마친 친구들은 저녁까지 얻어먹고서야 집으로 돌아갔다. 그들이 돌아간 후에 뮤스는 드워프와 함께 내일 사용될 양 팀의 전뇌거에 안전띠를 설치했고, 숙취에서 완전히 벗어나기 위해 빨리 잠자리에 들었다.

전뇌거 경주 당일, 카이젠 대학교의 교내 관람실에는 미술 동호회의 전시회가 열리고 있었다. 카이젠 대학교와 햄브리겐 대학교가 미술 동호회에 각각 일정한 수의 작품들을 출품하고 학생을 제외한 관람객의 심사를 받는 것이었다.

사람의 키와 거의 비슷한 크기의 조각상 앞에 두 남녀가 감상을 하고 있었는데, 전뇌거 경주가 시작되기 전 남은 시간 동안 함께 시간을 보내고 있는 뮤스와 가이엔이었다. 친구들과 어울려 다니느라 파트너가 된 후 둘만의 시간은 오늘이 처음이었는데 아직 둘만 지내는 것이 편하지 않은지 어색한 분위기가 감돌고 있었다. 이곳의 미술에 대한 지식이 많지 않은 뮤스가 자신의 앞에 있는 조각상을 보며 오래간만에 입을 열었다.

"가이엔, 그런데 이 조각의 팔은 누가 부러뜨렸을까?"

손가락으로 턱을 쓸며 말하는 그의 진지한 모습에 가이엔은 웃음을 터뜨렸다.

"풋! 이 조각은 원래 팔이 없는 거라고. 넌 바이너스 상도 모르는 거야?"

"응? 원래 팔이 없는 거라고? 만들려면 팔까지 만들든지… 돌을 너무 작은 것으로 샀나?"

"프풋… 그, 그만 해."

뮤스가 무안해할까 봐 대놓고 웃을 수는 없었기에 애서 참으려 했었지만 그것이 잘 안 되는지 웃음 새는 소리가 들렸다. 그녀의 반응에 의아해진 뮤스는 내용이야 어떻든 간에 한결 부드러워진 분위기에 만족하고 있었다.

"아참! 가이엔, 오늘 몇 시부터 무도회지?"

"전뇌거 경주가 끝나면 저녁쯤 되니까… 조금 쉬었다가 가면 될 거야. 춤 연습은 많이 했겠지? 그날 카타리나에게 맡기면서까지 시켰는데 못하면 안 돼."

"하하, 걱정하지 말라고. 그날 새벽까지 피나는 노력을 했으니까."

"호호, 그럼 다행이네. 우리 저쪽으로 가볼까?"

가이엔도 이제는 분위기에 익숙해졌는지 뮤스의 팔짱을 끼고 거대한 벽화가 그려져 있는 곳으로 향했다. 뮤스는 처음 껴보는 이성과의 팔짱이 어색했지만 빼지도 못하고 울상을 지었다. 그녀의 이끌림에 대형 벽화의 앞에 서게 됐는데 어떤 전쟁을 그린 듯했다. 규모도 규모였지만 처절한 전쟁에 대한 세밀한 표현이 뮤스의 눈길을 붙잡고 있었는데 사지가 잘려 절규하는 병사들과 적의 몸에 무기를 꽂으며 득의의 미소를 짓는 병사들, 주문을 외우며 공격 마법을 시전하는 마법사, 그리고 공격마법의 폭발음에 놀라 울부짖는 말들의 모습이 마치 살아 있는 것처럼 생생했다. 그 그림 앞에서 인상을 찡그리는 뮤스를 보며 가이엔이 말했다.

"이건 도이첸 제국 건국기의 한 장면을 그린 듯하네… 무려 오십여 년 간 처절한 전쟁이 계속되었대."

"그렇구나……."

그림에 나타나 있는 인물들의 생생한 표정을 감상하고 있을 때 뒤에서 익숙한 목소리가 들렸다.

"훗, 뮤스라고 했던가? 전녀거 경주가 몇 시간 남지 않았는데 꽤나 여유롭군? 어라, 이쪽은 가이엔 아냐?"

목소리에 뒤를 돌아보니 바르키엘과 그의 친구들이 거만하게 팔짱을 끼고 있었다. 뭐라 딱히 인사할 말이 생각나지 않던 뮤스는 약간 빈정거리는 말투로 입을 열었다.

"그때 넘어진 건 다 나았냐? 꽤나 추하게 넘어져서 무릎 좀 까졌을 건데."

뮤스가 며칠 전의 생각하기도 싫던 일을 꺼내자 바르키엘의 안면 근육이 보일 듯 말 듯 떨리고 있었고, 그 상황을 모르던 친구들은 바르키엘의 반응을 보며 고개를 갸웃거리고 있었다.

"치, 치사하게 그 이야기는 왜 또 꺼내나!"

"헤헤, 미안하군. 딱히 인사말이 안 떠올라서 말이야."

능청스럽게 머리를 긁적이며 사과를 하는 뮤스의 모습에 바르키엘의 신경은 더욱 곤두섰다.

"그때 그 일은 빨리 잊는 게 좋을 거야."

"내가 어떻게 그 일을 쉽게 잊겠냐? 너의 눈물 글썽이던 그 눈망울은 꿈에도 나왔었거든."

바르키엘은 눈물 이야기까지 나오자 친구들이 들었을까 걱정이 되어 주변을 둘러보았다. 아니나 다를까 친구들은 더욱 미심쩍은 표정을 지으며 바르키엘을 응시하고 있었다.

"그, 그때는 눈에 뭐가 들어가서 그런 것이다! 흥! 전뇌거 경주 때 두고 봐라."

싸늘히 냉소를 뱉는 바르키엘을 보며 뮤스는 귀를 파며 심드렁한 표정을 지었다.

"듣자 하니 전뇌거 운전 솜씨도 둔하다던데… 두고 봐도 될지… 후훗."

"누, 누가 그러더냐?"

"네 친구들에게 한번 물어보시지?"

뮤스가 턱을 밀며 그의 친구들을 가리켰다. 바르키엘은 다시 눈동자를 돌려 친구들의 모습을 살펴보자 뮤스의 말이 맞다는 듯이 의미심장한 표정으로 고개를 끄덕이고 있었다. 그러자 벨링에서 뺨 맞고 린 강에서 화풀이한다는 속담대로 이번에는 친구들에게 역정을 내기 시작했다.

"너희들은 누구 편이야! 제길! 어서 가자!"

애꿎은 친구들에게 화풀이를 한 바르키엘은 뮤스의 아래위를 한번 흘겨보는 것을 잊지 않고 친구들과 함께 관람실 밖으로 사라졌다. 뮤스의 옆에서 듣기만 하던 가이엔이 고개를 저으며 말했다.

"요즘 쟤 왜 이렇게 불쌍해 보이지?"

"글쎄다. 저 녀석을 만날 때마다 내가 악역으로 보인다니까. 그럼 이왕 말이 나온 김에 전뇌거 경주나 준비하러 갈까? 시간도 거의 다 된 듯한데."

"벌써? 둘이 나온 지 얼마나 됐다구. 흠… 어쩔 수 없지……."

가이엔이 아쉬운 표정을 지었지만 별달리 핑계를 댈 만한 것이 없었기에 울며 겨자 먹기로 따라갈 수밖에 없었다.

뮤스와 가이엔은 전뇌거 경주가 준비되고 있는 카이젠 대학교의 교문으로 걸어나왔다. 그곳에는 이미 공학원에서 운반해 둔 각 학교의 전뇌거들이 준비되어 있었고, 축제를 즐기기 위해 이곳을 찾은 사람들은 멋지게 도장되어진 전뇌거를 구경하기에 여념이 없었다. 하지만 아직 직접 관계된 동호회 사람들은 눈에 띄지 않았다.

이번 경주는 양측의 합의 하에 카이젠 대학교에서 출발을, 그리고 라이델베르크 시내를 통과한 후 햄브리겐 대학교까지 도착하는 것으로 정해졌기에 모든 동호회 회원들은 출발 지점에서 모이기로 약속이 되어 있었던 것이다. 아직 시합이 시작될 때까지 세 시간 정도가 남았기에 햄브리겐 측은 아무도 보이지 않았지만 카이젠 대학교의 학생들은 자신들의 모교인만큼 먼저 나와서 분주하게 설쳤다.

햄브리겐 측에서 사용할 전뇌거 옆에 멈춰 선 뮤스가 말했다.

"아직 아무도 안 온 모양인데?"

"우리가 너무 빨리 온 것 같아. 어쩐지 너무 이르다 했어. 칫! 조금 있으면 오겠지 뭐."

그녀가 심통이 난 듯한 말투로 대답을 하자 자신이 무엇을 잘못했는지도 모르던 뮤스는 머리를 긁적였다.

"왜 그래? 화난 거야? 우리 저거라도 먹으러 갈까?"

"아냐, 됐어."

뮤스는 자신의 제의에 아직도 심통을 부리는 듯하자 그녀의 손을 잡아끌며 먹을 것을 파는 가판으로 갔다.

"가이엔, 그러지 말구 같이 먹자. 응?"

그가 대뜸 자신의 손을 잡자 기분이 좋아진 가이엔은 언제 그랬냐는 듯 얼굴이 환하게 펴졌다. 정녕 알 수 없는 여심이었다.

"응? 뭐 먹게?"

"저 아저씨가 파는 거 말야. 저게 뭐야?"

뮤스와 가이엔의 시선이 머문 곳에는 한 중년이 가판 뒤에서 동글동글한 무엇인가를 만들고 있었다.

"아, 저건 봉봉이라는 거야. 설탕을 녹인 후 여러 가지 과일 가루와 혼합해서 식히는 거지. 그러면 저렇게 단단한 봉봉이 되거든."

"아, 엿 같은 것이구나."

"엿? 그건 뭔데?"

"뭐, 설명하긴 힘들고 저런 거야. 어서 가서 먹어보자."

오랜만에 단맛이 나는 군것질거리를 찾은 뮤스는 가판으로 달려가 봉봉을 한 바구니 샀는데, 어린아이들도 두 개 이상은 먹기 힘들 정도의 큼직한 봉봉을 한 바구니씩이나 사버리자 가이엔은 어이가 없었다.

"너, 이걸 다 먹으려고?"

어느새 한 알을 입에 넣었는지 입도 잘 못 움직이는 뮤스가 웃으며 기분 좋게 말했다.

"머, 이 여도아 보도이시. 어아! 아녀! 스읍!"

"뭐라고? 못 알아듣겠어."

"이 여도야 보도이아오."

뮤스가 그녀에게 이해를 시키려고 애를 쓰고 있을 때 그녀의 뒤로 누군가 걸어와 통역을 해주었다.

"이 정도야 보통이라는데? 너희들, 벌써 온 거야?"

가이엔이 뒤를 돌아보자 히안 커플이 다가오고 있었다. 폴린은 히안에게 받은 것인지 커다란 꽃 한 다발과 이것저것 많은 것을 안고 있었는데 히안이 꽤나 많은 돈을 투자한 듯싶었다.

"그런데 뮤스, 쟤는 요즘 정말 사람을 웃기게 한다니까. 술 마시고 강물에 뛰어들어 물고기를 잡아 먹질 않나, 이제는 저 나이에 봉봉을 한 입에 물고 질식해 죽으려고 하지 않나… 쯔쯧, 침 흐른다. 침이나 닦아, 뮤스."

폴린의 입에서 물고기 이야기가 나오자 아직도 그 일을 모르고 있던 뮤스는 말은 하지 못하고 손가락으로 자신을 가리키며 의아한 표정을 지었다.

"에휴~ 모르는 게 약이지. 아, 저기 하나둘씩 회원들이 오기 시작하는군."

그녀의 말에 교문 쪽을 바라보니 모여서 오는지 회장을 비롯한 십여 명의 회원들이 뮤스와 친구들 쪽으로 걸어오고 있었다. 다들 긴장감에 잠을 편히 잘 수 없었는지 눈밑이 어둡게 변한 것이 상당히 안쓰러워 보였다. 그들이 오는 것을 보며 히안이 뮤스에게 물었다.

"그런데 카타리나와 세이즈는 왜 안 오지?"

아무에게서도 대답이 들려오지 않자 뮤스를 바라보았는데, 그는 입에 있는 봉봉 때문에 턱을 움직이지 못하고 입만 뻐끔거리고 있었다.

"야! 빨리 깨물어 먹든지 혀를 돌려서 녹여 먹든지 해라. 엄청 똑똑한 녀석인 줄 알았더니 조금 모자라잖아?”

히안의 말에 고개를 끄덕이던 뮤스는 어쩔 수 없이 입으로 뇌공력을 집중해 봉봉을 녹이기 시작했다. 몇 초가 지나 봉봉이 다 녹아 입이 자유로워진 뮤스는 가쁜 숨을 내쉬며 말했다.

“헥헥… 죽을 뻔했네. 카타리나는 아버님과 구경 좀 하다가 세이즈와 만나서 온다고 했어. 헥헥.”

“너, 혹시 그 주먹만한 봉봉을 삼킨 거냐? 무서운 녀석.”

히안을 비롯한 폴린, 가이엔은 그의 놀라운 봉봉 먹기 실력에 크게 놀라야만 했다.

삼십 분 정도가 지나자 카타리나를 비롯한 모든 회원들이 그곳에 도착했고, 전뇌거를 운전할 여덟 명의 햄브리겐 선수들은 탈의실로 들어가 준비된 옷으로 갈아입었다. 이 옷은 크라이츠가 디자인과 제작을 손수한 것이었는데 상하의가 한 벌로 붙어 있는 모양이었고, 겉으로는 전뇌거와 같이 학교의 문양이 그려져 있었다. 탈의실에서 걸어나오던 히안은 그 옷이 마음에 안 드는지 계속해서 투덜거렸다.

“이거 누가 만든 옷이야? 혹시 뮤스, 네가 만든 거 아냐?”

“내가 만들면 이렇게 만들 리 있겠냐? 누님께서 만드신 거야. 누님 성격이 별로 안 좋으시니까 누님 앞에서는 투덜거리지 마라.”

뮤스 자신도 이 옷이 별로 마음에 안 들었지만 크라이츠가 하는 일에 대해서 불평을 할 수는 없었기에 신경질적으로 주머니에 있는 봉봉을 꺼내 입 안으로 넣었다.

“쳇! 그러지 뭐.”

옷을 갈아입고 나오는 그들을 보며 전뇌거를 살피던 회원들은 배를 잡고 웃었다. 가장 심하게 웃은 사람은 폴린이었는데, 입고 있는 사람들의 기분은 전혀 괘념치 않은 채 기분대로 웃고 있었다.

"깔깔깔! 히안, 뮤스, 너희들 정말 웃긴다! 어른용 유아복 같아! 깔깔
깔!"

카타리나 또한 그 모습에 웃음을 참기 힘든지 볼을 푸들거리고 있었
다.

"푸풋, 이런 말 해서 미안한데 정말 웃겨… 풋!"

"야, 그만 해라. 입고 있는 우리라고 좋겠냐? 너희들은 정말 친구도
아니다. 쳇!"

히안이 투덜거릴 때 회장이 땀을 닦으며 말했다.

"내가 출전하지 않기를 잘했군. 그건 그렇고 저쪽 팀의 저 여자는
왜 나오는 거지? 반칙 아니야? 공학원에서 파견 나왔다는 사람이 출전
하다니 말이야."

회장이 불만을 토로하자 카타리나가 회장의 어깨를 두들기며 말했
다.

"선배, 우리가 항의해도 어쩔 수 없어요. 우리 쪽에도 공학원 사람이
있다는 걸로 무마하려 할걸요."

"엥? 우리 쪽에 공학원 사람이 어디 있다는 거야?"

회장의 물음에 카타리나와 친구들은 뮤스를 바라보았고, 뮤스는 아
무런 면목이 없는지 고개를 숙였다.

"뮤스가 어째서 공학원 사람이라는 거지?"

"공학원을 만든 사람이니까 공학원 사람이겠죠. 자세한 건 묻지 마
세요. 시간이 없으니까."

"고, 공학원을 만든 사람?"

그가 떨리는 목소리로 말을 하자 뮤스는 가볍게 고개를 끄덕여 보이

며 준비하고 있는 회원들을 불러 모았다.

"자, 선수들은 이쪽으로 모여주세요. 이건 오늘에야 말해 드리는 것이지만, 우리 쪽 전뇌거는 제가 몰래 개조를 해두었습니다. 그래서 직선 주로에서는 상대편 전뇌거보다 1.5배 정도 빠릅니다. 그렇지만 직선 주로가 얼마 없기 때문에 기회는 많지 않으니 주의해야 합니다. 또 하나, 연습용 전뇌거보다 훨씬 잘 나가기 때문에 감을 잡는 데 무리가 있을 수도 있습니다. 그것은 점차 적응할 수 있을 테니 출발할 때 전진 발판을 너무 세게 밟지 마시길 바랍니다. 그리고 사고를 대비해서 안전띠를 꼭 착용하시고, 안쪽에 달려 있는 원거리대화기를 잘 활용해 주세요. 다들 이해됐습니까?"

히안을 비롯한 나머지 회원들을 바라보자 모두들 결의에 찬 모습으로 고개를 끄덕였다. 히안이 손을 내밀며 말했다.

"시작하기 전에 구호 한번 외쳐야지?"

옆에 있던 회원들이 하나씩 그의 손위에 자신들의 손을 올렸고, 마지막으로 뮤스의 손이 가장 위에 올려지자 히안이 구호를 이끌었다.

"하나! 둘! 셋!"

"햄브리겐! 햄브리겐! 햄브리겐! 짝! 짝! 짝! 헙!"

구호를 끝내자 모았던 손을 하늘 위로 힘차게 던졌다. 이런 구호를 한 번도 보지 못했던 뮤스는 얼떨결에 따라했지만 알게 모르게 느껴지는 일체감이 그의 가슴을 뿌듯하게 해주었다. 히안이 손을 털며 말했다.

"우리 학교 구호는 언제 들어도 촌스러워. 쩝."

"에? 신나게 해놓고 촌스럽다니?"

"언제나 그렇지 뭐. 들뜬 기분으로 해놓고 끝나면 남이 볼까 봐 빨리 흩어지거든. 헤헤.”

과연 그의 말대로 구호를 외치던 곳에서는 원래 아무도 없었던 것처럼 비어 있었고, 구호를 외치던 회원들은 아무것도 안 했다는 양 딴짓하기에 바빴다.

“그, 그렇구나.”

히안은 뒤돌아 폴린에게 걸어갔고, 뮤스가 이 웃기지도 않는 회원들을 보며 식은땀을 흘리고 있을 때 뒤에서 인기척이 느껴졌다.

“호홋! 뮤스, 옷이 꽤나 잘 어울리는데?”

목소리를 들은 뮤스는 등이 서늘해지는 것을 느끼며 목소리의 주인이 누구인지 깨달았다. 뒤를 돌아보자 이상하기 그지없던 경주복을 아주 자연스럽고 세련되게 입고 있는 크라이츠를 볼 수 있었는데, 오늘 경주가 기대되는지 상기된 모습을 하고 있었다.

“에휴~ 누님, 그런데 하필이면 왜 이런 옷을 입어야 하는 거예요.”

“네가 몰라서 그러는 거란다. 고속으로 달리다 보면 옷 사이로 바람이 들게 되는데 그것도 방지하고 먼지도 안 들어가고 좋지 않니?”

“아무래도 누님을 기준으로 만든 옷이다 보니 누님께는 잘 어울리는군요.”

“어머! 정말이니? 호홋, 고마워, 뮤스!”

비꼬는 듯한 뮤스의 칭찬이었지만 그녀는 눈치가 없는 건지, 아니면 뮤스의 속을 긁기 위한 것인지 마냥 기뻐했다. 문득 뭔가 떠오른 뮤스가 물었다.

“아참! 바르키엘 녀석은 정말 저대로 출전시킬 생각이에요?”

“물론이지. 저 녀석이 빠지면 우리 쪽에 선수가 모자라거든. 뭐, 죽는다고 해도 시합 중에 죽은 거니까 아무도 말 못할 거야. 걱정하지 말거라. 호홋! 그럼 시합에서 보자꾸나. 수고하렴."

등 뒤로 뮤스에게 손을 흔들며 카이젠 대학교의 대회 본부로 걸어가는 크라이츠를 보며 한숨을 쉬고 있었다.

"도대체 무슨 생각으로 세상을 사는 분인지……."

하지만 그의 말이 끝나기도 전에 멀리서 또 하나의 신경 긁는 목소리가 들려왔다.

"쌉니다, 싸요! 전뇌거 모형 하나에 5셸피입니다!"

"드워프들의 천재적인 손놀림으로 완성된 전뇌거 모형!"

"날이면 날마다 오는 게 아니에요!"

"흐헤헤, 잘 팔린다!"

많은 사람들이 모여 분주해 보이는 곳으로 달려가 사람 사이를 비집고 들어가자, 아니나 다를까 드워프들이 예전에 부업 삼아 만들던 전뇌거 모형들을 팔고 있었다. 공학원에서 그들에게 지급하는 돈만 보더라도 이미 재벌이라는 호칭을 받기에 부족함이 없었는데 왜 이런 짓을 하는지 도저히 이해할 수가 없었다.

"아저씨들! 여기에서 뭐 하는 거예요?"

한 켠에 앉아서 벌어들인 돈을 세고 있던 켈트가 손가락에 침을 뱉으며 말했다.

"껄껄! 뮤스 왔구나? 보면 모르냐, 부업 중이지!"

"에휴~ 돈이 없는 것도 아니면서 왜 이러시는지 모르겠네요. 쩝."

물건을 사러 온 사람에게 전뇌거 모형을 하나 건네주던 블뤼안이 대답했다.

"우리는 돈이 목적이 아니야. 이 모형을 자세히 보거라. 전뇌거의 내부를 그대로 표현해 낸 이 세밀함을. 이건 예술품이라고! 사람들이 우리의 예술품을 소장하는 게 좋단다. 크흐흐흐!"

　나무로 만든 전뇌거 모형은 그의 말대로 운전대, 발판, 안전띠 등 실제 전뇌거의 내부를 그대로 표현하고 있었다. 켈트에게 벌어들인 돈을 건네주던 레딘이 물었다.

　"그런데 뮤스 군, 전뇌거 경주는 언제 시작하나? 나도 나가보고 싶었건만. 쳇!"

　"아저씨라도 좀 참아주세요. 안 그래도 누님 때문에 머리가 아프니까요. 한 시간쯤 남았어요."

　"아무튼 힘내게나. 껄껄. 크라이츠님의 콧대를 눌러주라고!"

　"최선을 다해야죠 뭐. 그럼 많이 파세요."

　뮤스가 인사를 하고 회원들이 있는 곳으로 돌아가려 하자 켈트가 모형 전뇌거 몇 개를 쥐어주었다.

　"이거라도 가지고 가서 친구들에게 선물해라. 껄껄. 그럼 나중에 보자!"

　"훗! 고마워요, 아저씨."

　햄브리겐 대회 본부로 돌아온 뮤스는 켈트에게서 받은 전뇌거 모형을 친구들에게 나누어 주었다. 하나같이 그 세밀함에 감탄을 하고 있었는데, 인원보다 전뇌거가 많이 모자라 받지 못한 회원들이 섭섭해하자 나머지는 축제가 끝나고 주겠다는 약속을 해야만 했다. 이제 시간이 얼마 남지 않자 뮤스와 선수들은 경주용 전뇌거로 걸어갔고, 직접 출전하지 않는 회원들은 도착을 기다리기 위해 햄브리겐 대학교로 자리를 이동해야만 했다.

　"뮤스! 히안! 힘내! 카이젠 녀석들을 꺾으라고!"

　"히안! 너, 지면 나랑 헤어지는 거야!"

“도착 지점에서 기다릴게! 빨리 와!”

친구들의 응원을 들으며 전뇌거로 걸어가는 뮤스는 웃었고, 히안은 폴린의 과격한 응원에 인상을 찌푸리고 있었다. 전뇌거가 세워진 곳으로 걸어가자 카이젠 측에서도 준비를 하기 위해 나오는지 바르키엘과 크라이츠가 모습을 보였고, 다른 선수들도 그들의 뒤를 따르고 있었다.

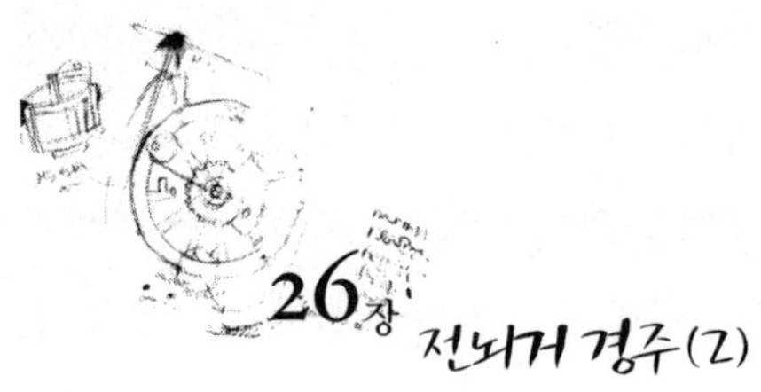

26장 전뇌거 경주 (2)

햄브리겐 대학교로 가는 도로 위에는 대형 마차 이십여 대가 줄지어 달리고 있었다. 마차로부터 카이젠의 학생들과 햄브리겐 학생들의 열띤 응원 소리가 흘러나오고 있었는데, 마부의 귀에 귀마개까지 끼워져 있는 것으로 봐서 젊은이들의 열기가 달갑지만은 않은 듯했다.

가장 앞에서 달리는 대형 마차에 타고 있던 뮤스의 친구들도 햄브리겐 측의 좌석에 앉아 있었는데 모두들 경주에 직접적으로 연관되어 있는 사람인만큼 걱정이 이만저만이 아니었다. 그중 폴린만이 아무렇지도 않은지 친구들의 얼굴을 꼬집으며 말했다.

"이것들 봐, 걱정하지 말라고! 우리 히안이 햄브리겐을 승리로 이끌 거니까. 뭐, 뮤스도 공학원 사람이니 잘해주겠지."

그래도 가이엔과 카타리나의 표정이 풀어지지 않자 세이즈에게 살며시 물었다.

“세이즈, 애들 무슨 생각 하고 있는 것 같니?”

“글쎄… 아마도 뮤스 생각이겠지. 나는 너에 이어 또 한 번 큰 배신감을 느껴야 할 것 같은데?”

“나에 이어서라니? 그건 또 무슨 말이야?”

세이즈는 눈을 게슴츠레하게 뜨며 자신의 얼굴을 폴린의 얼굴 앞으로 내밀었다.

“몰라서 묻는 거니, 폴린? 너희 커플 말이야.”

“아! 그걸 말하는 거였구나. 그런데 이번에는 왜? 가이엔과 카타리나가 뮤스를 좋아하기라도 한단 말이야?”

폴린의 말을 들은 세이즈는 창밖을 응시하며 말했다.

“아마 내 예감이 맞는다면 그럴 거야. 둘 사이에 분쟁이 일어나지나 않아야 할 텐데.”

“세이즈.”

창밖을 바라보던 세이즈는 폴린이 조용한 목소리로 부르자 고개를 돌렸다.

“가끔 세이즈, 너를 보면 무서운 기분이 들어.”

“내가 왜?”

“풋, 조용한 척하면서 사람들의 속마음을 다 꿰뚫어 보잖아. 안 그래?”

“그랬던가?”

폴린과 세이즈가 서로를 바라보며 웃고 있을 때에도 가이엔과 카타리나는 자신들의 손에 있는 전뇌거 모형을 보며 아무 말도 하지 않고 있었다. 마치 폴린과 세이즈의 대화조차 귀에 들어오지 않는 듯했다.

카이젠 대학교의 여가 활동 동호회의 선수들이 모여서 회의를 하고 있었다. 회의를 이끌고 있는 사람은 크라이츠였는데, 회장임에도 불구하고 그녀에게 모든 것을 일임한 바르키엘은 이빨을 바득바득 갈며 전의를 불태우고 있었다.

"저쪽에 뮤스는 내가 맡으마. 바르키엘, 너는 히안을 맡고 지스펠, 너는……."

"잠깐만요. 뮤스를 제가 맡을게요!"

그녀가 하던 말을 가로막은 바르키엘은 전뇌거 저편에 있는 뮤스의 얼굴을 보며 주먹을 불끈 쥐었다. 이때 크라이츠가 그의 머리를 때리며 말했다.

"야, 이 녀석아! 네 주제를 알아야지! 뮤스 녀석이 햄브리겐의 최고 실력자인 데 반해 너는 우리 편에서 제일 못하잖니?"

"그래도 이번만은 양보 못해요! 지금까지는 모두 크라이츠님께 양보했지만 이번만은 안 됩니다!"

바르키엘이 의외로 확고하게 나오자 크라이츠는 한숨을 쉬었다.

"그래. 뭐, 너도 회장이니 네 뜻대로 되는 것이 있긴 있어야겠지. 자, 다들 들었지? 바르키엘이 이기는 건 포기하고 너희들이라도 잘해야 한다."

"넷!"

그는 이제는 자신을 대놓고 무시하는 크라이츠와 친구들을 보며 점차 자신이 초라해짐을 느끼고 있었다. 이렇게 작전 회의가 끝나자 크라이츠를 선두로 모두 전뇌거에 탑승했고, 바르키엘은 뮤스를 바라보며 의미심장한 웃음을 지었다. 그를 본 히안이 뮤스의 옆구리를 찔렀다.

"야, 뮤스. 바르키엘이 널 야릇한 눈빛으로 바라보는데? 카타리나를 포기하고 너에게 관심이 생긴 거 아냐?"

뮤스가 눈을 돌려 바르키엘을 바라보자 이상스럽게 빛나는 눈으로 자신을 바라보고 있었다. 그는 고개를 가로저었다.

"그러게 말이야. 아직은 이 사회에서 인정해 줄 수 없는 건데… 우리도 전뇌거에 타자."

열여섯 대의 모든 전뇌거에 선수들이 탑승을 하게 되자 출발 지점의 곳곳에서 술렁임이 일고 있었다. 마침 이 시간대에 있는 시합이 전뇌거 경주 하나밖에 없었고, 최초로 열리는 전뇌거 경주인만큼 수많은 인파가 출발 지점에 몰려 있었다. 사실 라이델베르크 전역이 전뇌거 경주의 무대가 되기 때문에 이들 말고도 자신의 집 앞을 지나갈 전뇌거를 기다리고 있는 사람들은 더욱 많았다. 뮤스는 전뇌거에 부착되어 있는 원거리대화기를 시험하고 있었다.

"나 뮤스다. 확인 바람."

—칙! 히안, 확인했음. 칙! 실렌트 확인. 칙! 위버렌 확인. 칙…….

"다들 출발 신호 전까지 긴장을 풀기 바람."

—칙! 오케이.

뮤스는 자신 앞에 있는 운전대를 만져 보았다. 고급 원목으로 매끄럽게 깎아놓은 운전대의 촉감이 차가웠지만 조금 쥐고 있으니 체온으로 따뜻해졌다. 안전띠를 착용해 본 뮤스는 몸을 움직여 편안하게 했고, 고개를 좌우로 흔들며 목을 풀었다. 이때 시합 전에 공학원에서 설치해 둔 확성기에서 사회자의 목소리가 울려 퍼졌다.

—신사 숙녀 여러분, 안녕하십니까? 이곳은 전뇌거 경주가 최초로 벌어지는 카이젠 대학교입니다. 이 경주는 카이젠, 햄브리겐 대학교에서 주최하고 공학원에서 지원합니다. 이제 십 분 후 전뇌거가 이곳을

출발, 라이델베르크 전역을 돌아 햄브리겐 대학교에 도착하게 됩니다. 1위에서 5위 중 많은 수를 차지한 학교가 우승을 하게 됩니다. 그럼 잠시 후에 뵙겠습니다!

"와—!!"

사회자의 목소리가 끝나자 구경꾼들은 환호성을 쳤고, 뮤스의 눈에 저 멀리에서 자신의 이름이 쓰여 있는 깃발을 흔들며 북을 치고 있는 드워프들이 보였다.

"뮤스, 파이팅!"

"크라이츠님을 물리쳐라!"

"멋지다, 뮤스!"

그들의 응원을 듣고 있던 뮤스는 걱정이 되어 크라이츠의 전뇌거를 살펴보았다. 역시 그녀의 입은 가늘게 떨리며 뭐라고 소곤거렸는데, 그와 동시에 드워프들은 놀라는 표정을 지으며 어디론가 사라졌다. 크라이츠가 의사 전달 마법으로 그들에게 으름장을 놨을 것이라고 생각한 뮤스는 피식 웃어버렸다. 그런 그를 보며 또다시 기분 나빠하는 자가 있었으니…….

"뮤스, 저 자식! 지금 분명히 날 비웃고 있는 거야. 제길!"

혼자만의 오해를 한 바르키엘은 애꿎은 전뇌거의 운전대에 머리로 박으며 화를 풀고 있었다. 하지만 다행스럽게 그의 박치기를 멈추게 하는 사회자의 방송이 흘러나왔다.

—자! 이제 시간이 다 되었군요. 제1회 전뇌거 경주가 시작되겠습니다! 전뇌거 선수들은 정신을 바짝 차리세요! 그럼 지금부터 출발 신호에 들어갈 텐데, 마지막에 보이는 검은 기가 내려지면 출발하는 겁니다. 준비되셨죠?

방송이 끝나자 가장 앞에 있던 초록색 기가 내려지며 선수들은 운전대를 잡고 발판에 발을 올려놓았다. 이어 두 번째 있던 붉은 기가 내려졌고, 마지막으로 검은 기가 내려지며 모든 선수들은 가속 발판을 서서히 밟으며 사 열로 네 대씩 서 있던 전뇌거가 서서히 앞으로 나아가기 시작했다.

―자! 출발했습니다. 각 학교마다 작전들이 있겠죠? 여기서는 볼 수 없는 것이 참으로 안타깝습니다. 그럼 골인 지점에서 뵙겠습니다!

가장 앞줄에는 햄브리겐 대학교의 히안과 뮤스, 카이젠의 크라이츠와 바르키엘이 있었고, 그 뒤로도 이와 같이 각 학교마다 두 대씩의 전뇌거가 같은 선상으로 달려나갔다.

"처음부터 속력을 내지 마. 처음에는 우리가 뒤를 쫓는다. 히안, 내가 크라이츠 누님을 맡을 테니 네가 바르키엘을 맡아."

―칙! 그런데 앞을 봐. 바르키엘이 너 쪽으로 붙는데?

"저 녀석 정말 날 좋아하나 보군. 그럼 네가 크라이츠 누님을 맡아. 무리는 하지 마라. 아무래도 너보다는 몇 수 위니까."

―알았어. 칙!

뮤스는 원거리대화기에서 흘러나오는 히안의 목소리를 들으며 자신의 전뇌거를 바르키엘의 전뇌거의 옆으로 바짝 붙어 따라가기 시작했다.

"바르키엘, 얼마나 잘하는지 한번 볼까?"

뮤스가 바르키엘을 향해 웃어 보이자 그는 오른손의 가운뎃손가락을 펴며 인상을 썼다. 그러나 달리는 실력에 한 손을 놓은 것 때문인지 그의 전뇌거가 좌우로 흔들리다가 정상으로 돌아왔다.

"아무래도 저 녀석 불안한걸……."

열여섯 대의 전뇌거들이 출발하고 조금 지나자 도시의 외곽으로 나
가게 되었다. 아직은 초반이었기에 양쪽 모두 서두르는 기색보다는 상
대의 분위기를 살피며 조심스러운 주행을 보이고 있었지만 선수들의
팽팽한 신경전은 대단한 것이었다. 가장 앞쪽에서 달리고 있는 크라이
츠는 자신의 뒤를 따라오는 히안의 전뇌거를 보며 휘파람을 불었다.

"휘익~ 뮤스 녀석, 그런대로 잘 가르쳤는데? 이제 실력들 좀 볼까?
따라와 보렴, 히안."

혼잣말을 하며 미소를 띤 크라이츠는 발판을 더 세게 밟기 시작했
다. 전뇌거의 진동이 조금씩 심해지자 온몸을 돌아다니는 피가 뜨거워
짐을 느꼈다. 갑자기 크라이츠의 전뇌거 속력이 높아지자 오기가 생긴
히안도 지지 않기 위해 발판을 밟았다. 그의 뒤로는 바르키엘과 뮤스
가 나란히 달리고 있었는데 히안의 전뇌거가 빨라짐을 느낀 뮤스가 말
했다.

"히안, 무리는 하지 마라. 잘못하면 네가 다친다."

─칙! 걱정 마. 그 정도는 알고 있으니까. 그래도 따라는 가줘야겠
지.

"그래. 나는 바르키엘 녀석이나 상대해 주면서 느긋하게 따라갈게!"

─치익! 좋아.

잠시 고개를 돌려 옆을 보니 바르키엘은 아무런 생각 없이 히안을
따라가기 위해서 속력을 내기 시작했다.

"저 녀석, 정말 생각이 있는 녀석인지… 누님은 뭘 하신 거야? 작전
도 안 짰나?"

자신이 맡기로 한 바르키엘의 전뇌거 속도가 높아지자 뮤스는 어쩔
수 없이 투덜거리며 따라갈 수밖에 없었다. 잠시 뒤를 돌아보니 따라

오는 전뇌거들 역시 그를 따라 속도를 높이기 시작했다.

"이대로 가면 모두 위험할 텐데……."

뮤스 역시 서서히 속력을 높여가기 시작했다. 라이델베르크의 전뇌거 경주 코스는 시내와 시외를 여러 번 가로지르는 코스로서 시외에서는 고르지 않은 땅과 절벽 등이, 시내에서는 좁은 길과 급격한 코너가 관건이었다. 처음 출발 때보다 조금 더 빨라진 속도의 전뇌거들이 시내로 들어오자 자신의 집 창밖으로 구경을 하던 시민들은 환호성을 치며 종이 가루를 뿌려댔다. 시내로 들어오면서부터 뮤스가 바르키엘의 뒤로 빠지며 일렬로 늘어서게 되었고, 그저 뮤스의 앞에서 달린다는 것만으로도 바르키엘은 득의의 웃음을 짓고 있었다.

"헤헤, 뮤스 녀석을 드디어 제쳤군. 역시 네 녀석 따위가 나의 상대가 될 수는 없지. 아무렴."

그의 뒤를 따라가던 뮤스는 코가 간질거림을 느꼈다.

"에춰! 어떤 녀석이 내 욕을 하나. 설마 바르키엘 녀석이 자기 실력으로 날 제쳤다고 생각하는 건 아니겠지. 그렇게 멍청한 녀석은 아닐 테니."

시내로 들어간 후 몇 번의 코너를 돌자 라이델베리크 시의 중앙 도로가 나왔다. 마차가 동시에 여섯 대나 오갈 수 있는 폭을 가진 이 도로는 라이델벨르크의 모든 행사 중심이 되는 곳으로서 평소에는 광장으로 사용되는 곳이었다. 넓은 거리가 시야에 들어오자 뮤스가 말했다.

"히안, 누님의 옆으로 움직이면서 속도를 높여. 지금이 따라잡을 시간이다. 다만 도로가 끝나는 곳에서 다시 길이 좁아지니까 조심해라."

ㅡ알았어. 그럼 먼저 나가마. 잘 따라와라. 치익.

"녀석, 나중에 보자."

뮤스의 지시를 받은 히안은 전뇌거를 크라이츠의 왼쪽으로 붙였고, 전진발판을 조금씩 밟기 시작했다. 자신의 전뇌거 옆으로 간격을 줄이며 다가오는 것을 본 크라이츠는 새파란 애송이에게 질 수는 없었기에 더욱 속력을 올렸다. 하지만 앞으로 뻗어 나가는 두 전뇌거의 간격은 점점 좁아지고 있었고, 크라이츠는 이 의외의 사태에 어리둥절해했다.

"어머! 이게 어떻게 된 거지? 혹시 뮤스가 전뇌거에 장난이라도?"

그녀가 눈치를 챘을 때는 이미 늦어 히안의 전뇌거가 앞으로 치고 나오며 그녀와 나란히 달렸고, 그녀에게 손을 한번 흔들어 보인 히안은 금세 그녀를 앞설 수 있었다. 화가 난 크라이츠는 운전대를 고쳐 잡으며 이를 갈았다.

"흥! 고작 그 정도로 이 크라이츠님을 이길 수 있을 것 같으냐? 보잘 것없는 인간 주제에… 네 녀석쯤은 코스에서 상대해 주겠어!"

여유롭던 마음이 사라지며 순간 마룡으로 변한 그녀의 눈은 자신의 앞에서 엉덩이를 흔들며 달리고 있는 전뇌거를 향해 투지를 불태우고 있었다. 드래곤이 자신을 향해 이빨을 가는지 손톱을 다듬는지 알지 못하는 히안은 그녀를 따라잡았다는 도취감에 빠져 있었다.

"후훗, 이대로만 가면 전혀 문제없겠는걸? 폴린, 이 히안을 기다려라! 너의 낭군님이 멋진 모습으로 나타나 주마!"

이때 그들의 뒤를 따라오는 전뇌거들도 모두 같은 양상을 보이고 있었다. 뮤스는 바르키엘에게 손을 흔들며 그의 전뇌거를 추월해 간격을 벌리고 있는 중이었고, 남은 전뇌거들 역시 직선 주행에서 월등한 능력을 과시하고 있었다. 중앙 도로가 끝나가자 그 끝은 다시 좁은 도로로 연결되어 있었다. 자신의 위치를 확고히 한 햄브리겐의 선수들은 두 대의 전뇌거도 못 들어갈 정도로 협소한 도로를 누비고 있었다. 직선 주로에서의 주행에 만족한 뮤스는 모든 전뇌거에 알렸다.

"모든 전뇌거, 수고했습니다. 이제 조금 더 나가면 본격적인 경주 코스입니다. 사고를 주의해 주세요."

─칙. 접수했음.

그의 말대로 점점 거리는 넓어졌는데 전뇌거 경주에 가장 이상적인 폭이었다. 추월이 가능한 동시에 급격한 코너로 인하여 기술을 최대한 살려야 하는 지형이었다. 가장 앞서 나가고 있는 히안은 급격한 코너 지형인 이곳에서 운전의 어려움을 겪고 있었는데, 반면 운전에 능숙한 크라이츠는 히안과의 거리를 줄이고 있었다.

"호호호홋! 그럼 그렇지. 네가 뛰어봐야 벼룩 아니겠어? 이제 뒤처질 각오나 하고 있으렴!"

뒤에서 주시하던 뮤스는 다급한 목소리로 외쳤다.

"히안! 조금만 더 가면 주의해야 할 모퉁이야! 속도를 줄이라고! 이 녀석, 승부에 몰입했어!"

크라이츠가 자신을 추격하자 마음이 다급해진 히안은 컨트롤이 흐트러짐을 느끼면서도 속력을 높이고 있었고, 심리적인 부담감이 크게 작용을 해서인지 뮤스의 지시도 귀에 들리지 않았다. 그의 전뇌거가 달려가는 정면으로 급격한 코너와 함께 우람하게 버티고 있는 돌담이 있었는데, 이대로 간다면 히안의 충돌은 불 보듯이 뻔한 사실인 듯했다. 그의 컨트롤이 불안해지고 있다는 것을 느낀 크라이츠가 능숙한 실력으로 코너의 안쪽으로 붙으며 히안의 전뇌거를 앞지르기 시작했는데, 동력기의 회전을 전혀 줄이지 않고서도 전뇌거의 속도를 늦추어 코너를 도는 그녀의 실력은 혀를 내두를 만했다. 히안은 크라이츠가 자

신을 앞지르고 나가는 것을 보고 그제야 정신을 차리며 속도를 급히
줄였지만 아직도 속도가 너무 빠른지 그의 전뇌거 바퀴는 벽으로 충돌
할 듯이 밀리고 있었다.

"제길! 조금만 더 줄어다오!"

끼기기기긱—!

히안이 발악을 하며 운전대를 오른편으로 돌리자 전뇌거의 왼쪽 면
이 벽 위로 살짝 긁히며 바퀴 밀림이 멈추었다. 다시 컨트롤을 찾아 크
라이츠를 뒤쫓아가기 시작하는 히안의 등으로 차갑게 식은땀이 흘렀
고, 목이 타는 것을 느꼈다.

"흐엑! 죽을 뻔했군."

—칙! 히안, 미쳤어?

"뮤스, 나도 실감하니까 한 번만 봐줘라. 그런데 시합 중에 전뇌거
고장나면 누가 물어줘야 하는 거야?"

—칙! 특별히 네 전뇌거만 너에게 받으마. 그러니까 조심해라! 치익!

"치사한 녀석. 아무튼 너도 조심해라. 이번엔 네 차례다."

—네 걱정이나 해라. 이 정도는 누워서 봉봉 먹기지. 치익.

히안과 크라이츠가 방금 지나간 코너로 진입하고 있던 뮤스는 뒤를
따라오는 바르키엘의 전뇌거를 보며 말했다.

"이대로 가면 저 녀석이 벽과 충돌할 건데. 어떻게 하지? 에휴~ 내
가 왜 저 녀석을 이렇게 신경 써줘야 하는 건지……."

바르키엘의 실력을 뻔히 아는 뮤스로서는 의도적으로 속도를 줄일
수밖에 없었는데, 실력보다 행동이 앞서는 바르키엘의 충동을 걱정했
기 때문이었다. 하지만 바보와는 말도 안 통한다던가? 바르키엘은 뮤
스의 속내도 모르고 그를 추월하기 위해 속력을 내기 시작했다.

"움화화화! 나에게 선두를 양보해 줄 생각이구나, 기특한 녀석!"

자신이 이렇게까지 해도 눈치 못 채는 바르키엘을 보며 뮤스는 혀를 찼다.

"머리가 고강도 합금으로 되어 있는 녀석인가? 어찌 저렇게 생각이 없을 수가 있지? 누님이 출전한 이유를 알 만하군."

바르키엘이 기고만장하게 뮤스를 앞지르려 하자 그는 바르키엘의 전뇌거를 가로막으며 속도를 줄여 나갔다. 뒤에서는 바르키엘의 화난 표정이 보였는데, 자신의 속도를 줄이는 뮤스가 무척이나 불만인 듯했다. 그가 코너를 안전하게 돌 수 있을 정도로 속도가 떨어지자 뮤스는 다시 자신의 속도를 높이며 코너를 돌았고, 이미 안정 속도가 된 바르키엘은 아무런 위험 없이 코너를 지날 수 있었다.

"뮤스, 이 녀석! 나를 떨어뜨리기 위해 이런 치사한 방법을 쓰다니! 나를 시기하는구나! 궁시렁궁시렁……."

바르키엘은 차라리 안 듣는 것이 나을 정도의 욕지거리를 뮤스에게 퍼부으며 그의 뒤를 쫓고 있었다. 다행스럽게도 바르키엘만큼 어리버리한 선수는 더 이상 없었는지 주의를 요했던 코너에서의 사고는 일어나지 않았다.

전뇌거들은 조금의 순위 변동만을 가진 채 시외의 코스로 접어들고 있었다. 가장 앞에서 달리고 있는 크라이츠, 그녀의 뒤로 다시금 선두 탈환을 노리고 있는 히안, 실력 차가 너무 현격해 느긋하게 전뇌거를 몰고 있는 뮤스가 선두 그룹이었다.

바르키엘은 뒤에서 따라오는 다른 선수들에게조차 추월을 당하고 있는지 모습을 보이지 않고 있었다. 뒤쪽으로 멀리 햄브리겐 대학교의 문양이 도장되어진 전뇌거와 카이젠 대학교의 문양이 도장되어진 전뇌거가 각각 보였지만 바르키엘의 그것은 아니었다. 이대로 달려 햄브리겐 대학교가 승리를 하면 좋겠지만 아무래도 바르키엘이 걱정된 뮤스는 속도를 조금씩 줄였다.

"히안, 아무래도 바르키엘 녀석이 불안해. 그 녀석 좀 기다렸다가 갈게."

―칙… 바르키엘은 왜? 데이트라도 하려고?

"마음대로 생각해라. 아무튼 크라이츠 누님이나 잘 맡아. 그럼 나중에 보자."

―알았어. 치익.

뮤스가 전뇌거의 속도를 줄이자 뒤따라오던 두 대의 전뇌거가 그를 지나쳤고, 그와 히안의 대화를 들은 나머지 햄브리겐의 선수들도 그의 전뇌거를 피하며 달렸다. 다시 두 대의 전뇌거가 그의 시야에 들어왔는데, 한 대는 뒤처진 햄브리겐의 전뇌거였고 나머지 한 대는 바르키엘의 전뇌거였다.

"저 녀석은 나와 붙자더니 왜 엉뚱한 사람과 붙어 있는 거야?"

장난기가 조금 발동한 뮤스는 전뇌거에 부착된 원거리대화기를 조정해 바르키엘의 원거리대화기에 맞췄다.

"이봐, 바르키엘! 왜 이렇게 기어오시나?"

―치칙. 어라! 네 녀석 목소리가 왜 여기서 나오냐!

"그런 건 알 거 없고, 나의 상대인 네가 오지 않아서 이렇게 기다리고 계신다. 빨리 좀 올 수 없냐?"

―칙. 이, 이 녀석이! 기다려라! 내 금방 가마!

뮤스의 놀림이 활력소가 되었는지 그는 뮤스와 간격을 줄이기 시작했다. 이미 그와 달리던 전뇌거는 뮤스와 그를 지나쳐 갔지만 그의 눈에는 뮤스만 보이는지 나름대로의 최선을 다하고 있었다.

"바르키엘, 이러다가 나도 5위 안에 못 들겠는걸? 이왕 이렇게 된 거 우리 같이 천천히 가자고!"

─누, 누가 네놈 따위와 같이 간다는 거냐! 치익!

순간 바르키엘이 분노하며 전뇌거의 발판을 힘껏 밟았고, 속도를 줄이고 가던 뮤스의 전뇌거를 추월했다.

"오호~ 이 녀석, 꽤 화났나 보군. 하지만 조심하는 게 오래 사는 비법일 거다."

바르키엘의 전뇌거를 따라 속력을 내기 시작한 뮤스의 전뇌거 뒤로 뿌연 먼지가 피어 올랐다. 시간이 조금씩 지나자 바르키엘과 뮤스의 앞쪽으로 먼저 달려가던 전뇌거의 꼬리가 보이기 시작했고, 바르키엘은 한 대 두 대 앞질러 나가기 시작했다. 바르키엘의 뒤를 따르던 뮤스 역시 그에 맞춰 앞서 달리던 전뇌거들을 앞질러 나갔다. 모든 전뇌거들은 어느덧 도시의 외곽을 달리고 있었다. 도시 외곽의 도로는 모래가 낳아 방향을 바꿀 때나 속도를 조절할 때마다 쉽게 미끌어졌고, 노면의 굴곡 역시 뚜렷해 전뇌거가 심하게 흔들렸다. 바르키엘은 갑작스러운 변화에 적응이 힘든지 전뇌거가 심하게 흔들리고 있었다.

"바르키엘 녀석, 골치 아프군. 조금만 더 가면 린 강의 절벽인데……."

햄브리겐 대학교의 정문. 수많은 사람들이 전뇌거가 들어올 시간이 되자 그것을 보기 위해 모여들고 있었다. 전뇌거 경주도 처음 보는 것이겠지만, 우승하는 학교에 많은 가산점이 주어지기 때문에 많은 사람들의 관심거리가 될 수 있었다. 결승 지점에서 전뇌거들을 초조하게 기다리고 있는 양 학교의 여가 활동 동호회 회원들이 전뇌거가 가장 먼저 모습을 보일 도로의 끝을 향해 시선을 모으고 있었다. 카타리나는 뮤스가 준 전뇌거 모형을 손에 꼭 쥐고 있었다.

"누가 제일 먼저 들어올까?"

"호홋! 그야 당연히 히안 아니겠니? 히안이 뮤스의 누나에게 질 이유가 없잖아? 여자에게도 진다면 말이 안 돼!"

"그래도 뮤스의 누나가 뮤스보다 운전을 잘한다던데?"

카타리나가 이의를 제기하자 폴린은 콧방귀를 꼈다.

"흥! 그럼 뮤스보다 우리 히안이 못하다는 거니? 그거 이리 줘봐!"

카타리나의 손에서 모형 전뇌거를 빼앗아 든 폴린은 자신의 손에 들고 있는 전뇌거 모형과 함께 테이블에 올려놓고 말했다.

"잘 봐, 카타리나. 이게 히안의 전뇌거고, 이것이 뮤스의 누나 전뇌거라고 치면 이 정도의 거리 차이가 나면서 히안이 이길 거야!"

테이블에 놓여진 두 대의 전뇌거 모형 사이는 폴린이 벌린 팔 길이만큼 벌어져 있었다. 어린애 같은 그녀의 투정에 빙긋 웃은 카타리나는 고개를 끄덕이며 말했다.

"풋, 그래, 그랬으면 정말 좋겠다."

폴린이 히안을 두둔하는 것을 보자 카타리나는 불현듯 뮤스의 얼굴이 떠올랐다.

'뮤스는 어떻게 하고 있을까?'

"호홋, 당연히 이렇게 될 거야! 자, 이거나 받아."

폴린은 어깨를 으쓱이며 손에 들려 있던 카타리나의 전뇌거 모형을 그녀에게 던져 주었지만 잠시 딴생각을 하던 카타리나는 그 전뇌거 모형을 받지 못했다. 나무로 만들어진 그것은 카타리나의 손을 맞고 땅으로 떨어져 몇 번을 굴렀다.

타닥.

카타리나의 전뇌거 모형이 땅에 떨어지자 폴린은 당황해 어쩔 줄 몰라 했다.

"어머! 미안해, 카타리나. 나는 네가 받을 줄 알았는데……."

떨어진 전뇌거 모형을 주워 들던 카타리나는 뭔가 불길한 예감이 뇌리를 지나쳤다. 하지만 폴린에게 화가 난 것도 아니기에 애써 불길한 예감을 지우며 웃었다.

"아냐, 폴린. 내가 정신을 다른 데 팔고 있어서 그런 거지 뭐. 괜찮아, 고장난 것도 아니잖니."

"어쩜 카타리나는 이렇게 마음도 넓니! 역시 날개만 없었지 천사라니까!"

카타리나가 화를 내지 않자 안도의 한숨을 내쉰 폴린은 속으로 자신을 질책하고 있었다.

열여섯 대의 전뇌거가 먼지를 뿜으며 라이델베르크의 외곽 도로를 달리고 있었다. 가장 선두는 역시 크라이츠였고, 히안은 그녀의 뒤에서 이질적인 도로에 고생하고 있었다. 꼬불꼬불한 길을 달리려니 당연히 속도가 줄었고, 노면마저 안 좋아 최악의 조건이었다. 그에게는 속도를 별로 줄이지 않고서도 귀신처럼 길을 빠져나가는 크라이츠가 더욱 큰 벽으로 느껴지고 있었다. 조금 더 달리자 뮤스가 주의를 줬던 린 강의 절벽이 그의 눈에 들어오기 시작했다. 이미 실수로 시내에서 사고가 날 뻔했던 히안은 조심스럽게 속도를 줄였고, 그의 앞에서 달리던 크라이츠 역시 속도를 줄이는 것을 느꼈다. 크라이츠의 전뇌거가 린 강의 절벽을 따라 돌 때 그녀의 전뇌거는 지금까지 본 적 없으리만큼 크게 미끄러졌고, 속도를 더욱 줄인 후에야 안전하게 그곳에서 빠져나 갈 수 있었다. 그 모습을 본 히안 역시 가슴이 철렁해 속도를 크게 줄 여 절벽 코너에 진입했지만 엄청난 미끌어짐을 느꼈다.

"으엑! 여긴 빙판인가? <u>으으으으</u>……."

거의 기어가듯이 속도를 줄인 히안은 바퀴가 안정된 것을 느끼고 천 천히 절벽을 돌아 나갔다. 이곳에서 크라이츠에게 많이 뒤처졌지만 목 숨을 구한 것이라고 생각한 히안은 다시금 속력을 내기 시작했다.

"모두들 들어! 린 강의 절벽 땅이 정말 미끄러워. 속도를 최대한 줄 인 후에 돌아!"

—치익. 고마워, 히안.

—알겠다. 치익.

히안이 지나간 후에 여러 대의 전뇌거가 그곳을 지나기 시작했는데, 카이젠 대학교 측의 선수들 역시 그에 대한 언급을 미리 들었는지 최 대한 조심하는 모습이었다. 세 대의 전뇌거가 지나간 후에야 바르키엘 과 뮤스의 전뇌거가 그곳에 모습을 드러냈는데, 바르키엘은 뮤스에게 쫓기며 흥분한 상태였다.

—치익! 이봐, 바르키엘. 속도를 줄이라고! 안 그러면 위험해!

원거리대화기에서 들려오는 뮤스의 목소리에 바르키엘은 비웃음을 흘렸다.

"흥! 네 녀석이 그 따위로 말한다고 해서 내가 겁을 낼 줄 아느냐? 나는 바르키엘님이시란 말이다!"

바르키엘이 자신의 말은 들을 생각을 하지 않자 다급해진 뮤스는 전 뇌거의 속도를 높여 바르키엘의 전뇌거 옆으로 붙었다. 전뇌거의 창밖으로 씩씩거리며 전뇌거를 운전하고 있는 바르키엘의 얼굴이 보였다.

"이 자식아, 이대로 가다간 죽는단 말이야!"

"뮤스! 조용히 해라! 네 녀석을 이기고 말 테니까."

"바보 자식!"

두 대의 전뇌거는 서로 붙은 채로 린 강의 절벽 모퉁이에 접어들고 있었다. 두 전뇌거의 바퀴는 빙판에서의 그것과 같이 절벽 쪽으로 미끄러졌고, 바르키엘은 미끄러짐이 생각보다 심하자 당황하며 그제야 급히 속력을 줄였다. 하지만 이미 때는 늦었는지 절벽의 끝으로 미끄러져 나가는 그의 전뇌거는 멈출 생각을 하지 않았다.

"이, 이런, 전뇌거가 멈추지 않아!"

그와 함께 달리던 뮤스 역시 같은 상황이었다.

"으으윽! 이러다가 둘 다 절벽 아래로 떨어지겠어!"

두 대의 전뇌거가 멈출 기색 없이 엉켜 절벽의 모서리 쪽으로 미끄러지자 바르키엘은 죽음이라는 단어를 떠올리며 온몸을 떨기 시작했다.

"이, 이렇게 죽기는 싫어! 사, 살려줘!"

뮤스는 전뇌거의 창밖으로 눈물을 흘리며 떨고 있는 바르키엘을 바라보며 고개를 저었다. 암담한 표정으로 운전대를 잡고 있던 그는 입술을 질끈 깨물었다.

"일단 바르키엘부터 살리고 봐야겠군. 나야 뇌공력으로 몸을 보호한다면 충격을 최대한 줄일 수 있겠지!"

결심을 굳힌 뮤스는 급히 운전대를 바르키엘의 전뇌거 쪽으로 돌렸다. 그와 함께 뮤스의 전뇌거가 방향을 틀며 바르키엘의 전뇌거와 충돌했고, 그 힘으로 인하여 바르키엘의 전뇌거는 서서히 멈추기 시작했다.

쿠쿵—! 츠즈즈즈즉—

알지 못할 충격을 받은 후 전뇌거가 멈추고 있음을 느낀 바르키엘은 상황을 깨닫기 위해 창밖을 내다보았는데, 그곳에는 뮤스의 전뇌거가 절벽으로 미끌어져 나가고 있었다. 상황을 대충 이해한 바르키엘이 넋 나간 사람처럼 뮤스의 전뇌거를 응시하고 있을 때 원거리대화기에서 뮤스의 목소리가 들려왔다.

—치칙… 이봐, 바르키엘. 운이 좋다면 살아서 다시 만나자.

뮤스의 말을 들은 바르키엘은 둔중한 물체로 머리를 얻어맞은 듯한 느낌을 받으며 어떤 말이라도 해야겠다고 생각했지만 그의 입은 아교칠이라도 한 듯 마음대로 움직이지 않았다.

"이봐, 뮤스… 나 때문에! 뮤스!"

겨우 입을 열 수 있었던 바르키엘이 창문을 치며 뮤스를 불렀을 때, 뮤스의 전뇌거는 절벽 아래로 추락하고 있었다.

린 강의 절벽 위에는 수많은 사람들이 모여 있었다. 사고가 난 후 꽤 많은 시간이 경과되었지만 아직까지 이렇다 할 구조 작업은 이루어지지 않고 있었다. 재해 대책반이 도착하기 전이었기에 사람들은 절벽 아래로 내려갈 생각을 하지 못하고 어렴풋이 보이는 전뇌거 파편만을 보며 안타까워했다. 전뇌거에서 내려 땅바닥에 주저앉아 있던 바르키엘은 넋이 나간 표정으로 중얼거리고 있었다.

"뮤스… 왜… 왜……."

이때 라이델베르크에서 뻗어 나오는 길의 끝에서 재해 대책반장인 안루헨을 필두로 한 사람들이 큰 마차를 타고 몰려오고 있었다. 어깨에는 저마다 굵직한 밧줄을 메고 있었고, 양손에는 구조 장비들이 들려 있었다. 그들을 본 바르키엘이 재빨리 일어나 외쳤다.

"왜 이제야 오는 거야! 굼뱅이들 같으니라고!"

재해 대책반의 마차가 그의 앞에 도착하자 안루헨은 바르키엘을 향해 외쳤다.

"아! 바르키엘이었군. 그나저나 어떻게 된 건가? 전뇌거에 타고 있던 사람은?"

"뮤스가 타고 있었어요! 전뇌거와 함께 저 아래로 굴러 떨어져 버렸다구요!"

바르키엘의 말을 들은 안루헨은 나직히 탄식을 하며 뒤에 있던 대원들에게 지시를 했다.

"자, 다들 저 아래로 내려 보내. 극히 조심해야 하네. 높이가 무려 25멜리나 되니까. 아무래도 살았을 가능성은 없을 것 같군."

"네! 알았습니다."

그의 지시를 받은 대원들은 절벽 쪽으로 뛰어가 어깨에 메고 있는 밧줄들을 풀어 하나로 묶었고, 옷에 붙어 있는 고리에 연결하여 절벽 밑으로 내려가기 시작했다. 바르키엘은 절벽 쪽을 바라보고 있는 안루헨의 오른팔을 쥐었다.

"안루헨 아저씨… 제발 뮤스를 구해주세요. 저 때문에… 저 때문에……."

"자네 때문이라니?"

"제가 고집을 피우지만 않았어도……."

"일단 설명을 듣는 것보다 뮤스 군을 구하는 것이 먼저이니 경과를 두고 보도록 하지."

안루헨과 바르키엘이 절벽으로 걸어가 대원들이 투입되고 있는 아래쪽을 내려다 봤지만 암석에 가려 전뇌거의 동체는 보이지 않았다.

"비켜요─!"

저 멀리에서 들려오는 외침 소리에 바르키엘과 안루헨이 고개를 돌려보자 라이노를 타고 오는 드워프들과 크라이츠가 보였다. 라이노는 천으로 뒤덮혀 있는 물체를 끌고 있었는데, 덩치는 라이노와 비슷했고 높이는 어른 키의 두 배 정도 되어 보였다. 절벽 가까이에 라이노를 세운 드워프들은 서둘러 뒤의 물체를 덮고 있는 천을 벗겨냈고, 켈트는 사촌들에게 소리쳤다.

"브라이덴! 전뇌거중기를 고정시켜! 레딘은 쇠사슬을 준비하고 블뤼안은 사람들 좀 정리해 줘!"

전뇌거중기라 불린 기계의 모습을 보자면, 본체의 위쪽에 장치된 길고 굵직한 철골은 상하로 움직일 수 있도록 만들어져 있었고, 그 철골의 끝으로 고리가 달려 있었는데 레딘이 그 고리에 쇠사슬을 연결하고 있었다. 라이노에서 내려 절벽 아래를 바라보던 켈트가 나직히 말했다.

"흠… 쉽지는 않겠군. 설마 인명 구조를 위해서 만들어놓은 전뇌거중기에 가장 먼저 끌어 올려질 사람이 자신이리라고는 상상도 못했겠지."

그의 등 뒤로 안루헨이 다가와 굵직한 목소리로 말했다.

"지금 뭐 하는 겁니까! 지금 재해 대책반에서 구조 작업 중입니다!"

안루헨의 말에 켈트는 고개도 돌리지 않았다.

"저 뒤에 계신 크라이츠님과 이야기하시오. 우리는 바쁘니까."

"크라이츠님이시라면 공학원의?"

"거참, 귀찮게 하시네. 뒤에 계시니까 말 좀 시키지 마시오. 이봐들, 준비는 다 되었나?"

안루헨을 지나쳐 사촌들에게 뛰어간 켈트는 전뇌거중기에 연결된 쇠사슬에 자신의 허리를 묶기 시작했다. 허리에 쇠사슬을 묶은 켈트는 절벽으로 걸어가 매달리며 레딘에게 외쳤다.

"이봐, 레딘! 전뇌거중기를 내려! 천천히! 예전처럼 떨어뜨리면 가만히 안 둘 거야!"

약간의 미심쩍은 표정을 짓고 있는 켈트를 향해 레딘은 머리를 긁적이며 웃었다.

"흘흘… 알겠수! 설마 내가 형님을 죽이기야 하겠수?"

레딘이 전뇌거중기의 한 켠에 있는 스위치를 내리자 쇠사슬이 풀리며 켈트를 절벽 아래로 내리기 시작했다. 켈트의 모습을 바라보던 안루헨은 전뇌거에서 내려 절벽 아래를 내려다보고 있는 크라이츠에게 다가갔다.

"안녕하십니까, 크라이츠님. 저를 기억하시겠습니까?"

고개를 돌려 안루헨을 바라본 크라이츠는 고개를 살며시 숙이며 인사를 했다.

"아, 하버만 후작님 댁에서 뵌 안루헨님이시군요. 안녕하셨나요?"

"그나저나 저건 뭘 하는 물건이죠?"

"예전에 뮤스가 길가를 지나다가 어떤 사고를 목격했었나 봐요. 그러더니 시간이 나는 대로 전뇌거중기를 만들더군요. 인명 구조에 쓰일 거라면서… 정말 웃기죠? 그렇게 만들어놓은 것에 자신이 가장 먼저 구조가 된다는 것이."

안루헨이 잠시 기억을 더듬다가 시내의 마차 충돌 사고가 떠오르는지 고개를 끄덕였다.

"아… 그렇다면 그 식당가의 사건이었군요. 저도 그때 뮤스 군의 놀라운 능력을 목격했습니다."

안루헨이 그 사건에 대해 침을 튀며 말하고 있을 때 절벽 아래서 들려오는 켈트의 목소리에 다시 시선을 돌려야 했다.

"레딘, 끌어 올려!"

켈트의 신호를 들은 레딘이 스위치를 올렸고, 그와 함께 요란한 소리가 들리면서 전뇌거중기는 쇠사슬을 조금씩 감아 올렸다. 수십여 명의 장정이 끌어 올려도 버겁기만 할 전뇌거를 별 어려움 없이 끌어 올리는 전뇌거중기의 괴력은 밧줄을 타고 힘들게 내려가고 있는 재해 대책반의 얼을 빼기에 충분했다. 몇 분이 지나자 걸레처럼 뭉개진 전뇌거의 형체가 보였고, 그 위에 타고서 함께 올라온 켈트는 레딘을 향해 손가락을 빙글빙글 돌렸다.

"알겠수, 형님. 이쪽이던가?"

레딘이 옆에 있는 스위치를 내리자 전뇌거를 끌어 올리던 철골이 방향을 바꾸며 돌아갔다. 매달려 있는 전뇌거가 길 한쪽에 위치하자 켈트는 손바닥을 아래위로 흔들었다.

"이제 천천히 아래로 내리라고! 실수하면 살아 있던 뮤스라도 다시 죽어!"

"걱정도 팔자유, 형님."

전뇌거를 아래로 천천히 내려 땅에 닿자 블뤼안과 브라이덴이 손에 거대한 칼처럼 생긴 무엇인가를 들고 전뇌거에 달려들었다.

"자, 시작해 보자고, 블뤼안."

위잉— 징징!!

그들의 손에 든 거대한 칼은 진동 소리를 내기 시작했고, 전뇌거의 찌그러진 부위에 가져다 대자 철판으로 이루어진 전뇌거의 몸체가 두부 잘리듯 잘려 나오고 있었다.

"브라이덴, 조심하게나. 잘못하다가 뮤스 군 팔이라도 하나 잘려 나가면 자네 월급도 없을 걸세. 끌끌."

실없는 농담을 살벌하게 주고받은 그들은 전뇌거를 다 난도질했는지 손에 있는 기계를 내려놓고 손으로 뜯어내기 시작했다. 크라이츠와 안루헨 역시 구조 작업을 보기 위해 다가갔고, 바르키엘은 두 손을 모으며 그 광경을 바라보고 있었다.

트특―

전뇌거의 문짝을 뜯어낸 블뤼안은 어이없는 표정으로 고개를 돌려 크라이츠를 바라보았다.

"크라이츠님! 뮤스 군이 없습니다!"

"뭐라고요?!"

블뤼안의 말을 늘은 크라이츠는 넝마가 된 전뇌거를 향해 뛰어갔다. 전뇌거의 안쪽을 둘러보던 그녀는 무엇인가를 발견했는지 눈에 이채를 띠었다. 전뇌거의 창문 쪽에 손을 가져간 크라이츠는 유리에 찢겨 있는 천 조각 하나를 집어 올렸는데 자세히 보니 햄브리겐 대학교의 복장 조각이었다.

"아무래도 뮤스는 창밖으로 튕겨 나간 것 같아요. 절벽 반대쪽은 어떻죠?"

그녀의 물음에 이곳의 지리를 잘 알고 있는 안루헨이 나섰다.

"절벽을 타고 모두 강물입니다. 전뇌거는 땅으로 충돌했지만 뮤스 군이 전뇌거 밖으로 튕겨져 나갔다면 강으로 떨어졌을 가능성이 크겠군요.”

한쪽에서 고개를 끄덕이던 브라이덴이 물었다.

“그렇다면 이러고 있을 때가 아닙니다. 강 아래쪽을 수색해 봐아겠군요!”

“그것은 저희 재해 대책반에서 맡겠습니다. 만에 하나… 린 강의 하류 쪽으로라도 떠내려갔다면… 살아 있더라도 살아올 수는 없을 겁니다.”

안루엔의 말에 드워프들은 무엇인가를 떠올리는지 각자 낮은 목소리로 신음성을 흘렸다.

“드베인 숲…….”

“어둠의 땅…….”

하지만 그것도 잠시, 켈트가 사촌들을 향해 빙긋 웃으며 턱으로 크라이츠를 가리키자 다른 드워프들도 회심의 미소를 보이기 시작했다. 하지만 안루헨은 아직도 걱정스러움에 한숨을 쉬고 있었으니…….

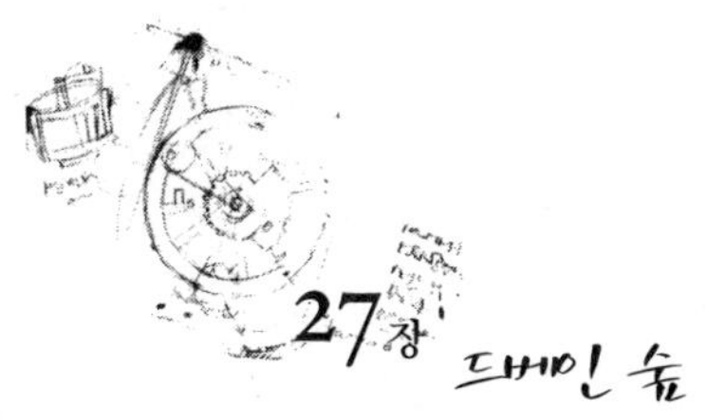

27장 드베인 숲

　어두운 숲, 높이 뻗어 있는 나뭇가지 사이로 점점이 흘러 들어오는 빛을 제외한다면 완연한 어둠을 뿌리는 곳이었다. 약 100멜리는 됨직한 니른 강폭을 거의 뉘넒을 만큼 거대한 나무들이 우거져 있었고, 햇살이 들어옴에도 불구하고 강물의 색은 검으리만큼 어두웠다. 검푸른 강물이 천천히 흐르는 주변으로 검고 고운 모래가 싸여 있었다. 검은 모래 위 하나의 인영이 정신을 잃고 누워 있었는데, 그의 몸은 암흑이 만연한 이 숲과는 이질적으로 오색의 영롱한 빛이 흐르고 있었다. 단발의 검은 머리칼이 엉클어져 얼굴을 가리고 있었고, 그 머리카락 사이로 언뜻언뜻 보이는 피부가 창백했다. 하지만 그의 몸에서 흐르는 오색의 빛이 밝아질수록 얼굴은 화색을 되찾았고, 찢어진 옷 사이로 드러난 팔의 상처가 조금씩 아물고 있었다. 한 시간여가 흐르자 영롱하던 빛은 점차 사그라들었고, 죽은 듯 움직이지 않던 인영의 손끝이 조금씩 움찔거렸다.

"으음……."

머리를 조금 움직이는가 싶더니 이어 팔이 움직였고, 몸을 일으켜 세우기가 힘든지 신음성을 흘리며 손으로 땅을 짚었다.

"헉… 헉… 죽지는 않았군. 뇌공력으로 몸을 감쌌던 것이 다행이야."

바로 절벽 아래로 전뇌거와 함께 추락해 버린 뮤스였다. 물기 때문에 시야를 가리는 머리카락을 쓸어 넘긴 뮤스는 주변을 살펴보았다. 정신을 잃기 전과는 전혀 다른 분위기를 가진 곳으로 자신의 운명에 혀를 찼다.

"쯔쯧… 나는 어떻게 정신만 잃었다가 깨어나면 다른 곳이지?"

팔과 다리를 움직여 보며 몸 상태를 보았지만 거짓말처럼 아무런 이상이 없었다.

"뇌공력은 정말 겪을수록 대단하다는 생각이 드는군. 그나저나 이곳은 어디야? 분위기로 봐서 좋은 곳은 아닌 듯한데."

자신의 어깨 부근을 만지자 가죽으로 된 끈의 느낌이 전해져 왔다. 안도의 한숨을 쉰 뮤스는 강을 바라보았다.

"휴우~ 가방이 떨어져 나가지 않아서 천만다행이군. 강을 떠내려왔으니 돌아가려면 강을 따라 올라가야겠지? 그러려면 나침반이 있어야겠는데… 어디 보자, 어라! 방수 처리까지 된 가방이었나?"

크라이츠가 전해준 가방을 뒤적거리던 뮤스는 가방 속으로 물이 전혀 스며들지 않았음을 느끼며 감탄했고, 그 안에서 뾰족한 철 조각과 거무튀튀한 돌을 꺼내 들어 둘을 마찰시키기 시작했다.

"자석으로 철 조각을 문지르면… 멋진 나침반이 되지."

자석으로 문지른 철 조각의 중심을 손끝에 올려놓자 그것은 빙글빙
글 돌다가 서서히 멈추며 강이 흐르는 방향과 일치되었다.

"음… 해가 기울어 있는 곳이 북쪽일 리는 없으니 저쪽이 남쪽이겠
군. 그럼 강변을 타고 북상하면 되는 건가? 시간이 얼마나 지났을
지……."

자신이 해야 할 일을 결정하자 뮤스는 서슴없이 몸을 일으켜 강을
따라 걸어 올라갔다. 숲 속으로 들어간다면 너무나 어두웠기에 길을
잃기 십상이었고, 여행에 익숙하지 않은 자신으로서는 위험천만한 일
이었기에 그나마 빛이라도 들어오는 강변의 길을 택한 것이었다. 강을
따라 걸어가다 보니 사람들이 다니지 않아서인지 점차 덤불이 우거져
험한 길로 변하였다. 거기다가 엎친 데 덮친 격으로 날까지 저물어가
자 뮤스는 난처해할 수밖에 없었다.

"후우~ 그렇다면 나침반 하나만 믿고 숲을 가로질러야 한단 말인
가? 밤에 숲을 다닌다는 것은 위험한 짓이라고 했으니 일단 쉴 만한 곳
을 찾아보자."

강을 따라 올라가기를 포기한 뮤스는 방향을 바꾸어 숲으로 들어가
기 시작했다. 그의 예상과 같이 숲 속으로 한 걸음씩 옮길 때마다 어둠
은 점차 극성을 부리며 뮤스의 시야를 가리고 있었다.

"이런 곳이라면 하루 종일 밤과 같겠어. 아! 휴대 전등이 있지… 정
신머리 하고는……."

가방에서 둥근 통 모양의 휴대 전등을 꺼낸 뮤스는 뇌공력을 끌어올
리며 휴대 전등에 불을 밝혔다. 다른 이들이 쓰는 전뇌 기기들은 마나
구가 내장되어 있었기에 별도의 전원이 필요없었지만 뮤스가 가지고
있는 것들만은 스스로 뇌공력을 주입하도록 만들었다. 그러는 편이 전

뇌 기기들의 성능을 알맞게 조절할 수 있어 편리했기 때문이었다. 휴대 전등으로 이리저리 비추던 뮤스는 어디를 봐도 비슷비슷하다는 느낌을 받으며 조금이라도 습기가 없는 곳을 찾기 위해 걸음을 다시 옮겼다.

아울!

멀리서 들려오는 늑대 울음소리는 조심스럽게 걸어가던 뮤스의 등줄기에 땀을 맺게 했다. 아직 약관도 되지 않은 그가 홀로 이런 숲 속을 헤쳐 나간다는 것이 쉽다고 말한다면 분명 거짓일 것이다. 휴대 전등을 들고 있다고 해도 그것이 밝혀줄 수 있는 영역이 한정적이었기에 그 이외의 영역에 대한 두려움 또한 크게 느껴졌다. 가만히 땅의 흙과 나뭇잎을 만져 보던 뮤스는 젖어 있지 않음을 느끼고 만족스러워했다.

"이 정도면 되겠지? 불이나 피우자, 추워질 것 같으니."

주변에 굴러다니는 나뭇가지들을 모아온 뮤스는 마른 나뭇잎을 아래에 깔고 나뭇가지들을 위로 쌓았다. 뇌공력으로 마른 나뭇잎에 불을 붙이자 연기를 내며 타 들어갔고, 입으로 조금 바람을 불자 나뭇가지에 불이 옮겨 붙었다. 젖은 옷을 말리기 위해 옷가지를 벗은 뮤스는 그것을 불 주변에 걸어놓았고, 속옷만을 입고 있었다.

"후훗, 조금 두렵기는 하지만 나름대로 색다르기는 한걸? 이런 기분이 언제까지 계속될지는 모르겠지만… 겨울에 이렇게 벗고 있다가 고뿔이나 걸리는 게 아닐지 모르겠네."

손에 쥐고 있던 불쏘시개로 잘 타고 있는 모닥불을 쑤시며 한탄을 했다.

"지금쯤 모두들 걱정하고 있겠지? 바르키엘 녀석은 어떤 표정을 짓고 있을까? 얼떨결에 목숨을 구해준 영웅이 되어버린 건가? 아니면 건방 떨었다고 날뛰고 있으려나.”

　중얼거릴 건더기가 없어지자 무료해지기 시작했다. 보통의 사람들
이라면 차갑게 느낄 만큼 시린 바람이 불었지만, 뇌공력을 이용하게 된
이후로는 추위를 거의 못 느꼈기에 이 날씨에 속옷 하나만 입고 있는
데도 졸려움을 느꼈다.

　“하암, 이렇게 불을 피워놓으면 짐승들이 못 다가오겠지?”

　그렇게 생각하며 눈을 붙였지만 고개를 흔들며 다시 눈을 떴다.

　“아냐… 이곳은 워낙 이상한 일이 많이 일어나니 아닐 수도 있어.
쩝, 귀찮긴 하지만 덫이라도 몇 개 설치해야겠군.”

　몸을 일으킨 뮤스는 가방을 허리에 매고서 나무 사이를 누볐다. 그
의 손에는 레딘이 만들어준 얇은 유리실이 들려 있었는데 이런 밤에
절대 눈에 띄지 않을 뿐만 아니라 날카로움까지 갖췄기에 아무것도 모
르고 다가오는 맹수들에게 충분히 위협이 될 수 있었다. 물론 일반 숲
에 설치를 한다면 극히 위험하겠지만, 이런 곳에 사람이 다닐 리는 없
다고 생각했기에 뮤스의 행동에는 거리낌이 없었다.

　“이만하면 됐겠지?”

　손을 한번 털어본 뮤스는 다시 나뭇잎을 모아 푹신하게 만든 잠자리
에 몸을 누이며 가방 안에 이불을 넣어두지 않았음을 후회하고 있었다.
사실 그의 가방은 움직이는 공학원이라 할 만큼 그가 만든 수많은 기
계와 다양한 재료들이 들어 있었는데, 그럼에도 무게와 부피가 변하지
않아 그의 마음에 꼭 들었던 것이었다.

　하늘로 치솟은 나무들 사이로 밤 안개가 서서히 드리워지고 있었다.
완연한 밤이 되자 숲은 점차 기이한 움직임으로 들끓기 시작했는데, 미

묘한 곤충들의 움직임부터 수풀의 움직임까지 그곳은 조금씩 약동하고
있었다. 아무런 낌새도 알아채지 못한 뮤스가 나뭇잎 위에서 뒤척이며
단잠을 자고 있을 때였다.

크허헝!

"뭐, 뭐지?"

가슴 한 켠을 울리는 비명 소리에 몸을 일으킨 뮤스는 재빨리 휴대
전등을 비추며 사방을 살펴보자 그가 누워 있는 곳을 중심으로 사방의
수풀이 조금씩 움직이고 있었는데, 방금 전의 비명은 자신이 설치해 놓
은 유리실에 의한 것이라 추측할 수 있었다. 긴장감이 흐르는 가운데
뮤스는 손만을 움직이며 이미 꺼져 버린 모닥불 주변에 널려 있는 옷
을 걸쳤다. 아직 다 마르지는 않았지만, 여차하면 달아날 판국에 속옷
만 입을 수는 없었기에 달리 불평할 수는 없었다. 잔뜩 당겨진 긴장감
이 흐르고 있는 어두운 수풀의 검은 그림자는 더욱 격렬하게 움직였고,
그는 사방에서 무엇인가가 자신을 향해 조여오고 있다는 것을 느낄 수
있었다.

크르르르……

섬뜩한 소리를 들은 뮤스는 다가오고 있는 것들이 드워프 같은 유사
인종은 아니라는 것을 직감했고, 맨손으로 당하고 있을 수는 없다는 생
각에 땅바닥에 나뒹굴고 있는 굵직한 나무 몽둥이를 주워 들었다. 그
가 긴장감을 모공으로 느끼며 조심스럽게 휴대 전등을 수풀로 비추자
순간 시퍼런 두 눈동자가 번뜩였고, 그에 놀란 뮤스는 뒷걸음질을 치며
소리를 질렀다.

"으악!!"

비명 소리가 터지자 수풀 속에서 뮤스를 조여오던 생명체는 요란한

울음소리를 터뜨리며 뮤스에게 달려들었다.

크엉!

무엇인가가 재빠르게 자신을 향해 덤벼드는 모습을 보고 더욱 기겁을 한 뮤스는 눈을 질끈 감으며 오른손에 들린 몽둥이를 휘둘렀지만 그의 손으로 느껴지는 감촉은 아무것도 없었다. 하지만 곧 왼쪽 어깨가 뜨거워짐을 느끼며 휴대 전등을 떨어뜨려야만 했다.

타닥!

정신을 차린 뮤스는 다시 눈을 떠 자신을 공격한 생명체를 바라보았지만 휴대 전등을 떨어뜨린 이상 달빛조차도 없는 이곳에서 자신을 공격한 그것이 무엇인지 알아내는 것은 불가능했다. 그나마 다행인 것은 수풀에 숨어 있는 다른 것들이 움직일 생각을 하지 않고 있다는 것이었다. 순간 이 난관에서 빠져나가기 위해 짜내던 뮤스의 생각은 뇌동체술법에 미쳤다.

'그래, 뇌동체술법을 이용해야 해. 그래야만 살 수 있어. 명신아, 너는 충분한 힘을 가지고 있다.'

스스로에게 용기를 북돋아준 뮤스는 손에 들린 몽둥이를 고쳐 잡고 전신의 근육으로 뇌공력을 흘렸다. 그러자 그의 몸은 금빛으로 물들며 어둠에 물든 사방을 밝히기 시작했고, 그 빛이 점차 밝아지면서 뮤스를 공격했던 이름 모를 맹수의 모습을 드러나게 만들었다. 그것의 몸집과 생김새는 호랑이와 비슷했지만 아무런 무늬도 없었으며, 이빨은 30셀리는 됨직했고, 발톱이 유난히 길어 걸음을 옮길 때도 쉽게 볼 수 있었다. 맹수는 뮤스의 몸에서 발현되는 빛에 놀라기라도 했는지 조금 위축된 모습을 보였지만 그것도 잠시, 하얀 이빨을 드러내며 으르렁거렸다.

"아무래도 저 발톱에 당한 모양이군. 자, 어디 한번 덤벼봐라!"

뮤스가 호기롭게 외치자 맹수는 느린 발걸음으로 그의 주위를 맴돌았다. 그리고는 기선을 제압하려는지 시퍼런 눈으로 뮤스의 눈을 직시했고, 한편으로는 유심히 그의 움직임을 관찰하고 있었다. 하지만 뮤스가 한참 동안이나 움직이지 않자 맹수는 생각을 바꿨는지 조금씩 안쪽으로 돌며 그와의 간격을 좁혀 들어가기 시작했는데 뮤스는 더욱 긴장이 되는지 스스로의 정신을 일깨우며 몽둥이를 잡은 손에 힘을 주었다.

'여기서 정신을 바짝 차려야 해.'

한 번 도약으로 공격할 수 있을 만큼 둘 사이의 거리가 좁혀들자 맹수는 천천히 몸을 낮추었고, 동시에 뮤스의 목에서는 마른침이 넘어갔다. 얼마만큼 맹수의 몸이 낮추어졌다 생각되자 용수철처럼 뮤스를 향해 뛰어올랐다.

크릉!

때를 기다리며 맹수를 주시하고 있던 뮤스는 그 맹수가 공격해 들어오는 것을 확인하자 몸을 급히 왼쪽으로 돌리며 몽둥이로 머리를 후려쳤는데, 생각보다 맹수의 몸놀림이 빨랐기에 머리 대신 허리를 때릴 수밖에 없었다. 하지만 뇌공력을 쏟아 부은 휘두름이었기에 그것만으로도 맹수는 타격이 극심했는지 땅바닥에 내려서서 몇 발자국 걸음을 옮기다가 쓰러지고 말았다. 자신이 맹수를 때려눕혔음에 한숨을 내쉬며 안도를 하던 뮤스는 이마에 흐르는 땀을 닦을 시간도 없이 다시 몽둥이를 들어 올려야만 했다. 주변에서 공격의 때를 기다리던 남은 맹수들이 처음의 맹수가 쓰러짐을 시작으로 그에게 달려들었기 때문이었다.

크르릉!

쿵!

뮤스는 사방에서 빠른 속도로 몸을 날리며 달려드는 맹수들에 당황하면서도 아슬아슬하게 피하기 시작했다. 한 마리를 상대할 때와는 전혀 다른 상황이었는데, 동시에 대여섯 마리의 맹수들을 상대하기란 굉장히 어려운 일이었던 것이다. 게다가 맹수들은 작전이라도 짠 듯 몸을 날리는 순서가 체계적이라는 느낌을 지울 수 없었는데, 그만큼 시기적절한 공격을 하고 있었던 것이다. 조금의 시간이 지나자 그의 몸 여러 곳에는 크고 작은 상처들이 생기기 시작했고, 이대로 가다간 위험하다는 것을 깨달은 뮤스는 다른 방법을 짜내야만 했다.

'그래! 감전시켜 버리면 당분간 정신을 못 차리겠지.'

방법을 강구해 낸 뮤스는 차분하게 뇌동체술법상의 발놀림을 펼치며 그들의 공격을 피했고, 손으로는 전뇌력을 발출할 준비를 하고 있었다. 맹수들이 몇 번의 공격을 거듭하자 그들의 움직임에 익숙해질 수 있었는데 어느 순간 세 마리의 맹수가 동시에 자신을 향해 뛰어들자 이때다 싶었는지 뇌공력을 재빨리 손으로 이동시켰다.

"받아라, 이 자식들!"

치지지직—

순간적으로 어둠으로 물들어 있던 숲을 눈부시게 밝히며 그의 손으로부터 엄청난 스파크가 일어났고, 또 그보다 빠르게 사라졌다.

털썩! 털썩!

뮤스가 발출한 뇌공력에 감전되어 버린 맹수들은 하나같이 까맣게 타버린 모습으로 공중에서 떨어졌는데, 간담이 서늘해질 정도로 끔찍한 장면이었다. 뮤스 역시 그런 것을 느꼈는지 인상을 찌푸리며 쓰러진 맹수들을 바라보았고, 흉흉한 안광을 뿌리며 그의 주변을 맴돌고 있던 맹수들 중 남은 세 마리는 겁을 먹었는지 꼬리를 내리며 한 발자국 물러나고 있었다. 하지만 뮤스는 언제 그것들이 자신을 공격해 올지 몰랐기에 긴장을 풀지 않고서 손으로 뇌공력을 모으고 있었다. 다시 긴장 상태가 형성되기 시작할 때 멀리서 다급한 목소리가 들려왔다.

"그만! 그만 해요!"

뮤스의 귀에 들린 목소리는 거칠기는 했지만 여성의 목소리였다. 또 하나 이상한 점이 있다면 맹수들의 태도였는데, 그를 잡아먹을 듯이 으르렁거리던 맹수들이 발톱을 감추며 목소리가 들려오는 곳을 바라보고 있었던 것이다.

푸스슥.

한쪽의 수풀을 헤치며 빠르게 뛰쳐나온 목소리의 주인공은 이런 상황에 전혀 어울리지 않을 법한 여성이었다. 뮤스는 그녀의 외침에 손에 모아둔 뇌공력을 거두어들이기는 했지만 아직도 안심하지 못하고 긴장감 흐르는 눈빛으로 자신을 둘러싸고 있는 맹수들을 주시하고 있었다. 그 여성은 가쁜 숨을 몰아쉬며 쓰러져 있는, 까맣게 타버린 맹수들에게 다가가 상세를 살피기 시작했다.

"휴우… 아직 죽지는 않았구나. 다행이야, 정말……."

정신을 잃고 쓰러진 맹수들을 마치 고양이 다루듯 태연스럽게 만지고 있는 그녀의 모습에 뮤스는 의아해하며 물었다.

"당신은 누구요?"

그의 물음에 그녀는 쓰러진 맹수들을 살피던 손을 멈추며 고개를 돌렸다. 검붉은 머리카락을 가진 그녀의 까무잡잡한 얼굴은 생명력이 꿈틀대는 듯했고, 피부는 얼핏 보기에도 거칠어 도시 여인들의 그것과는

전혀 다른 것이었다. 또 입고 있는 옷가지들은 몸에 딱 달라붙어 몸의
굴곡을 여실히 보여주고 있었는데, 일반적인 여성이 부드러운 곡선이
라고 한다면 이 여인은 전신 근육이 발달하여 딱딱한 각이 보였다.

"그건 제가 물어봐야 할 말인데요? 보아하니 도시의 인간인 것 같은
데 어떻게 여기에 있는 것이죠?"

"그건 저도 잘 몰라요. 여기가 어딘지도 모르는걸요?"

싸늘한 눈빛으로 바라보던 그녀는 뮤스가 머리를 긁적이며 멍청한
표정을 짓자 고개를 갸웃거리며 이상한 사람인 양 바라보았다. 하지만
그것도 잠시 자신의 앞에 쓰러져 있는 맹수들을 보고서는 말을 돌렸다.

"아무튼 그런 자세한 이야기는 나중에 하죠. 어떻게 된 것인지는 몰
라도 당신이 이렇게 만든 것까지는 용서할 테니 상처 입은 빅투스들
옮기는 거나 도와줘요."

막상 죽을 뻔한 것은 뮤스 자신이었는데 그에 아랑곳하지 않고 맹수
들만 살피는 그녀의 냉담한 모습에 어이가 없었다.

"이봐요! 뭔가 잘못 알고 계시는데 공격받은 건 나라고요! 이 상처들
이 보이지도 않나요?"

자신의 어깨와 몸의 곳곳을 가리키며 그녀를 나무라자 그녀는 그의
몸을 살펴보며 피식 웃었다.

"몸이 어떻다는 거죠? 아무렇지도 않은걸요?"

"당신 눈은 해태 눈이라도……?"

말을 하다 말고 문득 자신의 왼팔 어림을 만져 봤지만 기이하게도
아무런 통증도 없었다. 설마 하는 생각으로 상처 입은 다른 곳을 살펴
보자 핏자국만 조금 남아 있을 뿐 아무런 일도 없었다는 듯 하얀 피부
가 드러나 있었다.

“이, 이게 어떻게…….”

깜짝 놀란 뮤스가 이 기이한 사태에 대해 생각하려 했지만 그럴 여유가 없었다.

“이봐요! 거기 멍하니 서 있지 말고 빅투스 옮기는 것 좀 도와달라니까요!”

“아, 알았어요.”

뮤스는 그녀의 재촉이 계속되자 뇌동체술법을 이용해 한 마리의 빅투스를 들었고, 그 모습을 본 여인은 할 말을 잃은 듯 쓰러져 있는 빅투스의 두 앞다리를 들고 멍한 표정을 지었다.

“어, 어떻게 100켈로닌이 넘는 빅투스를 그렇게…….”

이런 곳에서까지 그런 질문을 받자 뮤스는 어깨를 으쓱이며 말했다.

“재촉하던 걸 잊으셨나 보네요. 빨리 안 옮길 거예요?”

“아… 그들을 여기 남은 빅투스들에게 태우고 저를 따라오세요.”

뮤스는 들고 있던 빅투스와 쓰러져 있는 두 마리의 빅투스를 다른 빅투스들의 등에 태운 후 짐을 챙겨 그녀를 뒤따르기 시작했고, 빅투스들도 자연스럽게 그녀의 뒤를 따랐다. 조금 걸어나가자 빅투스 한 마리가 목이 잘린 채로 쓰러져 있었는데 뮤스가 설치해 놓은 덫에 걸린 빅투스였던 것이었다. 그 모습을 본 여인은 뮤스를 한번 흘겼다.

“이 실을 그대로 둔다면 정말 위험하겠어요. 걷어가도록 하죠.”

비록 정당방위를 위한 일로써 그에게는 아무런 잘못이 없었지만 그녀의 신경질적인 반응에 괜한 미안함을 느꼈다.

“알았어요.”

여인은 그가 유리실을 챙기는 것을 보며 물었다.

“당신의 이름은 뭐죠? 어디서 온 거예요?”

날카로운 유리실에 베이지 않기 위해 뇌공력을 손에 주입한 뮤스는 실을 감으며 그녀의 질문에 대답했다.

"이름은 뮤스. 라이델베르크에서 린 강을 타고 이곳까지 떠내려왔어요."

그의 말을 듣던 그녀는 눈을 둥그렇게 뜨며 놀라는 모습이었다.

"라이델베르크에서 여기까지 떠내려왔다고요? 그런데도 아직 살아 있는 걸 보니 정말 신기하군요?"

하지만 정작 의아한 것은 뮤스였다.

"네? 그게 그렇게 신기한 일인가요? 이런 경우는 흔히 있는 일이잖아요?"

그 말을 들은 그녀는 답답하다는 듯 고개를 내저었다.

"당신은 아무것도 모르는군요? 린 강의 하류에는 쉴드옥토퍼스가 살고 있단 말이에요!"

"쉴드옥토퍼스? 방패문어? 아무렴 어때요. 이렇게 살아 있으니까 된 거지. 그건 그렇고 당신 이름은 뭐죠?"

"쉴드옥토퍼스라는 이름을 듣고 아무렇지도 않은 사람은 당신뿐일 거예요. 제 이름은 월드린. 유글렌 부족의 전사죠."

"유글렌 부족? 그건 뭐죠?"

"아마 들어보지는 못했을 거예요. 드베인 숲에서 나간 적이 없으니… 이곳에서 살고 있는 유일한 부족이기도 하죠. 일단 빅투스들을 치료해야 하니 가면서 이야기해요."

그녀가 다시 걸음을 옮기자 뮤스 역시 유리실을 가방에 넣으며 그녀의 뒤를 쫓았다.

"아, 그렇게 하죠."

　그녀를 뒤따라가던 뮤스는 이동하는 중에 이 숲에 대한 이야기를 들을 수 있었는데, 드베인 숲은 수많은 마물들이 살고 있어 대륙의 3대 마역 중의 한곳이라는 것과 유글렌 부족은 오래전부터 빅투스라는 맹수들을 기르며 마물들로부터 부족을 보호해 왔다는 것이었다. 그제야 빅투스들이 체계적으로 공격하던 것을 이해할 수 있었고, 맹수를 길들이는 유글렌 부족에 대한 궁금증마저 생기고 있었다.

　"그래서 당신을 마물로 착각하고 공격했던 거예요."

　"아… 그랬군요. 하긴 이곳에 사람이 있을 리가 없었을 테니……."

　하지만 뮤스의 말에 월드린은 하얀 이를 드러내며 표정을 일그러뜨렸고, 그녀의 입에서 거친 말투의 이야기가 흘러나왔다.

　"아뇨! 사람이 있기는 있죠… 개 같은 레인저들……."

　"레인저?"

　"제국에서는 이곳의 마물들에게 현상금을 걸고 있어요. 병사들을 풀어 이곳을 토벌하려 했지만 실패로 돌아가자 레인저들을 고용하기 시작했죠. 그래서 레인저들이 이곳으로 몰려들어 마물들을 사냥하고 있거든요."

　그녀의 분노가 섞인 말투를 듣고 있던 뮤스가 그녀를 바라보며 물었다.

　"그런데 왜 그들을 안 좋게 말하는 거죠?"

　"흥! 그들은 돈을 벌기 위해 우리의 빅투스들까지 사냥해 현상금을 받아먹고 있죠! 심지어 지금은……."

　말이 끊어지며 끝이 흐려지자 궁금해진 뮤스가 되물었다.

　"심지어 지금은?"

　"아니에요. 뭐 자세한 이야기는 알 필요 없어요."

그녀가 말을 끊자 궁금하기는 했지만 더 이상 물어볼 수도 없었기에 고개를 끄덕이며 계속해서 그녀를 뒤따랐다. 뮤스의 눈에는 아무리 둘러봐도 거기가 거기 같은 숲 속이었지만 월드린에게는 그렇지도 않은지 전혀 주저하지 않고 나무 사이를 누비며 걸었다. 이십여 분가량 걸었을 무렵, 저 멀리 나무들 사이로 불빛이 보이자 월드린은 뮤스를 향해 말했다.

"다 왔군요. 저기가 마을이에요."

"아… 그렇군요. 몇 명이나 이곳에서 거주하고 있죠?"

"부족은 모두 이백 명 안팎이죠. 그리고 유입된 사람들은 십여 명이구요."

"유입된 사람들이라니요?"

"당신처럼 길을 잃고 드베인 숲을 헤매던 사람들이었는데, 도저히 숲에서 빠져나갈 방법이 없자 저희 마을에 자리를 잡은 사람들이죠. 사실 죽는 것보다야 이곳에서 사는 것이 훨씬 나을 테니…….."

"그렇다면 이곳에서 나가지 못한 사람들이란 말인가요? 저는 꼭 이곳에서 나가야 해요!"

뮤스가 강경한 자세로 자신의 뜻을 밝히자 월드린은 한심하다는 표정을 지었다.

"꿈 깨세요. 이곳 숲에서 빠져나간다는 것은 불가능한 일이니까… 혹 당신이 엄청난 능력을 가지고 있어 출몰하는 마물들을 다 이겨낸다면 몰라도…….."

월드린의 경고 어린 말을 듣던 뮤스는 고개를 가웃거리며 물었다.

"마물들이 그렇게 많다면 왜 우리는 지금까지 아무런 마물들도 만나지 않았죠?"

"그건 당신이 운 좋게도 우리 부족의 생활 구역 쪽으로 들어와서 그 래요. 이 주변은 우리 부족 사람들이 지키고 있는 곳이라서 마물들이 나타난다 해도 금방 부족 사람들이 달려오죠."

"아… 그랬군요."

둘의 대화가 끝나갈 때쯤 뮤스는 마을 어귀에 들어설 수 있었는데 십여 명의 사람들이 보초를 서고 있는 모습을 볼 수 있었다. 모든 사람들이 윌드린과 같은 근육질이었고 몸에 딱 붙는 옷을 입고 있었는데, 기이하게도 남자들은 보이지 않았고 여자들만이 빅투스들과 함께 자리를 지키고 있었다. 어두운 갈색 머리를 뒤로 묶은 한 여자가 윌드린에게 손을 흔들었다.

"여! 윌드린, 이제 돌아오는 거야? 오늘도 아무 일 없지?"

그녀의 물음에 윌드린은 쓴웃음을 지으며 손가락으로 빅투스들을 가리켰다. 그러자 말을 걸던 여인은 새까맣게 타서 다른 빅투스들에게 업혀 들어오는 빅투스들을 발견했는지 놀라기 시작했다.

"빅투스들이 왜 그 모양이야? 무슨 일 있었어?"

"이 옆에 있는 사람이 우리의 빅투스들을 이렇게 만들어주셨지."

"뭐라고! 어떤!"

그 여인은 적대적인 눈빛으로 뮤스를 바라봤지만 윌드린이 손을 내저으며 말렸다.

"그만둬. 내가 이 사람을 마물로 착각했었으니까… 이 사람은 잘못한 것 없어."

윌드린의 말에 그 여인은 대강 이해가 되는지 표정을 풀며 말했다.

"그런데 이 허약해 보이는 남자가 빅투스를 세 마리나 이꼴로 만들었다는 거야?"

"그러게 말이다. 살다 보니 별일이 다 있는 거 있지? 아무튼 얘들 좀 치료해야 하니까 들어가도 될까?"

"풋. 물론이지, 윌드린. 그만 들어가서 쉬어. 수고했어."

"그래, 고마워. 따라 들어와요, 뮤스."

그녀들의 대화에 어떤 자세를 취해야 할지 모르던 뮤스는 그녀를 뒤따라 마을로 들어섰다. 이 마을은 숲 속에 위치하고 있었지만 모습만은 보통의 마을들과 크게 다르지는 않았는데, 조금 다른 점이 있다면 길게 뻗은 나무를 기둥 삼아 집이 지어져 있다는 것이었다. 그래서인지 집들의 지붕마다 뿔처럼 나 있는 나무들이 뮤스의 눈에는 상당히 신기해 보였다. 그가 고개를 돌려 마을을 보고 있을 때 윌드린이 말했다.

"지금은 새벽이라서 대부분 자고 있을 거예요. 저쪽에 아무도 쓰지 않는 집이 있으니 거기서 오늘 묵어요. 저는 빅투스들이나 치료해야겠네요. 그럼 내일 봐요."

그녀가 간단하게 말을 끝맺으며 빅투스들을 데리고 사라지자 뮤스는 멍하니 그녀가 지정해 준 집을 바라보고 섰다. 그녀가 가리킨 곳에는 조그마한 초가집이 있었는데, 이 마을의 다른 집들과 같이 거대한 나무가 지붕을 뚫고 올라온 모습이었지만 조금 다른 점이 있다면 보통 집보다 더욱 누추하다는 것이었다. 집 앞에 도착해 문을 열고 들어가자 쾌쾌한 냄새가 뮤스의 코를 자극했다. 인상을 찌푸리던 그는 참지 못할 정도의 악취는 아니었기에 안쪽으로 발을 내디뎠지만 마음에 들지는 않았는지 투덜거렸다.

"이런… 아무리 내가 불청객이라지만 이런 방을 내주다니……."

불평을 하던 뮤스가 가방에서 휴대 전등을 꺼내 주위를 밝히자 방

안의 구조를 확인할 수 있었고, 집의 겉모습과 절묘한 조화를 이루고 있는 낡은 테이블과 침대가 그의 인상을 한번 더 구겨지게 만들었다. 하지만 곧 뭔가 깨달은 바가 있는지 인상을 폈다.

"하긴, 야숙에 비한다면 이 정도라도 과분하지."

좋게 생각하기로 한 그는 어깨에서 가방을 풀어 침대에 내려놓았고, 테이블에 놓여 있는 기름등에 뇌공력을 이용하여 불을 붙였다.

치직—

"훗 이렇게 등불에 비춰보니 그렇게 나쁘지는 않은걸?"

실소를 한번 내뱉으며 방을 한번 둘러보던 뮤스가 침대에 몸을 던지듯이 누이자 먼지들은 자신들의 보금자리를 침략한 그를 향해 날리며 신경질적으로 기승을 부렸다. 하지만 그는 더 이상 개의치 않으며 거대한 나무가 뚫고 올라간 천장을 보며 혼잣말을 중얼거렸다.

"이 세상에는 다양한 사람들이 사는구나. 여러 종족도 있고, 여러 부족도 있고, 거기다가 마물들이라니. 그런데도 자연스럽게 살아가는 것들을 보면 대단하군."

흥미롭다는 식으로 말하던 그는 문득 무슨 생각이 났는지 급하게 몸을 일으키며 말했다.

"마물! 이렇게 한가한 말을 하고 있을 때가 아니야. 이 숲 속에는 수많은 마물들이 번식하고 있다는데 어떻게 공학원으로 돌아간다지… 몇 마리 정도야 손으로 때려잡거나 뇌공력으로 감전시킨다 해도 강한 녀석이라도 출현한다면… 게다가 그것이 덩치가 큰 녀석이라면? 생각만 해도 살 떨리는군."

오한이 느껴지는지 몸을 한번 세차게 떤 뮤스는 턱을 괴며 생각에 빠졌다.

"그렇다면 무기라도 만들어야 할 텐데……."

뮤스는 자신의 가방을 물끄러미 바라보았다. 뭔가 방법이 있다면 그 것은 가방 안의 물건들을 어떻게 활용하느냐 하는 것이었고 그가 현재 믿을 수 있는 유일한 것이었기 때문이다. 손가락으로 이마를 긁으며 생각을 하던 뮤스는 무릎을 치며 말했다.

"아! 지자총통이 있었지!"

가방을 들어 올린 뮤스는 서둘러 그 안을 뒤지기 시작했다. 하지만 예전과는 다르게 수많은 물건들이 가방 안에 쌓여 있었는지 지자총통 을 찾아냈을 때는 상당한 시간이 흐른 후였다.

"여차! 여기 있었군. 그런데 화약이 없는데 이를 어쩌지?"

지자총통을 찾아내긴 했지만 또 다른 난관에 봉착한 뮤스는 다시금 머리를 굴리기 시작했다.

"후우~ 화약 만들어놓을 생각을 못하고 있었다니… 만들 재료를 준비해 놓지도 못했는데… 결국은 또다시 원점인가?"

초조해진 뮤스는 잠을 자는 것조차 잊고 있었지만 공학뇌동심결을 익힌 이후로 쉰다거나 자는 것은 형식적인 일에 불과했기에 큰 문제는 되지 않았다.

뮤스는 침대의 구석에 쭈그려 앉아 버릇처럼 자신의 손으로 뇌공력 을 모았다 풀었다 하고 있었다. 이는 뇌공력을 처음으로 운용했을 때 부터 시작된 무의식적인 행동이었는데 초조해지자 자신도 모르게 뇌공 력을 운용하고 있었던 것이었다.

치직—! 칙!

기름등으로 방을 다 밝히기에는 역부족이었는지 뮤스가 누워 있는 침대 쪽은 아직도 어두웠다. 이렇게 밥 한 끼 먹을 시간 동안 앉아 있었음에도 불구하고 그의 손에서 일어나는 스파크는 일정한 시간 차를 두며 계속해서 번쩍거리고 있었다. 그러던 순간, 뮤스는 눈을 내려 자신의 손을 바라봤다. 확실히 말하자면 그의 손에서 일어나고 있는 스파크를 보고 있었다.

"뇌공력… 빛… 열… 고온……."

그는 들어도 알지 못할 말들을 중얼거리기 시작했다.

"융합… 압축… 발현."

몇 마디의 말을 더한 그는 고개를 들어 허공을 응시했다.

"전뇌지자총통."

뮤스의 눈은 뭔가에 홀린 듯했는데, 이전과는 전혀 다른 모습으로 낮게 가라앉아 있었다. 그는 손을 움직여 가방을 자신 앞으로 끌어당겼다. 그리고는 그곳에 들어 있는 여러 가지 물건들을 하나씩 꺼냈는데 사진기부터 시작하여 천체만리경, 원거리대화기, 소형동력기 등을 포함한 백여 가지의 크고 작은 기계들이었다. 기계들을 꺼내던 그의 손이 멈추었다. 보는 것만으로도 감탄성이 나옴직한 기계들을 하나씩 분해하기 시작했고, 그의 손을 거친 기계들은 수많은 부품들로 분해되어 테이블의 한쪽에 가지런히 놓여지고 있었다.

*　　　*　　　*

건물 전체에 불을 밝힌 공학원의 집무실에 크라이츠와 드워프들이 모여 있었다. 드워프들의 표정이 하나같이 못마땅한 것임에 반해 크라이츠는 여유로운 모습으로 책상 위에 놓여 있는 쿠키를 하나씩 입에 넣고 있었다. 약간은 이질적인 이 분위기를 깨며 켈트가 말했다.

"크라이츠님! 정말 이렇게 아무런 방도를 취하지 않으실 것입니까?"

그의 화난 목소리에 크라이츠는 손에 묻은 쿠키 가루를 털며 말했다.

"그럼 나보고 어떻게 하라는 것이죠?"

대수롭지 않은 듯한 말투에 듣고만 있던 레딘이 참지 못하며 입을 열었다.

"뮤스 군이 떠내려간 곳이 바로 드베인 숲이란 말입니다! 다른 곳도 아니고 드베인 숲요!"

하지만 이번에도 역시 그녀의 반응은 시큰둥했다.

"그러니까 그게 어떻다는 말이에요."

"지금 그걸 말이라고 하십니까? 그곳은 대륙 3대 마역 중에 한곳이란 말입니다! 그곳으로 뮤스 군이 사라졌는데 이렇게 태평이시라니……."

그의 말을 듣던 크라이츠는 벽난로 가까이로 다가가 손을 쬐며 조용한 목소리로 말했다. 드래곤이 추위를 느낄 리는 없겠지만 너무나도 자연스러웠기에 그녀가 추위를 느끼는 듯했다.

"아마도 여러분들은 뮤스의 진정한 능력을 모르시는 듯하군요. 혹시 지금 그 아이가 가진 지식과 능력이 다라고 생각하시나요?"

그녀의 말을 잠시 듣던 켈트가 조심스러운 목소리로 입을 열었다.

"그 말씀은… 뮤스가 아직?"

"홋, 물론이죠. 지금까지 우리에게 보여준 그 아이의 능력은 말 그대로 빙산의 일각일 거예요. 물론 제 생각이 맞는다면 말이죠. 제가 레어에서 그 아이의 능력을 직접 느꼈다는 것은 켈트 씨도 봐서 알 거예요."

"무, 물론이죠."

"과연 드래곤이라는 존재가 이 정도의 특이한 일로 놀랄 것이라고 생각하나요? 수천 년을 살아온 제가 말입니다."

이 순간 인간의 모습으로 푼수같이 생활하던 그녀의 모습은 온데간데없고, 고룡으로서의 크라이츠라는 존재가 드워프들의 뇌리를 뒤덮기 시작하며 말을 이었다.

"저는 이번 일이 오히려 잘되었다고 생각해요. 능력이 모자라 죽는다면야 그것도 뮤스의 운명이겠고, 살아 돌아온다면 많은 것을 얻겠죠."

드워프들은 그녀의 냉정한 말에 신음성을 토하고 있었다.

"흠……."

"크라이츠님의 말씀을 모두 이해하지는 못하겠지만 믿을 수밖에요."

"그렇다면 가만히 보고만 계시면 됩니다. 그 녀석은 자기 발로 걸어 이곳으로 올 테니까요."

그녀의 말을 들은 드워프들은 침음성을 흘리며 벽난로의 타오르는 불꽃을 바라보았다.

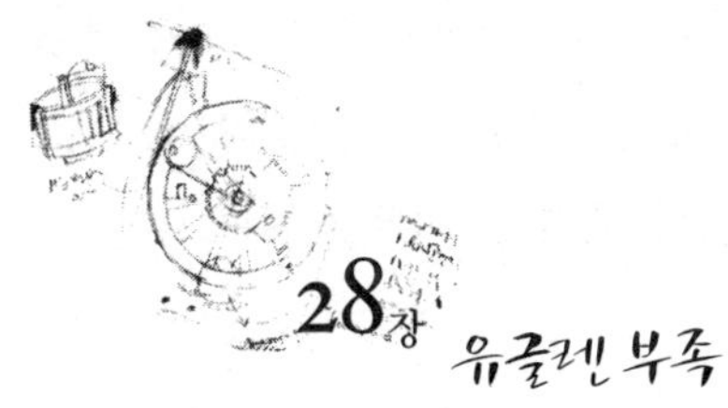

28장 유글렌 부족

끼꼭!

아직도 새벽 안개가 유글렌 부족의 마을을 감싸고 있는 이른 아침, 이곳에서 유일하게 날이 밝아왔음을 알려주는 소리가 들려왔다. 뮤스는 언제부터인지 마을의 공터에서 쭈그려 앉아 모이를 먹고 있는 신기한 닭을 보고 있었다. 벼슬과 부리를 보면 닭임이 틀림없었지만 부지런히 걷고 있는 다리를 보자면 세 개인 것이 닭은 아니었다. 또 울음소리 역시 조선의 닭과는 사뭇 달랐다.

"이것 참… 닭 한 마리조차도 멀쩡한 것이 없는 곳이군. 그래도 잡아먹을 때 다리가 하나 더 있으니 좋긴 하겠어."

뮤스가 엉뚱한 생각을 하며 폴린의 식당에서 먹은 닭 요리에 나온 닭의 다리가 몇 개였나 떠올려 보고 있을 때 저 멀리서 문 열리는 소리가 들려왔다.

끼익— 탈칵!

고개를 들어 그곳을 바라보자 빅투스를 치료하기 위해 사라졌던 윌드린이 찢어져라 하품을 하며 걸어나오고 있었다. 목젖이 다 보이도록 하품을 하는 그녀가 못마땅한지 뮤스는 눈살을 찌푸렸지만 그녀는 그에 전혀 아랑곳하지 않고 머리를 뒤로 묶으며 뮤스에게 다가오고 있었다.

"새벽에 들어와서 늦잠이라도 잘 줄 알았는데 벌써 일어났네요?"

"잠을 자지 않았으니 늦잠을 잘 수가 없죠 뭐."

뮤스가 어영부영 대답을 하고선 다시 발이 세 개 달린 닭에게 시선을 돌리자 그녀 역시 그의 대답에는 신경 쓰지 않고 손으로 눈곱을 떼며 물었다.

"그런데 아침부터 뭘 그렇게 보고 있죠?"

"아, 이 세 발 달린 닭이 신기해서요."

"닭이라니요?"

"이 녀석 말이에요. 지금 모이를 먹고 있는……."

뮤스의 대답에 윌드린은 피식 웃으며 말했다.

"당신, 아무래도 머리를 다쳐 기억을 잃은 건 아닌가요? 이건 치쿤이에요, 치쿤!"

"치쿤?"

"나참, 어이가 없네. 아무래도 당신이 잠을 덜 자서 정신이 없는 걸 거예요."

그녀의 말에 별달리 할 말이 없자 뮤스는 문득 생각이 났는지 입을 열었다.

"아, 그건 그렇고, 그 뭐냐… 빅투스들은 좀 괜찮나요?"

빅투스에 대해 물어오자 월드린은 히죽 웃으며 말했다.

"당신 조금 뻔뻔하군요? 우리 애들을 통구이로 만들어놓고 괜찮냐니……."

그녀가 시비조의 말투로 나오자 뮤스는 어이가 없는 표정을 지으며 따지기 시작했다.

"그게 왜 내 잘못이라는 거죠? 그럼 그냥 목 내밀고 '날 잡수세요!'라고 하란 말입니까?"

그가 흥분하는 기색을 보이자 월드린은 입을 삐죽 내밀었다.

"칫! 내 동생과 비슷한 또래길래 장난 좀 쳤더니 예민하게 반응하네요? 그렇게 화를 내다니."

"동생?"

월드린의 입에서 동생이란 말이 나오자 뮤스의 뇌리에는 크라이츠의 얼굴이 떠올랐다.

'누님이 얼마나 걱정하실까.'

하시만 그것도 잠시 크라이츠에 대해 곰곰이 생각해 보던 뮤스는 이내 고개를 가로저었다.

'과연… 신경이나 쓰실까?'

뮤스가 안색을 여러 번 바꾸며 도리질칠 때 월드린은 이상하다는 표정으로 그를 바라보며 입을 열었다.

"내참, 별 웃기는 꼴 다 보겠네요. 혼자 인상을 구겼다가 폈다가 고개까지 흔들고… 뭐 하는 거예요?"

"아, 아니에요."

자신의 실태를 깨달은 뮤스는 민망함에 다시 치쿤들에게로 눈을 돌렸고, 그를 보며 피식 웃던 월드린은 마을을 훑어보며 말했다.

"그나저나 당신은 이제 어떻게 할 거죠?"

그녀의 물음에 뮤스는 땅에서 주운 모이를 치쿤들에게 던져 주며 말했다.

"라이델베르크로 돌아가야죠. 새벽 안개가 개면 출발할 생각이에요."

"푸하하하! 혼자 돌아갈 생각이에요?"

그녀가 웃자 의아해진 뮤스는 고개를 돌려 그녀를 빤히 바라보았다.

"풋! 이렇게 웃어서 미안해요. 당신 정말 제정신이 아닌가 보군요? 이곳이 어디인지 어제 말해 주지 않았나요?"

"물론 들었죠. 드베인 숲이라고……."

"맞아요! 이곳은 대륙 3대 마역 중의 한곳이라고요. 이 마을은 결계가 형성되어 있기 때문에 마물들의 침입을 받지 않지만 이 마을을 나가면 마물들이 들끓는다고요."

"결계?"

"아주 먼 옛날, 저희 선조들이 이 숲에 정착하기 위해 오랜 기간 동안 마물들과 혈투를 벌이고 있을 때 클리츠라는 대마법사께서 이 주변을 결계로 막아주셨죠. 그 이후로 이 마을에는 마물들이 침입을 하지 못하거든요. 아무튼 다른 이야기로 빠졌는데, 이곳에서 단신으로 빠져나가는 일은 불가능하니 그렇게 알고 있어요."

"하지만 그렇다고 하더라도 저는 한시 바삐 돌아가야 하는걸요?"

"글쎄, 이 숲에서 혼자 빠져나간다는 건 불가능하다니까요!"

뮤스와 윌드린이 서로 고집을 피우고 있을 때 그들의 뒤에서 굵직한 목소리가 들려왔는데 장난기가 한껏 배어나는 목소리였다.

"누나! 이번엔 아주 미친 사람을 데리고 왔군?"

　그 말을 들은 뮤스는 두 눈에 쌍심지를 켜며 뒤를 돌아보았다. 그러나 고개를 한참이나 올린 후에야 목소리의 주인공을 볼 수 있었는데 2멜리는 우습게 넘기는 키와 검붉고 긴 머리카락을 가진 자였다. 그는 쌀쌀한 초겨울임에도 불구하고 짐승의 털로 만들어진 짧은 웃옷 사이로 구릿빛 건강한 근육들을 내놓고 있었고, 얼굴을 조금 가리고 있는 머리칼이 바람에 흩날리자 왼쪽 눈의 섬뜩한 상처를 볼 수 있었는데, 날카로운 무엇인가에 베인 상처인 듯했다. 그 모습에 압도당한 뮤스가 입을 뻥긋거리고 있을 때 월드린이 말했다.

　"벌쿤! 네가 웬일로 이렇게 이른 시간에? 오늘은 아침부터 신기한 일들만 일어나는걸? 뮤스 군, 인사해요. 내 동생 벌쿤이에요."

　벙찐 표정을 짓던 뮤스는 자신의 귀를 의심해야만 했다.

　"그럼 이 사람이 제 또래라던 그 동생?"

　그의 물음에 월드린은 자랑스럽다는 듯이 고개를 끄덕였고, 벌쿤은 피식 웃었다.

　"누나, 이 녀석은 왜 이렇게 띨띨한 표정을 짓고 있는 거야?"

　벌쿤의 말을 들은 뮤스는 버럭 화를 내며 외쳤다.

　"누가 띨띨하다는 거야?! 멍청하게 덩치만 큰 녀석이!"

　하지만 벌쿤은 그의 말에도 기분이 나쁘지 않은지 빙긋 웃었다. 고개를 한번 끄덕이던 벌쿤은 허리를 숙이며 뮤스에게 악수를 청했다.

　"그래도 성깔은 있는데? 만나서 반가워, 벌쿤이라고 해. 올해로 열여덟 살이야!"

　외모와는 다르게 치기 어린 말투로 자신을 대하는 그에게서 악의를 느끼지 못한 뮤스는 그저 그의 성격이겠거니 생각하며 그가 내민 손을 마주 잡았다.

“내 이름은 뮤스야. 나이는 열아홉이지.”

“어라? 그럼 형이네?”

“에? 혀, 형?”

실상 뮤스의 나이는 열여섯 살로 벌쿤보다 어렸기에 그는 형 소리를 듣기가 조금 난처했지만 이미 열아홉이라고 말한 이상 어쩔 수 없었기에 그대로 받아들였다. 반면 벌쿤은 뮤스의 난처해하는 표정을 눈치 채지 못했는지 잘도 형이라는 말을 하고 있었다. 벌쿤을 바라보던 월드린은 주의를 모았다.

“자, 벌쿤은 일어났으니 빨래랑 밥을 해. 이 누님이 너무나 배가 고파. 아! 그리고 뮤스, 나는 벌써 스물다섯 살씩이나 먹었으니 말을 놔도 될까? 어머, 이런 벌써 놔버렸구나.”

월드린의 자기 멋대로인 성격이 크라이츠와 비슷하다고 느낀 뮤스는 손으로 이마를 짚으며 말했다.

“아… 괜찮아요. 그렇게 하세요.”

뮤스와는 대조적으로 벌쿤은 뭐가 그리 신이 나는지 뮤스의 등을 치며 말했다.

“형! 형도 나랑 같이 밥 하러 가자!”

“밥?!”

그의 말을 듣던 뮤스는 고개를 갸웃거리며 물었다.

“밥을 하는 건 여자들이 하는 일인데 네가 한다는 말이야? 하긴 우리 누님도 하지 않는 것은 마찬가지이지만…….”

그의 물음에 더욱 이상스러운 눈빛으로 보는 것은 벌쿤이었다.

“에? 그게 무슨 말이야. 빨래나 설겆이, 밥을 하는 것이야말로 남자들이 해야 할 일이라고! 집에서 남자들이 내조를 잘해줘야 마을이 두

루 평안하지! 잔소리 말고 따라와."

뮤스는 벌쿤의 이해할 수 없는 말에 혼란스러워 하고 있었다.

"그럼 여자들은 뭘 하는데?"

"형은 정말 머리를 크게 다쳤나? 남자들이 살림을 하면 여자들이야 빅투스들을 몰고 사냥이나 채집을 하러 나가는 거지."

그의 말을 듣던 뮤스는 정말 자신이 머리를 크게 다치지 않았나 의심을 하고 있었다. 그때 월드린이 나서며 뮤스의 의심을 지워주었다.

"후훗, 이곳은 여성 중심 사회여서 그래. 도시 같은 곳이야 남자들이 힘이 세니까 남성 중심 사회지만 이곳은 그렇지가 않거든. 빅투스를 남자들보다 여자들이 잘 다루기 때문에 사냥이나 채집 활동이 여자의 일이 된 거지. 남자들이 아무리 힘이 세다고 해도 맨손으로 마물들에게 이겨낼 수는 없으니까 말이야."

그녀의 말을 듣던 벌쿤이 깜짝 놀라며 말했다.

"누나! 그럼 도시에서는 여자들이 살림을 한단 말이야? 여자답지 않게? 푸히하하! 정말 웃기겠군. 그곳의 여자들은 요리도 할 줄 알아?"

월드린의 말을 이해할 수는 있었지만 여전히 어지러운 상황에 뮤스는 머리를 부여잡으며 흔들었고, 그제야 뮤스는 왜 여자들만이 보초를 서고 있었는지 알 수 있었다.

"에휴~ 모르겠다. 이곳에 왔으니 이곳의 법을 따라야겠지. 가자, 벌쿤. 아침이라도 얻어먹으려면 일이라도 해야 하니."

"그래, 날 따라와."

벌쿤이 뒤돌아 성큼성큼 걸어가자 뮤스는 그의 뒤를 따라나갔다.

마을의 뒤쪽으로 걸어 들어가자 연기가 나고 있는 집이 보였다. 벌쿤은 그곳을 가리키며 마을 살림터라 했고, 마을의 남자들이 함께 모여 식사 준비와 빨래 등의 집안 가사를 한다고 했다. 과연 그곳에 들어가자 일찍 일어난 남자들이 머리에 수건을 두르고 식사 준비에 열을 올리고 있었는데 벌쿤이 들어오는 것을 알았는지 빨래를 하고 있던 갈색 머리의 사내가 손을 흔들었다.

"이봐, 벌쿤! 무슨 일로 이렇게 일찍 나서셨나? 장가갈 때가 되니 철이 든 건가? 후훗."

"어제 뭘 잘못 먹었는지 뒤가 급해서 일어났어요. 오늘 빨래는 얼마나 돼요?"

"말도 마! 아무튼 여자들이란 남자들 생각은 전혀 하지 않고 이렇게 던져 놓으면 다라니까. 쳇!"

그는 앞에 쌓인 빨래 산을 보며 투덜거렸다.

"여자들이 다 그렇죠 뭐."

"그건 그렇고 옆에 그 사람은 누구야? 마을 사람은 아닌 거 같은데?"

"아, 이쪽은 뮤스 형이에요. 어제 누나가 숲 속에서 데리고 왔거든요."

"아, 그래?"

빨래를 하던 그는 물에 젖은 손을 앞치마에 닦으며 다가와 반가운 표정으로 악수를 청했다.

"반갑군요. 큐블레인이라고 해요. 이제 함께 살게 됐으니 잘 지내봐요."

"아, 네… 네? 함께 살다니요?"

큐블레인의 손을 마주 잡던 뮤스는 의아해하며 되물었다.

"이 숲에 들어온 이상 살아 있는 것만으로도 감사해야죠. 뮤스 씨는 어디서 이곳까지 오시게 되었죠?"

"전 라이델베르크에서 왔어요."

"이런 인연이 있나! 저 역시 라이델베르크에서 왔죠. 아니, 온 것이 아니라 정신을 차려보니 이곳이었지만."

"이곳의 마물들이 정말 두려운 존재인가요? 평생 이곳에서 살기로 마음먹게 할 만큼?"

그의 물음에 큐블레인은 쓴웃음을 지었다.

"돌아갈 수 있으면 진작 돌아갔겠죠. 하지만 이곳은 드베인 숲이니 살아서 들어오는 것도 힘들지만, 살아서 나가는 것도 힘들죠. 아니, 불가능하다고 생각합니다. 시체라도 나간다면 정말 다행이니까요."

"도대체 마물들이 얼마나 무서운 존재들이기에……."

"아마 뮤스 씨도 엄청나게 운이 좋았을 겁니다. 이 숲에서는 열 걸음 내디디기가 무섭게 마물들의 습격을 받죠. 아무리 강한 자라 해도 인간인 이상 체력의 한계가 있어 그 마물들을 모두 물리칠 수는 없거든요."

뮤스와 큐블레인이 대화를 하고 있을 때 벌쿤이 심심하다는 듯이 둘의 대화에 끼어들었다.

"일은 언제 할 거예요? 조금만 늦어도 여자들이 성화인데 큐블 형이 책임질 거예요? 전 아침 준비나 도울게요."

"하하, 내가 언제 그렇다고 했냐? 그럼 뮤스 씨는 나와 함께 빨래나 하죠."

큐블레인은 대답을 하며 빨랫감을 들었고, 벌쿤은 십여 명의 남자들이 분주하게 움직이고 있는 부엌으로 들어갔다. 뮤스는 한 번도 해본 적 없는 빨래를 어떻게 해야 할지 몰라 큐블레인이 하는 양을 지켜보고 있었다.

"훗, 뮤스 씨 눈에는 굉장히 이상해 보일지도 몰라요. 저 역시 이곳에 왔을 때 엄청난 혼란을 겪었으니… 하지만 조금 살다 보면 금방 익숙해지죠. 이렇게 사는 것도 나쁘지는 않답니다. 일단 앞에 있는 빨랫감을 들어서 이렇게 때리세요. 힘있게 때려야 때가 잘 빠지거든요."

큐블레인은 보란 듯이 자신의 손에 들려 있는 빨랫감을 휘둘러 돌바닥을 때리기 시작했다.

"이렇게 말이죠!"

착! 착! 착!

조선에서 방망이를 사용하던 것과 판이하게 다른 세탁 방법이었는데, 꽤나 재미있는 모습이라고 생각한 뮤스 역시 쌓여 있는 빨래 더미에서 빨랫감 하나를 집어 물에 적신 후 큐블레인이 한 것과 같이 돌 바닥을 힘차게 때렸다.

착! 착! 착!

그렇게 몇 번 하자 빨랫감이 땅을 때릴 때마다 느껴지는 손의 감촉이 시원스러웠는데, 이곳을 빠져나가기 위해 생긴 근심들이 하나씩 털려 나가는 듯한 기분이 들었다.

'이 후련한 느낌이라니! 가끔 고민이 있을 때 빨래라도 해야겠군.'

뮤스의 모습을 보던 큐블레인은 흐뭇한 표정으로 말했다.

"후훗, 뮤스 씨는 처음인데도 상당히 잘하는군요? 이곳에서 살아가는 데 아무런 지장 없겠어요. 얼굴도 잘 생겼겠다, 여기저기서 혼담이 들어오겠는걸요?"

그의 말에 쓴웃음을 지어 보인 뮤스는 더 이상 아무런 말도 하지 않고 손에 있는 빨랫감을 휘두를 뿐이었다.

착! 착! 착! 착! 착!

무아지경에 빠져 빨랫감들을 휘두르던 뮤스는 더 이상 손에 잡히는 빨랫감이 없어지자 정신을 차릴 수 있었다. 주변을 둘러보니 대부분의 남성 주부(?)들이 자신을 바라봄을 느꼈고, 그 이유를 모르던 뮤스는 큐블레인을 힐끔 바라보며 작은 목소리로 소근댔다.

"저 사람들은 왜 절 바라보는 거죠?"

뮤스의 질문에 큐블레인은 그의 손을 거친 빨래를 하나 들어 올렸다.

"이걸 봐요… 왜 저들이 뮤스 씨를 바라보는지 알겠죠?"

그의 손에는 너덜너덜해진 빨랫감이 들려 있었다. 빨랫감의 원래 모습은 저렇지 않았다는 것을 알고 있는 뮤스였기에 식은땀을 흘리며 큐블레인과 빨래감을 번갈아가며 바라보았다.

"저… 그 빨랫감은 왜 그리 넝마가 되어 있죠?"

"이것뿐만 아니라 저기 쌓여 있는 빨랫감들도 확인해 보세요."

그의 밀에 몸을 돌려 자신 옆에 쌓여 있는 빨랫감들을 하나하나 살펴보자 모두 그와 같은 모습이었고, 순간 현기증을 느낀 뮤스는 조심스럽게 주변의 눈치를 살피기 시작했다.

'이런! 무의식적으로 뇌공력을 사용했구나. 이를 어쩌지?'

"이, 이걸 어떻게 하면 좋죠?"

"아무리 힘이 좋다고 해도 빨래가 이렇게 되다니… 정말 신기하군요."

"하, 하, 옷들이 너무 낡아서 그런 게 아닐까요?"

"이 옷들 모두 다 말이에요?"

"그, 글쎄요."

뮤스를 바라보던 남자들 중 한 명이 말했다.

"이제 이 일을 어떻게 할 거예요? 우리 부인이 내일 입고 나갈 옷이 없다고 하면 난리가 날 텐데!"

또 옆에 서 있던 남자는 넝마가 된 빨랫감들을 뒤적이며 울상을 지었다.

"이건 우리 애의 잠옷이고 이건 아내의 바지인데… 이를 어째."

어처구니없이 죄를 지은 뮤스가 아무런 말도 하지 못하고 있을 때 아침 음식을 장만하던 벌쿤이 빨래터가 소란스러움을 느끼며 걸어나왔다.

"이게 무슨 일이죠?"

그의 물음에 뮤스에게 인상을 쓰던 남자들이 너나 할 것 없이 불만을 털어놓기 시작했다.

"저 사람이 빨랫거리를 걸레로 만들어놨어!"

"이것 좀 보라고! 이게 어디 빨래인가? 안 그래도 집 청소다 애들 뒤치다꺼리다 바빠 죽겠는데……."

원망의 목소리를 들어보던 벌쿤이 인상을 굳히며 사람들을 향해 언성을 높였다.

"조용히 좀 하세요! 처음 이곳에 온 사람이 그럴 수도 있죠! 뮤스 형, 나가요."

벌쿤은 억척스러운 손으로 뮤스의 손을 잡아끌며 마을 식당에서 빠져나왔다. 그의 손에 이끌려 나온 뮤스는 고개를 숙이며 기어 들어가는 목소리로 말했다.

"저, 저기, 난 저렇게 될 줄은……."

그의 말이 끝나기도 전에 벌쿤은 순간 크게 웃으며 땅을 치기 시작했다.

"프하하하하! 크큭… 어, 어떻게 프훗, 빨래를 걸레로, 크큭, 만들어 놓을 수가… 키키킥."

그의 행동에 의아해진 뮤스는 머리를 긁적였다. 한참을 웃은 후에야 조금 진정이 되는지 벌쿤은 가쁜 숨을 몰아쉬며 말했다.

"헥헥, 오랜만에 실컷 웃었다. 쿠쿡, 너무 걱정하지 말라고 형. 저 정도야 사람들이 며칠 바느질을 하면 만들 수 있으니까. 그런데 형은 얼마나 힘이 좋길래 빨래를 때려서 넝마를 만들 수 있어?"

벌쿤이 별일 아닌 듯 말을 하자 뮤스는 안심이 되는지 손으로 가슴을 쓸어 내렸다.

"휴우… 그 눈빛들이란… 아무튼 빨리 이 마을을 나서야겠는걸."

"형은 그렇게 이야기를 들었는데도 이 숲을 빠져나갈 생각을 하고 있단 말이야?"

"그래야겠지. 비록 이렇게 보여도 내 몸 하나 지킬 수는 있거든."

"글쎄, 전혀 믿겨지지 않는데?"

"난 너 같은 근육질이 빨래나 식사 준비를 하는 게 더 안 믿겨진다."

"그건 당연한 것 아니야? 물먹은 빨랫감을 휘두르려면 얼마나 많은 힘이 필요한데! 게다가 수많은 사람들이 먹을 양의 수프 솥을 들어 나른다고 생각해 봐. 이 정도 근육은 기본이라고!"

그의 설명을 듣던 뮤스는 이곳에서 더 말해 봐야 자신만 이상해지는 것 같았기에 건성으로 손을 흔들며 그의 말을 가로막았다.

"그래그래. 그런데 정말 이곳에서 빠져나가는 방법이 없을까?"

"물론 마물들을 이겨낼 수 있다면 누가 막는 것도 아니니 아주 없는 것도 아니지. 그렇지만 마물들을 모두 상대하고 나간다는 것이 불가능한 거지."

"그건 나도 알고 있으니 더 이상 말 안 해줘도 돼."

"흠… 우리들 역시 결계가 아니라면 이곳에서 한 달 이상 버틸 수 없을 거야."

뮤스는 손으로 턱을 쓸며 생각에 잠겼다.

'하긴, 이 숲에 사는 자들은 이들과 레인저들뿐이라고 했으니… 잠깐 레인저?'

갑자기 월드린이 말하던 레인저가 생각난 뮤스는 급히 벌쿤에게 물었다.

"벌쿤! 레인저들은 어떻게 이곳을 빠져나가 현상금을 받는 것이지?"

그의 입에서 레인저라는 말이 나오자 벌쿤의 얼굴을 딱딱하게 굳히며 말했다.

"그들은 한두 명이 아니야. 거의 이백 명에 달하는 집단이지… 이 숲에서 혼자 살아간다는 것은 불가능에 가깝지만 그 정도의 숫자가 함께 움직인다면 불가능한 것도 아니니……."

"그렇다면 그들에게 찾아간다면 이곳에서 무사히 빠져나갈 수도 있겠구나?"

"혼자 가는 것보다야 훨씬 가능성이 높지. 하지만 그들도 매일 죽어나가고 있어. 그들의 무리라고 언제나 안전한 것은 아니거든? 목숨을 담보로 돈을 벌고 있는 자들이니."

위험한 것은 마찬가지였지만 혼자 이곳을 빠져나간다는 것보다는 훨씬 나았기에 조금이나마 길이 보이는 듯했다.

"그럼 그들을 어떻게 만날 수 있지?"

벌쿤은 뮤스의 질문에 코웃음을 쳤다.

"흥! 형은 그들이 얼마나 못된 녀석인지 몰라서 그런 말을 하는 거야. 누나들이 매일같이 보초를 서는 것도 다 그들 때문이라고."

"뭐? 마물들 때문이 아니라?"

"형은 정말 바보 같다니까. 이 마을은 결계 때문에 마물들이 들어오지 못한단 말이야."

그의 말에 일리가 있었기에 뮤스는 고개를 끄덕였고, 벌쿤은 굵직한 목소리를 흘리며 말을 이었다.

"요즘 들어 레인저 녀석들이 우리 마을을 노리고 있어. 매일같이 풀어놓은 빅투스들이 그들의 화살과 칼에 맞아 죽고 있거든. 이곳이 숲의 유일한 안전 지대이기 때문에 이곳을 차지하려는 것이지. 못된 자식들!"

"그래서 너희 누나가 레인저 이야기를 하면서 그렇게 분노한 것이군."

"마을 사람들은 모두 좋지 않은 감정을 가지고 있거든. 아마 형이 그들을 찾아간다고 해도 오히려 직으로 돌려 버릴 만큼 나쁜 녀석들이지."

"이런……."

하나밖에 없던 실마리조차 사라지자 뮤스는 다시 미궁에 빠져 버렸다.

'그렇다면 전뇌지자총통 하나만 믿고 혼자 나서는 수밖에 없나?'

그는 눈을 돌려 자신의 허리춤에 매달려 달랑거리는 가방을 내려다보았다.

뮤스는 벌쿤을 따라 그의 집으로 들어갔다. 유글렌 부족은 함께 장

만한 음식들을 나누어 집으로 가서 식사를 했는데, 이미 식탁에 앉아서
아침 식사를 기다리던 월드린이 식탁을 두들기며 벌쿤을 재촉했다.

"벌쿤! 나 배고파 죽겠단 말이야! 아침 먹고 빨리 채집하러 가야 하
는데 왜 이렇게 꾸물거려?"

"미안해, 누나. 오늘 아침에 일이 있어서."

"일?"

"글쎄, 뮤스 형이 빨래터에서 빨랫감들을 모두 넝마로 만들어 버렸
거든."

"푸홋! 그게 정말이야?"

그녀에게 역시 상당히 재미있는 일이었는지 키득거리며 웃었지만
뮤스는 별달리 할 말이 없었기에 조용히 손에 들려 있는 냄비를 식탁
에 올려놓았다. 벌쿤은 바구니에 잔뜩 들어 있는 열매를 하나씩 내려
놓았는데 이런 열매를 처음 보는 뮤스는 그들이 어떻게 먹는지 지켜봐
야만 했다. 하지만 벌쿤과 월드린 역시 음식에 손을 대지 않는 것을 보
고 의아해진 뮤스가 물었다.

"왜 식사를 안 하죠?"

그의 물음에 월드린이 대답해 주었다.

"원래 우리 부족은 손님이 먼저 음식을 먹은 후에 주인이 먹을 수가
있거든. 아무리 불청객이라지만 네가 먹어야 우리도 먹는 것이지."

그녀의 말에 뮤스는 난처해하며 말했다.

"저… 그런데 이걸 어떻게 먹는 건지도 모르는걸요?"

"아! 하긴 이 부레열매는 이곳에밖에 나지 않는 것이니까 어떻게 먹
는지 잘 모르겠군. 그럼 날 따라서 먹어봐."

월드린은 주먹만한 부레열매를 하나 집어 중간을 칼로 갈랐다. 그러

자 열매가 벌어지며 새하얀 속이 보였고, 그 속으로 손을 넣더니 한 움큼 뜯어내는 것이었다.

"자, 이렇게 뜯어낸 걸 수프에 찍어서 먹는 거야."

그녀의 설명대로 뮤스 역시 칼로 부레열매를 반으로 갈랐고, 열매 속을 뜯어냈다. 그것은 폭신폭신한 감촉이었는데 수프에 찍어 입에 넣자 밀로 만든 빵과 거의 흡사한 맛이 느껴졌다.

"와! 꼭 빵 같군요?"

"역시 신기해하는군. 우리도 들자꾸나, 벌쿤."

이 색다른 방법을 즐기며 식사를 할 때 벌쿤이 뮤스에게 말했다.

"아참! 뮤스 형, 정말 이곳에서 나갈 생각이야?"

벌쿤의 물음에 부레열매를 한 움큼 입에 넣던 뮤스는 고개를 끄덕였다. 그의 모습을 보던 벌쿤이 다시 한 번 되물었다.

"죽을지도 모르는데? 아니, 틀림없이 죽을 건데? 이곳이 드베인 숲인 것을 알고도 나가려고 애쓰는 사람은 형이 처음이야."

죽음이라는 밀에 뮤스는 입에 든 음식물을 삼키며 벌쿤을 바라보았다.

"글쎄… 죽을지 살지는 닥쳐 보기 전에 모르는 거야. 나도 나름대로 생각이 있고."

"생각? 생각만 한다고 이 드베인 숲에서 살아 나갈 수는 없다고. 그러지 말고 그냥 이곳에서 함께 사는 게 어때?"

벌쿤의 말에 뮤스는 고개를 내저으며 말했다.

"안 돼. 나가서 해야 할 일들이 너무나 많아."

둘의 말을 듣던 월드린이 짜증이 섞인 말투로 둘을 꾸짖었다.

"무슨 남자들이 식탁에서 그렇게 말이 많아? 난 이만 나가볼게. 이만 채집 나갈 시간이 다 되었거든?"

그녀의 말에 잠시 기죽어 있던 벌쿤이 빈 접시를 치웠다.

"응, 누나. 조심해서 다녀와."

"그리고 뮤스, 너도 오래 살고 싶으면 다른 생각 하지 말고 이곳에서 살림이나 배워."

아무리 이해를 하려 해도 정상적인 세상에서 살던 뮤스에게는 너무나 이질적인 말이었기에 인상을 찌푸렸다.

끼익! 털컥.

그녀가 밖으로 나가자 접시를 치우던 벌쿤이 투덜거렸다.

"칫, 남자들도 여자들 못지 않게 능력이 있다는 걸 보여줘야 한다니까. 형, 다 먹었으면 접시 치우고 나가자. 오늘 큐블레인 형 집에서 동네 남자들 모임이 있거든."

"글쎄, 나는 좀 빠지고 싶은데? 빨래 일도 있고 해서 그곳에 가면 눈치만 보일 것 같고 말이야."

"아… 그렇겠는걸?"

"그럼 나는 생각 좀 하고 있을 테니 다녀와."

벌쿤은 옷장에서 외투를 꺼내 입었고, 기름등에 불을 붙인 그는 뮤스를 향해 손을 흔들며 집을 나섰다. 이곳은 낮이라고 해도 빛이 거의 들지 않았기에 기름등에 의지하고 있었던 것이었다.

"형, 그럼 갔다 올게. 혹시라도 심심하면 놀러 와. 바로 건너편 집이니까."

"알았어. 잘 다녀와라."

끼익― 탈칵.

벌쿤이 나가자 집 안은 다시 정적이 흘렀고, 테이블에 올려진 등불이 흔들렸다. 뮤스는 의자 등받이에 몸을 기대며 한숨을 내쉬었다.

"휴우~ 정말 정신없는 마을이군. 여자가 일을 하러 나간 후에 남자들이 모여 수다를 떨다니…….."

한심하다는 투로 그들에 대해 말하던 그는 자신의 처지를 다시 한 번 떠올리며 드베인 숲에서 빠져나갈 방법을 고민하기 시작했다.

〈제2권 끝〉

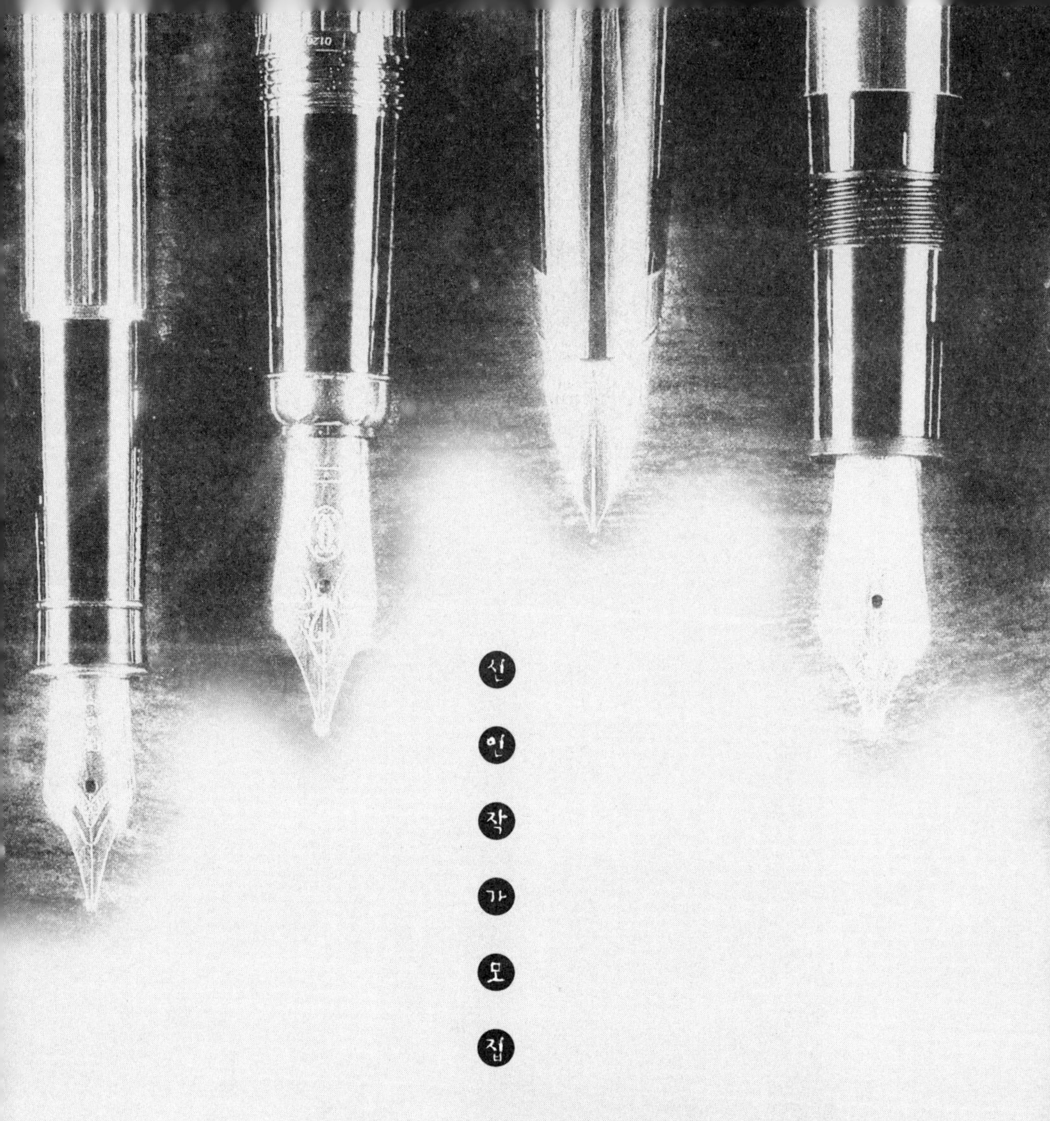